Zu neuen Ufern

IMPRESSUM:
Copyright: 2017 Siegfried Laggies

Autor: Siegfried Laggies
Umschlaggestaltung: Siegfried Laggies
Lektorat, Korrektorat: Siegfried Laggies
Bild: Quelle Pixbay

Verlag:
e-Book   ISBN: 978-3-7439-1531-2
Paperback   ISBN: 978-3-7439-1529-9
Hardcover   ISBN: 978-3-7439-1530-5
Printed in Gernany

Einführung

Dieser Roman erzählt die Lebensgeschichte der Familie Heinz und Renate Walther aus Leipzig. Ihr Sohn Alexander ist dreizehn Jahre alt und geht noch zur Schule. Meine Erzählung beginnt an einem Tag im März. Benachteiligt durch die Wiedervereinigung verloren Heinz und Renate ihre Arbeitsplätze. Nur durch den Zusammenhalt in der Familie, konnte der sozialen Abstieg gestoppt werden. Heinz Walther bekam einen Arbeitsplatz in Frankfurt am Main angeboten, was sich zunächst auch als sehr positiv darstellte. Doch bei näherem Betrachten wurden auch die Nachteile sichtbar. Der neue Arbeitsplatz trennte die Familie. Späterer beruflicher Erfolg lässt zunächst noch alles positiv erscheinen. Doch Amor hat etwas anderes mit ihnen vor. Er schießt seine Pfeile nach Leipzig und nach Frankfurt. Die aufkeimende Liebe ist jedoch mit nahezu unlösbaren Problemen behaftet. Die bewundernswerte Zurückhaltung der beteiligten Personen lässt dieses Buch zu einer unterhaltsamen und spannenden Lektüre werden.

Siegfried Laggies

Zu neuen Ufern

Kapitel -1-

Es war ein Tag im Monat März. Der Frühling schickte seine Boten hinaus, um die Menschen zu erfreuen. Schon am frühen Morgen wehte ein angenehmes Lüftchen und das Thermometer zeigte bereits zwölf Grad. Ein Tag begann, an dem es Freude machte, aufzustehen.

»Nach dem Gong ist es sechs Uhr, heute ist Freitag, der 31. März«, hörte man aus dem Radio.

»Was uns wohl dieser Tag bringen wird?«, fragte sich Heinz Walther im Stillen. Der Maschinenbauingenieur in einem ehemaligen VEB-Betrieb in Leipzig und seine Frau Renate waren damit beschäftigt, alles für den kommenden Tag zu richten. Renate, eine gelernte Kindergärtnerin, war im gleichen Betrieb beschäftigt, ihr dreizehnjähriger Sohn Alexander ging noch zur Schule. Heinz, der sich ständig Arbeit mit nach Hause nahm, sortierte seine Unterlagen und steckte sie in seine Aktentasche. Frau Walther richtete das Frühstück und Alexander, nun ja, der bummelte so vor sich hin.

»Das Frühstück ist fertig«, rief Frau Renate und bat ihre zwei Männer, sich an den Tisch zu setzen. Der Tisch war reichlich gedeckt. »Schau mal, sogar das Brot bekommen wir jetzt eingepackt«, sagte sie.

Am Wetter oder gar am reichhaltig gedeckten Tisch lag es also mit Sicherheit nicht, dass Heinz Walther an diesem Morgen doch etwas verschlossen wirkte.

»Hast du was auf dem Herzen?«, fragte ihn seine Frau. »Ich weiß es nicht, aber hast du das gestern gesehen, na, ich meine den Besuch aus dem Westen?«

»Die dicken Autos waren ja nicht zu übersehen«, gab er ihr zur Antwort.

»Meinst du, dass das etwas zu bedeuten hat?«, wollte Renate wissen. »Es könnte ja sein, dass die Herren das nötige Geld mitgebracht haben.«

»Die Besprechungen wurden ja auf allerhöchster Ebene geführt. Da bekam doch niemand etwas mit.«

Man wird uns sicher angenehm überraschen, dachte Renate. Den Gedanken auszusprechen traute sie sich jedoch nicht. Sie wandte sich dem Junior zu und fragte: »Alexander, was ist mit dir, wie lange hast du heute Schule, hast du auch deine Hausaufgaben gemacht?«

Der Junge wusste gar nicht, wie ihm geschah. »Nicht alles auf einmal«, sagte er, dann nahm er seine Schultasche und zeigte seine Hausaufgaben.

»Wenn wir nachher weg sind, vergiss nicht abzuschließen, wenn du das Haus verlässt.« Mit diesen Worten verließen sie nach dem Frühstück das Haus. Es war jetzt sieben Uhr in der Früh, Renate und Heinz Walther setzten sich in ihren alten, für sehr viel Geld gekauften Golf und fuhren zur Arbeit. Zu diesem Zeitpunkt konnten sie es noch nicht ahnen, dass dieser Tag wohl der schwärzeste ihres Lebens werden würde. Vor den Werkstoren bemerkten sie ein reges Treiben. Fragte man jemanden, was denn geschehen sei, konnte einem niemand eine vernünftige Antwort geben. Die einen glaubten ans große Geld der Wessis, die anderen wiederum ahnten Böses. Plötzlich erschien der stellvertretende Betriebsleiter, Kollege Schachtner, ausgestattet mit einem tragbaren Lautsprecher, und forderte alle Kolleginnen und Kollegen auf, sich unmittelbar zur Werkskantine zu begeben, es sei eine Betriebsversammlung anberaumt worden.

»Was ist denn nun kaputt?«, fragte Renate ihren Mann, der ihr mit einer nicht zu überhörenden Bitterkeit zur Antwort gab: »Wir werden jetzt bestimmt alle freigestellt, um die blühenden Gärten zu bepflanzen, von denen der Kohl in seiner Wahlrede sprach.«
Zunächst trat wiederum der stellvertretende Betriebsleiter Schachtner an das Mikrofon und begrüßte die Anwesenden mit den Worten: »Liebe Genossinnen und Gen..., Entschuldigung, liebe Kolleginnen und Kollegen natürlich, außerordentliche Situationen erfordern auch außerordentliche Maßnahmen. Wir, die Betriebsleitung, haben in den letzten Wochen weder Arbeit noch Mühen gescheut, für unseren Betrieb kompetente und kapitalstarke Partner zu finden. Leider ohne Erfolg. Wie es Ihnen allen wohl nicht entgangen sein dürfte, haben wir nun seit gestern Besuch von der Treuhand aus Berlin. Leider brachte eine auch noch so sorgfältig vorbereitete Betriebsbesichtigung nicht den gewünschten Erfolg, es tut mir leid!«
Anschließend übergab er das Mikrofon an einen Herrn im blauen Nadelstreifen, den er wie folgt vorstellte: »Es spricht nun zu Ihnen Herr Dr. Kaltherz von der Treuhand Berlin.«

»Meine sehr geehrten Damen und Herren«, begann dieser, »ich bin von der Treuhand beauftragt zu überprüfen, ob dieser Betrieb eine Chance hat zu überleben.«

Da ertönte ein Zwischenruf: »Unsere Auftragsbücher sind doch voll.«

Dr. Kaltherz hielt inne: »Ja, Sie haben recht, aber die vorliegenden Aufträge wurden allesamt mit Ostblock-Staaten abgeschlossen. Diese Länder können aber zurzeit nicht in Deutscher Mark bezahlen. Das heißt, die dem Betrieb vorliegenden Aufträge sind wertlos. Ich muss Ihnen leider die schlechte Nachricht überbringen, dass auch dieser Betrieb abgewickelt wird. Das Arbeitsamt ist bereits unterrichtet worden. Bitte melden Sie sich dort, um die notwendigen Formalitäten für Ihre Arbeitslosigkeit zu erledigen. Ich danke Ihnen.«

Mit hängenden Köpfen verließen die Mitarbeiter das Betriebsgelände. Auch Renate und Heinz Walther fuhren niedergeschlagen nach Hause.

Kapitel -2-

Gut eine Stunde hatte Alexander noch Zeit. Wie nicht anders zu erwarten, beschäftigte er sich mit der Fußballbundesliga. Schade, dass Leipzig keinen Verein in der Bundesliga hat. Er war ein wenig traurig darüber, konnte er doch früher zu »Lok« Leipzig gehen und dort Fußball der höchsten Spielklasse sehen. Na ja, dachte er sich, vielleicht schaffen sie es ja in ein paar Jahren. Die Stunde verging sehr schnell und Alexander machte sich auf den Weg. Wie von der Mutter ermahnt, schloss er die Tür ab und marschierte los, es war ja so ein wunderschöner Tag. In der dritten Stunde stand Aktuelle Geschichte auf dem Lehrplan. Im Zuge der Eingliederung hatte Alexander seit drei Tagen einen Lehrer aus dem Westen, genauer gesagt aus Hof in Bayern. Stöckle war sein Name. Er erklärte den Schülern gerade den Unterschied zwischen den zwei politischen Systemen und stellte dabei die Vorteile der Demokratie besonders heraus. Vor allem aber machte er auf die wirtschaftlichen Vorteile aufmerksam und erklärte der Klasse, dass es von nun an besser werden würde, so wie es der Bundeskanzler in seiner Wahlrede gesagt hatte: »Es werden blühende Gärten entstehen.«
Kaum fähig, etwas zu tun, zwang sich Renate, das Mittagessen für die Familie herzurichten. Es war zwischenzeitlich zwölf Uhr dreißig und sie erwartete Alexander aus der Schule zurück. Es dauerte nicht lange, da konnte sich die Familie an den Mittagstisch setzen.

Alexander, von den verlockenden Prognosen des Lehrers noch ganz aufgewühlt, setzte sich mit einem strahlenden Gesicht an den Tisch. Ohne auf das Gesicht der Eltern zu achten, begann er sein neues Wissen loszuwerden. »Könnt ihr euch vorstellen, dass wir alle bald so leben wie die im Westen?«, sprühte es aus ihm heraus. Renate und Heinz Walther hoben die gesengten Köpfe und schauten den Jungen an. Erst jetzt merkte dieser, dass seine frohe Botschaft gar nicht wahrgenommen wurde. »Was ist mit euch?«, fragte er.

»Ja, mein Junge«, antwortete sein Vater. »Es wird sich bei uns alles ändern.«

Renate Walther schaute den Jungen an und sagte: »Wir haben heute unseren Arbeitsplatz verloren. Der Betrieb wird abgewickelt, er ist nicht mehr lebensfähig, so wurde es uns heute gesagt. Wir haben also kein Einkommen mehr und sind auf die Almosen vom Staat angewiesen. Den Gürtel müssen wir nun sehr, sehr eng ziehen.«

Mit diesen Worten war nun die Stimmung in der Familie auf dem absoluten Nullpunkt angekommen. Kaum jemand konnte auch nur einen Bissen zu sich nehmen.

Kapitel -3-

Frei nach der Empfehlung, über alles erst einmal eine Nacht zu schlafen, begannen die nüchternen und notwendigen Überlegungen am anderen Morgen. Renate und Heinz Walther setzten sich Prioritäten, nach denen sie vorgehen wollten. An erster Stelle stand das künftige Einkommen. Das heißt, es musste das Arbeitsamt aufgesucht werden, um alle Formalitäten für das Arbeitslosengeld zu erledigen. Wo sich die Familie Walther auch umhörte, alle anderen hatten die gleichen Probleme. Hoffnungslosigkeit und Frust machten sich breit. Heinz Walther konnte es immer noch nicht glauben, dass sein Betrieb, in dem er so viele Jahre gearbeitet hatte, einfach so dichtgemacht wurde. Wir leben doch in einer Demokratie, dachte er, und in einer Demokratie hat doch ein jeder Anspruch auf einen Arbeitsplatz. Aber Heinz Walther war ja auch Ingenieur, und als solcher wusste er, dass alles, was geschaffen werden soll, nicht ohne Kapital realisiert werden kann. Seine Firma, ein Betrieb mit fünfundachtzig Mitarbeitern, müsste doch irgendwie zu retten sein. Walther entschloss sich, noch einmal zu den führenden Leuten seiner Firma Kontakt aufzunehmen.
Gesagt, getan – die drei ehemals leitenden Mitarbeiter und Heinz Walther kamen zusammen und erarbeiteten einen Plan zur Fortführung des Unternehmens. Man berücksichtigte dabei auch, dass der Betrieb um einige Mitarbeiter schrumpfen müsse. Aufwendige und unproduktive Posten wie Pförtner, Werkschutz und noch

einige andere wären zu streichen, auf diese Weise könnten die Lohnkosten erheblich gesenkt werden. Heinz Walther erinnerte seine drei Kollegen daran, dass er noch aus früheren Zeiten einige Konstruktionen zur Herstellung von Einkaufswagen und anderen fahrbaren Untersätzen in seiner Schublade habe, die zu DDR-Zeiten verworfen worden waren.

Mit dem Sanierungsplan und den Konstruktionsplänen im Gepäck setzten sich die vier Herren Schachtner, Rabe, Rück und Walther in Richtung Berlin in Bewegung.

Kapitel -4-

Renate Walther war indessen nicht untätig. Zunächst versuchte sie, anderweitig einen neuen Arbeitsplatz zu finden. Sie musste aber sehr schnell feststellen, dass sie nicht den Hauch einer Chance hatte, in ihrem Beruf als Kindergärtnerin zu arbeiten. Sie merkte zu ihrem Entsetzen, dass ihr doch so geliebter Beruf flüssiger als Wasser war: Er war überflüssig. Dies war für sie nicht zu verstehen und ihre Enttäuschung war groß. Nun gut, dachte sie sich, wenn nicht als Kindergärtnerin, dann mach ich eben etwas anderes, Hauptsache, es kommt Geld in die Haushaltskasse. Renate Walther ging zum Arbeitsamt, um dort irgendetwas angeboten zu bekommen, selbst eine Putzstelle wäre ihr angenehm gewesen. Sie kam zum Arbeitsamt und dort aus dem Staunen nicht heraus. Eine Schlange von fünfzig Metern Länge stand vor ihr. Das hatte sie nun doch nicht erwartet. Sie fasste sich ein Herz und blieb stehen. Irgendwann werde auch ich wohl drankommen, dachte sie sich.

»Haben Sie denn schon eine Nummer gezogen?«, fragte sie die vor ihr stehende Frau.

»Ach du lieber Gott, das auch noch.« Renate ging und holte sich eine Nummer, es war die Dreiundachtzig.

Nach viereinhalb Stunden stand sie erschöpft im Zimmer des Arbeitsvermittlers.

»So, und was kann ich für Sie tun?«, war die Frage.

»Ich bin ohne Arbeit, Kindergärtnerin ist mein Beruf, ich nehme aber auch jede andere Arbeit, wenn Sie nur für mich etwas haben.«

»Gute Frau, woher soll ich Arbeit nehmen, wenn keine vorhanden ist. Ich nehme aber Ihre Personalien auf, damit es das nächste Mal schneller geht.«

Kapitel -5-

Alexander war ein aufgeweckter Junge, auch wenn er so manches Mal vor sich hin träumte und den lieben Gott einen guten Mann sein ließ. Wenn es aber darum ging, Probleme zu verstehen, dann war er, im Rahmen seines Alters, immer dazu bereit. Er erkannte schnell, mit welchen Problemen sich seine Eltern gerade herumschlagen mussten. Mit seinen dreizehn Jahren war er alt genug, um zu erkennen, wo der Weg hinführen könnte. Das schöne Häuschen, noch zu DDR-Zeiten gekauft und natürlich noch nicht bezahlt, sein schönes Zimmer – sollte das alles verloren gehen? Den Eltern gegenüber traute er sich nicht, dieses Thema anzuschneiden. Im Unterricht bemerkte auch Lehrer Stöckle das geänderte Verhalten von Alexander. »Junge, was ist mit dir?«, fragte er. Zuerst war Alexander verschlossen, er konnte keinen Laut von sich geben, dann aber löste sich die Zunge: »Das kann wohl doch nicht so das Wahre mit der Demokratie und dem Kapitalismus sein. Wenn ich sehe, wie mit meinen Eltern umgesprungen wird, dann wird mir angst und bange. Was wird mit unserem Haus, mit meinem schönen Zimmer, dem Garten, wir waren doch so glücklich!«

Lehrer Stöckle stand dem Jungen und der ganzen Klasse wie versteinert gegenüber. Was sollte er dem Jungen, ja der ganzen Klasse sagen? Denn den meisten Eltern erging es doch ebenso.

Kapitel -6-

In Berlin versuchte das Kollegenquartett, einen Termin bei der Treuhand zu bekommen. Man erkundigte sich zunächst, welche Abteilung für sie zuständig sei, und – oh Wunder – das Schicksal schlägt doch seine eigenen Haken: Auf dem großen langen Flur der Treuhand-Behörde wurde Heinz Walther plötzlich mit den Worten »Was machst du denn hier?« angesprochen. Heinz schaute hoch und erkannte seinen alten Schulfreund Klaus Schreiner.

»Mensch, Klaus, wie hat es dich denn hierher verschlagen. Du bist doch damals in den Westen rübergemacht. Und jetzt wieder hier?«

»Meine Landesregierung hat mich für die Zeit bis zur endgültigen Abwickelung nach hierher abkommandiert. Jetzt sage du mir doch einmal, was du hier machst, ich habe dich hier noch nie gesehen?«

Die drei mitgereisten Kollegen standen wie angekettet. Es traute sich niemand, auch nur einen Ton von sich zu geben. Heinz Walther hingegen dachte so für sich: Leistungssportler hätte man sein müssen, dann wäre man auch auf die andere Seite gekommen.

Klaus Schreiner wollte nun mehr wissen. Er fragte in die Runde: »Was kann ich denn für euch tun?«

Die vier, vor Erstaunen steif und stumm, mussten erst einmal Luft holen, dann fragte Heinz: »Hast du hier eine Möglichkeit, wo wir dir unser Problem erläutern können?«

»Aber natürlich, kommt bitte mit!« Klaus Schreiner führte das Quartett in sein Büro und forderte sie auf: »Bitte meine Herren, nehmen Sie Platz!«

Heinz Walther übernahm nun die Initiative, ließ sich von seinen Kollegen die Unterlagen geben, breitete sie aus und begann mit seinen Erläuterungen. Klaus Schreiner war ein aufmerksamer Zuhörer. Der Bericht dauerte gut eine Stunde. In dem Gefühl, das Beste gegeben zu haben, schauten nun alle vier Herren auf Schreiner.

Dieser stand auf, ging zu seinem Telefon und ließ sich die Akte der Metallwerke kommen. »Dann wollen wir mal schauen, was uns diese Akte zu sagen hat. Ihr habt hier ja schon vor einigen Wochen einmal vorgesprochen«, bemerkte er. Klaus Schreiner studierte die Akte sehr sorgfältig, dann wandte er sich seinem Schulfreund zu und sagte: »Heinz, ich möchte dir ja sehr gerne helfen, aber nach diesen Unterlagen kann und muss ich mich den Ausführungen und der Einschätzung des Herrn Dr. Kaltherz anschließen. Es tut mir wirklich leid.«

Mit gesenktem Haupt erhoben sich die vier Bittsteller.

»Habt ihr denn schon einmal über eine andere Lösung nachgedacht?«, fragte Klaus Schreiner noch einmal aufmunternd. »Wie meinst du das?« Heinz Walther schaute ihn groß an.

»Na ja, ich dachte an einen Partner oder an jemanden, der den Betrieb übernimmt. In dieser Richtung habe ich schon die eine oder die andere Nachfrage und diverse Mittel stehen da auch zur Verfügung. Was haltet ihr denn davon?«

Waren die vier Herren vorher weiß wie der Kalk an der Wand, so erröteten sie jetzt wie ein Feuerball.

»Nun setzt euch mal wieder hin«, ermunterte Klaus Schreiner sie. »Ich will euch jetzt einmal meinen Lösungsvorschlag unterbreiten. Hört bitte gut zu.« Voller Neugier darauf, zu erfahren, was denn wohl jetzt auf sie zukäme, lauschten sie den Worten des Herrn Schreiner. »Sollte es mir gelingen, für euch einen Partner zu finden oder gar ein Unternehmen, das an einer Übernahme interessiert ist, werde ich mich umgehend melden.«

Das wäre wohl die Lösung, dachte Heinz Walther.

»Natürlich sollte dieser Partner eine Produktpalette haben, in der eure Produkte einfließen könnten. Bei euch – und davon müsstet ihr ausgehen – vollzieht sich dann der Wandel von der Planwirtschaft zur freien Wirtschaft. Grundlegende Einschnitte werden die Folge sein. Ihr müsstet euch also darauf einstellen, dass das Unternehmen ein anderes neues Gesicht bekäme.«

Heinz Walter pflichtete ihm bei: »Wer das Geld gibt, hat nun mal das Sagen.«

»Um dieses nun alles abzurunden, ich will euch helfen. Ich werde meine Augen offen halten und an euch denken. Versprechungen kann ich natürlich keine machen. Es kann sein, dass ich schon bald einen Interessenten habe, es kann aber auch sein, dass es noch ein paar Wochen dauert …«

Irgendwie erleichtert und auch gelöst waren die vier jetzt schon. Heinz ging zu seinem Schulfreund, bedankte sich und bat ihn darum, mit ihm in Kontakt zu bleiben. Auch die

Herren Schachtner, Rabe und Rück verabschiedeten sich mit Dank von Herrn Schreiner, wobei Rabe die Bemerkung machte:

»Vielleicht war unsere Reise doch nicht umsonst.«

Das Quartett verließ das Gebäude der Treuhand und steuerte, ohne vorher auch nur ein Wort zu verlieren, das nächste Restaurant an. Man wollte noch etwas zu sich nehmen und ein kühles Bier sollte auch dabei sein. Der Film vom heutigen Tage sollte noch einmal an ihnen vorüberziehen. Nachdem man zu Abend gegessen hatte, wurde darüber diskutiert, wie sich wohl alles weiterentwickeln könnte.

»Meinst du, Heinz, der kann wirklich etwas für uns tun?«, fragte der Kollege Rück. Er war zu DDR-Zeiten Betriebsleiter und auch Parteigenosse gewesen, außerdem hatte er die Gabe, immer den Finger in das richtige Loch zu stecken. Schon damals setzte er seine eigenen Interessen vor die des Betriebes. Den Gerüchten zufolge soll er sogar einmal von der Partei ermahnt worden sein, und das wollte bei solchen Leuten schon etwas heißen.

Kapitel -7-

In der Regel sucht Renate Walther das Arbeitsamt alle vierzehn Tage auf, so auch heute. Irgendwie müssen sich die Zeiten geändert haben, dachte sie so für sich, früher schaute man auch zu mir hin, aber heute fressen mich die Männer bald auf, sogar der beim Arbeitsamt kriegt feurige Augen, wenn ich komme. Renate war eine äußerst attraktive Frau in den besten Jahren, hatte dunkelblonde Haare und eine tolle Figur. Mit ihren ein Meter und achtundsechzig wog sie gerade achtundfünfzig Kilo. Sie war einunddreißig Jahre jung, ihren Sohn Alexander hatte sie bereits mit achtzehn Jahren bekommen.

Gerade wollte sie das Haus verlassen, als der Briefträger ihr eine Karte vom Arbeitsamt überreichte. Sie nahm die Karte zur Hand und las: »Sehr geehrte Frau Walther, bitte haben Sie die Freundlichkeit und finden Sie sich am Dienstag, den Zweiundzwanzigsten um zehn Uhr dreißig zu einem Vermittlungsgespräch in Zimmer 34 ein. Mit freundlichen Grüßen, Arbeitsvermittlung Leipzig.«

Ja gibt es denn so was, dachte sich Renate. »Heinz«, rief sie, »es geschehen doch noch Wunder, ich habe eine Karte vom Arbeitsamt bekommen. Ich soll morgen um zehn Uhr dreißig dort vorsprechen.«

»Musst du wieder zu dem mit den feurigen Augen?« antwortete ihr Mann.

»Ja, aber der wird mich schon nicht fressen.«

»Na, hoffentlich hast du Glück, ich wünsche es dir von ganzem Herzen.«

Am anderen Morgen machte sich Renate auf den Weg, gespannt war sie auf alle Fälle. Beim Arbeitsamt angekommen, musste sie auch nicht so lange warten wie sonst.

»Guten Morgen, Frau Walther«, wurde sie freundlichst vom Sachbearbeiter begrüßt. »Es ist gut, dass Sie so schnell kommen konnten. Ich glaube, ich habe etwas für Sie.«

»Machen Sie es nicht so spannend«, antwortete Renate. »Sie kennen doch die frühere Gießerei Vorwärts?« »Ja, die kenne ich«, antwortete Renate.

»Na sehen Sie, da sind wir doch schon ein gewaltiges Stück weiter. Zur Vorstellung gebe ich Ihnen eine Karte mit. Sollten Sie nicht angenommen werden, lassen Sie sich diese Karte bitte abstempeln mit dem Vermerk ›Nicht angenommen‹. Ach so, ich habe ja noch gar nicht gesagt, worum es sich handelt bzw. was die suchen … eine Kindergärtnerin, ist das nicht toll! Wie dort die Bezahlung ist, kann ich Ihnen nicht sagen. Ach ja, noch etwas, die Stelle ist zunächst für zwei Monate. Sehen Sie, jetzt habe ich doch noch etwas für Sie tun können.« Er schaute sie an: »Glauben Sie mir, ich habe es auch nicht leicht. Meine Braunschweiger Dienststelle hat mich hierher versetzt und meine Familie samt Häuschen ist in Niedersachsen. So hat jeder sein Kreuz zu tragen. Und immer hier alleine zu sein ist auch nicht angenehm. Oh, sollte ich Sie mit meinen privaten Dingen belästigt haben, dann entschuldigen Sie vielmals.«

»Nein, nein, vielen Dank für die Zuweisung. Hoffentlich habe ich Glück.«

Dann verabschiedete sich Renate und machte sich gleich auf den Weg. Zum Glück war es nicht allzu weit bis zur nächsten Haltestelle der Straßenbahn. Da kam auch schon die Linie zwölf, Renate stieg ein und löste einen Fahrschein bis zur Eisengießerei Vorwärts. Habe ich denn überhaupt meinen Personalausweis mit?, dachte sie, ohne den komme ich da doch gar nicht rein. Vor dem Eingangstor schaute sie sich um. Es war keine Volkspolizei mehr zu sehen, nur vorne im Häuschen saß der Pförtner.

»Guten Tag«, sagte sie, »ich komme vom Arbeitsamt.«

Dann zeigt sie ihre Karte, die der Pförtner sich ansah:

»Gehen Sie bitte dort in das graue Gebäude, in der ersten Etage ist das Lohnbüro, dort melden Sie sich, junge Frau.«

Schon eigenartig, dachte Renate, so etwas war früher nicht möglich, da bekam man immer einen Aufpasser mit, also haben sich die Zeiten doch stark geändert. Im Lohnbüro angekommen, grüßte sie freundlich und legte wieder ihre Karte vom Arbeitsamt vor.

Die Dame dort fragte: »Hat man Ihnen gesagt, dass diese Stelle nur für zwei Monate besetzt wird?«

»Ja, das weiß ich.«

»Leider muss ich Ihnen aber auch sagen, dass dieser Kindergarten dann geschlossen wird. Sie haben in diesen zwei

Monaten noch zwölf Kinder zu betreuen.«

»Wie ist es denn mit der Bezahlung?«, fragte Renate.

»Nun, das hat sich auch geändert. Wir zahlen jetzt DM 6,00 in der Stunde. Wenn Sie damit einverstanden sind, können Sie morgen früh um sechs Uhr anfangen.« Die Lohnbuchhalterin zeigte durch das Fenster auf den Kindergarten und sagte: »Melden Sie sich dort bitte bei Ihrer Kollegin, sie betreut die andere Gruppe.«

Renate nahm die Stelle an, wenn sie auch über den niedrigen Lohn sehr erstaunt war. Dann verabschiedete sie sich und fuhr nach Hause.

Kapitel -8-

Lehrer Stöckle hatte der Klasse mitgeteilt, dass er in der Deutschstunde am Mittwoch einen Aufsatz über Goethe schreiben lassen wolle. Als Überschrift hatte er vorgegeben: »Was weiß ich über Johann Wolfgang von Goethe?« Mit diesem Aufsatz wollte er einmal erkunden, was die Schüler über den großen Denker und Dichter wussten. Dieses Wissen wollte Stöckle nutzen, um festzustellen, mit welchem Schwierigkeitsgrat er im Unterricht beginnen müsse.

Alexander saß oben in seinem Zimmer und beschäftigte sich gerade mit Goethe. Er hatte sich aus dem Bücherschrank den »Faust« geholt und blätterte drin herum: »Habe nun, ach!, Philosophie, Juristerei und Medizin, und leider auch Theologie!, durchaus studiert, mit heißem Bemühn, da steh ich nun, ich armer Tor, und bin so klug als wie zuvor.«

Alexander wusste, dass sein Vater ein Goethe-Verehrer war. Ob ich ihn in der jetzigen Situation wohl darauf ansprechen kann, dachte er. Vati fühlte sich ja in Auerbachs Keller immer sehr wohl, das wusste Alexander.

»Vati, kannst du mir ein oder zwei Zitate aus dem ›Faust‹ nennen, die auch fürs Leben wichtig sind?«

»Ja, das kann ich: ›Grau, teurer Freund, ist alle Theorie, und grün des Lebens goldener Baum‹ oder ›Es ist so schwer, den falschen Weg zu meiden‹.« Der Vater wusste, dass diese Zitate es in sich hatten.

Der Tag ging zu Ende, Renate hatte nach ihrem Firmenbesuch noch einiges für das Abendessen eingekauft.

Nachdem sie den Tisch gedeckt hatte, rief sie ihre beiden Männer. Es entwickelte sich eine spannende Unterhaltung. Zuerst erzählte Renate, dass sie für zwei Monate Arbeit bekommen hätte. Über die Bezahlung würde sie am liebsten gar nicht sprechen, sechs Mark die Stunde, das ist ja ein Hungerlohn, aber doch noch besser als ohne Arbeit. Und dass es in der Eisengießerei Vorwärts sei, erzählte sie weiter. Heinz Walther stand immer noch zwischen Hoffen und Bangen, von der Treuhand hatte er noch nichts gehört.

Plötzlich richtet sich Alexander auf und sagt: »Was soll jetzt eigentlich aus uns werden?«

Die Eltern horchten auf, so hatte der Junge ja noch nie gesprochen.

»Alexander, was hast du?«, wollten die Eltern wissen.

»Ganz einfach«, sagt der Junge, »ich habe bald keine Freunde mehr! In unserer Klasse fehlen bereits drei Mädchen und vier Jungen. Die Eltern haben in den Westen rübergemacht. Der Vater hat dort Arbeit bekommen.«

»Ja, Junge, das ist ja alles gut und schön. Wir können das aber nicht. Wir haben unser Haus!«, sagte Heinz Walther.

»Vati«, nun wieder der Junge, »Vati, sage mir bitte, bist du für dieses Leben jeden Montag auf die Straße gegangen und hast du dafür demonstriert? Sage es mir ehrlich.«

»Nein, dafür nicht, wir haben nicht gewusst, dass man unsere Betriebe, auch die, die noch funktionieren, kaputt macht oder, wie es jetzt in der Wessisprache heißt, abwickelt. Und denen, die es uns vorausgesagt haben, denen haben wir es nicht geglaubt. Die SPD hat ja nicht umsonst haushoch verloren und mit ihr deren Vorsitzender. Und ich muss dir auch ganz ehrlich eingestehen, ich habe auch Helmut Kohl gewählt. Die meisten Menschen in unserem Lande haben doch denen geglaubt, die uns die bessere Zukunft versprochen haben. Ich laufe doch nicht den Leuten hinterher, die mir sagen, es wird mir demnächst schlechter gehen. So etwas liegt doch in der Natur der Sache.«

»Vati, hast du dabei nicht an Goethe gedacht: ›Grau, teurer Freund, ist alle Theorie‹?«

Heinz schmunzelte über die Bemerkung seines Sohnes.

»Nun, trotzdem hoffen wir alle, dass sich die wirtschaftliche Situation in zwei bis drei Jahren merklich bessern wird! Was macht denn die Schule?«, wollte er nun wissen.

»Wir sollen morgen einen Aufsatz im freien Stil über Goethe schreiben, deshalb habe ich dich doch nach den Zitaten gefragt.«

»Ach, deshalb«, antwortete der Vater.

Hiernach ging Alexander auf sein Zimmer und bereitete sich weiter auf seinen Aufsatz vor.

Kapitel -9-

Die ständig schlechter werdende Atmosphäre im Elternhaus ging an Alexander natürlich nicht vorbei. Er sah mit an, wie sich die Eltern um Kleinigkeiten stritten. Was sollte er dagegen tun? Er zog sich zurück und wurde immer verschlossener. In seinem Zimmer beschäftigte er sich fast ausschließlich mit dem Computer, auch seine Schularbeiten, die sonst immer Vorrang hatten, wurden zur Nebensächlichkeit. Dieses Verhalten blieb natürlich dem Lehrer Stöckle nicht verborgen. Er kannte Alexander als einen aufmerksamen und strebsamen Jungen. Hier muss etwas geschehen sein, sonst hätte der Junge seinen Weg nicht verlassen, dachte er sich und beschloss, ihn einmal anzusprechen.

»Alexander, hör mal, ich beobachte dich jetzt schon einige Tage. Was ist mit dir? Deine schulischen Leistungen lassen gewaltig nach, dein Interesse am Unterricht schwindet. Junge, komm, wir unterhalten uns mal, vielleicht kann ich dir helfen. Ich glaube, du hast Kummer und fühlst dich in deiner Haut nicht wohl. Wenn du mein Angebot annehmen willst, sag es mir. Wir sprechen dann nach dem Unterricht darüber.«

Alexander fing an, über seine Situation nachzudenken. Ja früher, zu DDR-Zeiten, war das anders, da haben sich Vati und Mama nie gestritten, jedenfalls hatte er nie etwas bemerkt. Während der Messe hatte er die Autos der Wessis gewaschen und sich ein paar West-Mark dazuverdient. Er konnte sagen, dass es auch eine schöne Zeit gewesen war. Und Urlaub hatten wir auch im Ausland gemacht, wenn auch nur in Ungarn oder Rumänien.

In der nächsten Pause ging er zu seinem Lehrer und sagte ihm, dass er mit ihm sprechen möchte. Lehrer Stöckle bat Alexander, nach dem Unterricht in das Klassenzimmer zu kommen, ab dreizehn Uhr seien sie dort ungestört. Wie abgesprochen, erschien Alexander im Klassenzimmer und sagte: »Hier bin ich.«

Stöckle war bemüht, eine lockere Atmosphäre zu schaffen. Alexander sollte sich ihm gegenüber auf eine Schulbank setzen, so saßen sie ungezwungen und konnten drauflosplaudern.

»Nun, Alexander, sag mir, wo drückt der Schuh?«

Der Junge überlegte: Wie fang ich an, was soll ich zuerst sagen? Dass meine Eltern nun ständig Streit haben, geht ihn ja eigentlich nichts an. Also beginne ich mit dem fehlenden Arbeitsplatz meines Vaters: »Unser größtes Problem ist die Tatsache, dass mein Vater, obschon er eine ausgezeichnete Berufsausbildung als Maschinenbauingenieur hat, keine Arbeit bekommt. Eine derartige Situation kannten meine Eltern bisher nicht. Bei uns verlief alles stets ruhig und harmonisch. Des Geldes wegen gab es nie Probleme. Vati war nicht in der Partei, deswegen wurde er auch nicht zum Betriebsleiter befördert. Er sagte immer, die brauchen mich und deswegen haben wir unser Auskommen. Dass man ihn aber jetzt so vor die Tür setzt, verkraftet er nur schwer. Er hat einen neuartigen Einkaufswagen konstruiert. Bei der

Vielzahl der heutigen Supermärkte könnte man damit Geld verdienen, sagt er. Aber diese Konstruktion reißen sich jetzt die anderen in der Firma unter den Nagel. Vati sagt immer, bei so einer Ungerechtigkeit brauche man schon Nerven, um das zu verkraften. Es tut mir immer weh, wenn sich meine Eltern wegen jeder Kleinigkeit streiten, ich hab sie doch beide lieb.«

Lehrer Stöckle war zunächst beeindruckt, wie sachlich Alexander die Situation schilderte. Seine Argumente waren nicht zu widerlegen. Aber wie soll ich dem Jungen helfen?, dachte er bei sich.

»Alexander«, sagte er, um dem Jungen überhaupt eine Antwort zu geben, »für so eine Situation gibt es kein Patentrezept.« Stöckle überlegte weiter. Der Junge ist so intelligent, dem muss ich eine Antwort geben, die Hand und Fuß hat: »Wie du siehst, kann auch ich eine Antwort nicht aus dem Hut zaubern. Gib mir bitte Zeit bis Donnerstag, in den zwei Tagen werde ich mir überlegen, wie ich dir helfen kann.«

Kapitel -10-

Seit der Besprechung in der Berliner Treuhand waren drei Wochen vergangen. In seinem Inneren hatte Heinz Walther die Angelegenheit schon abgeschrieben, als er plötzlich einen Anruf von seinem Kollegen Erich Rück bekam, dem früheren Chef der Eisenwerke.

»Hallo, Kollege Walther, wie geht es dir?«, wollte Rück zunächst wissen.

»Ja, den Umständen entsprechend. Ich wäre glücklicher, wenn ich sagen könnte, dass es mir gut gehe.«

Rück machte zunächst eine kleine Pause, um anschließend sein Anliegen vorzutragen: »Was ich dich fragen wollte, sind deine Konstruktionen, so wie sie uns vorliegen, komplett?«

Walther überlegte einen Augenblick und antwortete dann: »Ja, hier zu Hause habe ich nichts mehr, aber sage mir doch bitte, warum du dich jetzt noch dafür interessierst?«

»Ich weiß nicht, wie ich es dir erklären soll, aber in meiner Eigenschaft als ehemaliger Betriebsleiter habe ich nochmals ein Gespräch mit der Treuhand aufgenommen. In diesem Gespräch stellte sich nun heraus, dass ab sofort eine andere Abteilung für uns zuständig ist. Mit deinem Schulfreund, dem Herrn Schreiner, haben wir nichts mehr zu tun. Für uns ist jetzt wieder Herr Dr. Kaltherz zuständig. Dr. Kaltherz sagte mir, dass er einen Investor für unseren Betrieb hätte und dass dieser uns übernehmen werde. Es ist die Firma Gerätebau Schneider GmbH aus Wernau bei Stuttgart. Erste

Gespräche habe ich bereits mit Herrn Dr. Ing. Schneider geführt.«

Heinz Walther musste diese Nachricht erst einmal verdauen. Es vergingen einige Sekunden, bevor er fragte: »Wie soll es denn jetzt weitergehen?«

»Dr. Schneider beabsichtigt, etwa fünfzehn bis zwanzig Mitarbeiter zu übernehmen, der Rest bleibt beim Arbeitsamt. Er erklärte mir, wie er sich den weiteren Ablauf vorstellt. Er wies darauf hin, dass er lediglich einen Filialleiter und eine weibliche Bürokraft benötige. Das heißt, alle anderen werden in der Produktion beschäftigt.«

Heinz Walther versuchte, sich einen Durchblick zu verschaffen. Er dachte dabei auch an seine Konstruktionspläne für neuartige Einkaufswagen. Mit diesem Produkt – davon war er überzeugt – könne man Umsatz machen und Geld verdienen. Das war in seinem Kopf entstanden, er hatte es zu Hause konstruiert. Zu Rück sagte er dann auch deutlich: »Die Konstruktion ist mein geistiges Eigentum.«

Rück, der ein Fuchs war, sagte nur: »Darüber sprechen wir später.«

Heinz Walther wollte sich nun Klarheit verschaffen und rief zunächst seinen Schulfreund in der Berliner Treuhand an: »Hallo, Klaus, Heinz hier, hör mal, was habe ich da von unserem Kollegen Rück erfahren, du bist nicht mehr zuständig für uns, stimmt das?«

»Ja, leider, bei unserem Gespräch dachte ich noch, ich könnte die Angelegenheit übernehmen. Dr. Kaltherz ist nun mal eine Etage über mir und dagegen kann ich nichts ausrichten. Ich kann dir nur den Rat geben, verliere jetzt nicht die Nerven.

Vielleicht wendet sich ja noch alles zum Guten.«

Es muss etwas geschehen, dachte sich Heinz Walter und rief seinen Kollegen Schachtner an: »Hallo, Kollege Schachtner, wie geht es dir, hast du auch schon von der neuen Situation erfahren?«

Walther merkte, dass Schachtner auf diese Frage nicht vorbereitet war, denn es dauerte einen Augenblick, ehe er antwortete: »Ja, ich habe auch davon gehört, ich bin aber davon überzeugt, dass der Rück das schon machen wird. Mehr kann ich dir auch nicht sagen.« Mit der Bemerkung, er bekomme soeben Besuch, beendete Schachtner auch gleich das Gespräch.

Sieh an, dachte sich Heinz Walther, die beiden haben da doch schon wieder gemauschelt. Dieser Rück, wie früher in den alten Zeiten, dieser Drecksack! Es können doch nicht alle gegen mich sein. Walther griff erneut zum Hörer, um nun den Kollegen Rabe anzurufen, einen immer in sich verschlossenen Kollegen, eben ein Buchhalter. Aber als Buchhalter müsste er doch eigentlich in nahezu alle Belange Einblick haben, also wählte er seine Nummer.

»Hallo, Kollege Rabe, hier spricht Heinz Walther. Wie geht es dir? Ich hoffe, dass die Gesundheit nichts zu wünschen übrig lässt. Nun will ich dir auch den Grund meines Anrufs sagen. Ich hatte heute ein langes Gespräch mit unserem Kollegen Rück. Das heißt, er hat mich angerufen und wollte etwas über meine Konstruktionen wissen.« Er berichtete seinem Kollegen, was er mit Rück gesprochen hatte. Auch Rabe war von Rück in den vergangenen Tagen angerufen worden, und aufgrund der Gespräche konnte Walther nachvollziehen, wohin das Schiff gesteuert wurde. Rück, ein Mann aus dem politischen Kader, der seinerzeit an die Spitze des Betriebes gesetzt wurde, war mit allen Wassern gewaschen. Das jetzt zur Kenntnis Genommene war zu viel, auch Rabe musste nun seinem Herzen Luft verschaffen und schilderte seinem Kollegen Walther, was Rück von ihm wollte: »Primär waren es Auskünfte über Personen und noch zu realisierende Aufträge. Die Buchhaltung interessierte ihn nur am Rande.« Die beiden Kollegen kamen in ihrem Gespräch überein, dass Rück, um seinen Posten zu behalten, auf Schachtner nicht würde verzichten können. Sie waren sich aber auch darin einig, dass diese Konstellation nicht lange gut gehen würde.

Die Zeit verging in den folgenden Wochen wie im Fluge. Heinz Walther hatte zwischenzeitlich viele Bewerbungen geschrieben, leider ohne Erfolg. Seine ehemalige Firma wurde von der Firma Gerätebau Schneider GmbH übernommen. Zwölf Mitarbeiterinnen und Mitarbeiter fanden dort einen Arbeitsplatz, jedoch nicht Heinz Walther. Er bekam aber eine Karte vom Arbeitsamt mit der Aufforderung, sich am Montag den Achtzehnten um zehn Uhr in Zimmer zwölf einzufinden.

Kapitel -11-

Wie besprochen, meldete sich Renate am anderen Morgen zum Dienstantritt bei ihrer Kollegin. Sie stellte sich vor: »Hallo, ich bin Renate Walther und soll für die letzten zwei Monate die zwölf Jungen und Mädchen übernehmen«

»Ja und ich bin die Heidi Klein, aber bleiben wir doch beim Du.«

»Okay«, sagte Renate und beide begannen mit den Vorbereitungen für den neuen Tag. Die beiden Frauen verstanden sich sofort. Beide wussten, hier kann keine einen Vorteil erhaschen. Der Tag verging sehr schnell, es war ja die gewohnte Arbeit.

Als Renate ihren ersten Arbeitstag hinter sich gebracht hatte und nach Hause kam, berichtete sie, wie der Tag verlaufen war und dass sie sich mit ihrer neuen Kollegin gut verstehe.

»Vielleicht ist es ja der Anfang zum Guten«, sagte sie und bemerkte nicht, dass ihr Mann teilnahmslos zuhörte.

»Ja, ja«, sagte er nur, »das ist der Anfang.«

Renate schaute ihn erstaunt an und fragte: »Was ist mit dir, ist was geschehen?«

»Ja«, sagte Heinz Walther, »stell dir vor, heute hat mich der Rück angerufen und mir mitgeteilt, dass Klaus Schreiner nicht mehr für uns zuständig ist und es bereits eine Firma aus dem Westen gibt, die uns übernimmt. Mit dem Kollegen Rabe habe ich bereits darüber gesprochen, der wusste auch von nichts.« Eine kurze Zeit hielten beide inne.

»So kann es nicht weitergehen«, stellte Heinz fest und Renate stimmte dem zu. Auf dem Sparbuch mehrten sich die Auszahlungen und das mühsam angesparte Guthaben wurde immer kleiner. An Urlaub war schon gar nicht zu denken. Der gebrauchte Golf hielt auch nicht das, was man sich von ihm versprochen hatte, und jetzt fielen auch dort noch zu allem Übel einige Reparaturen an. Renate dachte nur: Wie sollen wir das bloß bezahlen? Neue Schulbücher benötigt der Junge auch. Es ist zum Verzweifeln! Wenn Heinz doch bloß bald Arbeit bekäme. Aber wie sagte doch der Schulfreund: Jetzt nicht die Nerven verlieren. Trotzdem, die immer größer werdenden Sorgen zehrten auch am Miteinander. Kleinigkeiten, die man sonst mit einem Lächeln übersehen hätte, wurden plötzlich zum Problem. Weder Heinz noch Renate hatten noch das Bedürfnis, den anderen mal in den Arm zu nehmen und zu drücken, ihm einen Kuss zu geben und ein paar liebe Worte zu sagen. Es war für die Ehe, ja für die Familie, keine gute Zeit.

Dennoch, am anderen Morgen richtete Renate für ihre »Männer« das Frühstück und machte sich auf den Weg zur Arbeit. Mit »Hallo« und »Guten Morgen« begrüßte sie ihre neue Kollegin. Sie wollte nicht, dass sie bemerkte, welchen Kummer sie hatte. Und solange beide mit den Kindern beschäftigt waren, gab es keine Möglichkeit, ein privates Wort zu wechseln. Erst mittags, als die Kinder schliefen, konnten sich die Frauen vom Stress ein wenig erholen. Jetzt wurden die üblichen Fragen gestellt, man tauschte sich aus: Bist du verheiratet, hast du Kinder, wie alt bist du, was macht dein Mann? – und noch so einige Fragen mehr. Heidi war mit ihren einundvierzig Jahren zehn Jahre älter als Renate. Sie hatte blonde Haare und war, wie auch Renate, im Tierkreiszeichen der Fische geboren worden. Heidi machte auch gerne mal einen Spaß und war außerdem sehr zuverlässig.

Seit einigen Tagen beobachtete Heidi Renate nun schon. Sie merkte, mit der stimmt etwas nicht. Sollte sie sie ansprechen oder in Ruhe lassen, aber sie quälte sich doch sichtbar. Egal, dachte Heidi, ich spreche sie einfach an und frag, was sie hat: »Renate hör mal, ich beobachte dich jetzt schon einige Tage, und ich habe festgestellt, mit dir stimmt etwas nicht. Sag mir, was bedrückt dich, vielleicht kann ich dir helfen, deinen Kummer zu mildern.«

Renate hob bedrückt ihren Kopf: »Wer kann mir da schon helfen? In meiner Ehe gibt es Differenzen und Unstimmigkeiten. Das hatten wir früher nie. Heute finden wir selbst in unserem Schlafzimmer nicht mehr zueinander. Das halte ich auf die Dauer nicht mehr lange aus.«

Dem kann man doch abhelfen, dachte sich Heidi. »Hör mal gut zu, was du brauchst, das sind mal wieder ein paar Schmetterlinge im Bauch, du musst nur aufpassen, dass sie nicht beißen. Also such dir etwas, mach aber früh genug Schluss.«

Renate schaut Heidi mit großen Augen an: »Wie stellst du dir das vor, wie soll das denn gehen.«

Heidi sah, dass sich bei Renate etwas bewegte, und fuhr fort: »Du hast doch bestimmt jemanden, der gerne mit dir mal ausgehen würde. Dem gibst du bei der nächsten Einladung einfach keinen Korb, sondern du lässt die Dinge einfach auf dich zukommen. Du wirst staunen, was sich dann entwickelt.«

Kapitel -12-

Lehrer Stöckle nutzte die zwei Tage. Er wollte dem Jungen zumindest einen Schimmer Hoffnung geben, doch in solch einer Situation ist so etwas leichter gesagt als getan. Das Familienglück, so seine Überzeugung, hängt einzig und allein davon ab, ob der Vater in absehbarer Zeit einen Arbeitsplatz bekommt oder nicht; aber woher nehmen und nicht stehlen? Stöckle begann, darüber nachzudenken, ob er nicht eventuell in seinem Bekanntenkreis jemanden hätte, der einen Arbeitsplatz anbieten könnte. Von Leipzig nach Hof, das ginge doch. Schade, es waren alles nur kleine Handwerker mit zwei bis drei Gesellen, die konnten so einen Mann nicht beschäftigen. Er ging mit sich und der Demokratie, die er nach wie vor für die bessere Gesellschaftsform hielt, hart ins Gericht und fragte sich: Musste das eigentlich sein, dass wir so viele Milliarden bezahlt haben und trotzdem so viele Betriebe, die lebensfähig waren, einfach abgewickelt wurden, oder hatte der Lafontaine doch recht? Es ist schon eigenartig, geschieht in einem anderen Land etwas, dann kommen wir sofort mit dem kritisch erhobenen Zeigefinger, und wie ist es bei uns? Stöckle dachte: Nein, mit dem Querdenken kommst du auch nicht weiter und dein Problem löst du damit auch nicht. Versuchen wir es einmal anders. Ich werde dem Jungen sagen, er soll versuchen, positiv zu denken, und das immer und immer wieder. Diese Methode hat den Vorteil, dass man so einen Schicksalsschlag leichter verkraftet. So zu denken kann man sich antrainieren.

Es kam der Donnerstag und Alexander hatte wieder in der dritten Stunde Aktuelle Geschichte. Lehrer Stöckle kam gut gelaunt in die Klasse, er grüßte freundlich und bekam den Gruß mit gleicher Freundlichkeit zurück. Er sah, dass auch Alexander ein froheres Gesicht machte. Dann sagte er: »Ich habe versucht, Probleme zu lösen, die nicht lösbar sind, und genau darüber möchte ich heute mit euch sprechen. Also, wenn ich ein Problem habe, das ich nicht lösen kann, muss ich mir dieses erst einmal ansehen. Ich muss mir die Frage stellen: Wie kann ich damit leben; denn ich muss ja damit leben. Hier liegt der Knackpunkt. Ich muss mir die Frage stellen: Willst du daran kaputtgehen oder willst du dich dem stellen? Zuerst versuche ich herauszufinden, ob nicht doch noch an irgendeiner Stelle ein Fünkchen Hoffnung zu sehen ist. Ist das der Fall, dann ist es meine Aufgabe, dieses Fünkchen Hoffnung ganz vorsichtig herauszuschälen und darauf zu achten, dass ich es nicht beschädige.« Nun fragte er die neben Alexander sitzende Tina: »Und was meinst du, Tina, was kann man damit noch anfangen?«

Tina überlegte einen Augenblick, dann sagte sie: »Das ist der Anker zum positiven Denken.«

»Sehr richtig«, sagte Stöckle, »an diesen Anker kann ich mich halten, wenn es mal gar nicht mehr geht. Also, ich kann wieder positiv denken.« Die ganze Klasse saß mäuschenstill auf ihren Plätzen und lauschte den Worten des Lehrers.

Stöckle verstand es, das Interesse der Schüler zu wecken, er war ein hervorragender Pädagoge.

Nach Schulschluss kam Alexander zu seinem Lehrer und bedankte sich: »Ich habe jedes Wort verstanden, positiv denken … Und den Anker habe ich auch schon. Mein Vater soll am Montag zum Arbeitsamt kommen, ich danke Ihnen.« Stöckle war erleichtert, man sah es ihm an. Eine andere Antwort hätte ich dem Jungen nicht geben können, dachte er und packte seine Sachen zusammen. Alexander hingegen eilte nach Hause. Für den Nachmittag hatte er sich vorgenommen, mit dem Vati noch eine Partie Schach zu spielen. Die auf diese Weise positiv veränderte Situation bestärkte ihn in seiner Überzeugung, dass der Besuch beim Arbeitsamt etwas bringen werde. Jetzt müsste Vati doch eine Stunde Zeit für mich haben. In der Schule hatte er heute gelesen, dass in der übernächsten Woche offene Schulmeisterschaften ausgetragen werden sollten. Da würde ihm ein wenig Training guttun!

Kapitel -13-

Es war Sonntagabend. Renate und Heinz Walther saßen im Wohnzimmer und unterhielten sich über sein bevorstehendes Gespräch im Arbeitsamt. Was würde ihn erwarten? Nach einer eventuellen Vorstellung wieder eine Absage? Oder will man vielleicht nur wissen, ob er noch lebt? Es türmten sich Tausende Fragen und Hoffnungen auf. In der folgenden Nacht konnten sie kein Auge zutun, an Schlaf war nicht zu denken. Dennoch duselte man so dahin. Renate hatte den Wecker auf sieben Uhr gestellt, man wollte auf keinen Fall verschlafen.

Noch am Frühstückstisch ging das Rätselraten weiter.

»Vati, jetzt wird doch noch alles gut.« Alexander strahlte über das ganze Gesicht.

Schließlich war es dann so weit, Heinz Walther setzte sich in seinen Golf und fuhr zum Arbeitsamt. Dort angekommen, begab er sich auf die Suche nach Zimmer zwölf. Er klopfte an, wartete, bis ein »Herein« von einer weiblichen Stimme zu hören war, und trat ein.

»Guten Morgen, mein Name ist Heinz Walther, ich habe diese Karte zur Vorstellung für heute zehn Uhr bekommen.« Die Dame nahm seine Karte und suchte die entsprechende Kartei in ihrem Computer. »Ich hätte hier etwas für Sie, wenn Sie bereit wären, auch außerhalb zu arbeiten.« »Wo müsste ich denn hin?«, fragte Heinz Walther.

»Es ist die Rainhardt Metallbau GmbH in Frankfurt am Main. Die Firma sucht einen qualifizierten

Maschinenbauingenieur. Wenn es Ihnen recht ist, könnte ich sofort anfragen, wann Sie sich dort vorstellen können.«

»Ja bitte, telefonieren Sie, ich werde nach Frankfurt fahren.«

Die Dame nahm den Hörer ab und rief die besagte Firma an: »Guten Morgen, Stein ist mein Name, ich bin vom Arbeitsamt Leipzig. Aus meinen Unterlagen ersehe ich, Sie suchen bundesweit einen qualifizierten Maschinenbauingenieur, ich hätte hier jemanden. Ist der Job noch zu besetzen?«

Am anderen Ende der Leitung saß Frau Gerda Schmidt, die rechte Hand des Chefs. Nun entwickelte sich ein reger Dialog zwischen den beiden Damen. Mit den Worten: »Es handelt sich um Herrn Heinz Walther aus Leipzig«, wurde das Gespräch beendet.

»So«, sagte Frau Stein. »Ich werde Ihnen nun die erforderlichen Unterlagen mitgeben und Sie richten Ihre Bewerbungsunterlagen. Danach setzen Sie sich mit der Firma in Verbindung, und zwar mit Frau Schmidt, und besprechen, wann Sie sich dort vorstellen können. Die anfallenden Reisenkosten werden Ihnen erstattet.«

Heinz Walther befand sich auf Wolke sieben, denn damit hatte er nicht gerechnet. Nun aber schnell nach Hause, wo man ihn schon voller Spannung erwartete. Alexander konnte nicht länger warten und platzte heraus: »Vati, was hast du erreicht, sag schon, wir sind doch so gespannt.«

Heinz musste sich erst einmal setzen und Luft holen. Sein Gesicht strahlte wie ein Scheinwerfer. Er ließ sich in seinen Sessel plumpsen und schaute in die gespannten Gesichter.

»Nun, so höret«, sagte er mit einem Lächeln. »Einen Teilerfolg kann ich euch vermelden. Man hat mir tatsächlich einen Job in meinem Beruf angeboten. Die Angelegenheit hat nur einen Haken, die Firma ist in Frankfurt am Main, und sollte sich alles Weitere positiv entwickeln, käme ich nur zum Wochenende nach Hause. Ihr müsstet also dieser Sache zustimmen.«

Renate meldete sich als Erste und sagte: »Ich glaube, hier gibt es nicht mehr viel zu überlegen, ich sage Ja!«

Noch am gleichen Tage setzte Heinz Walther sich hin und telefonierte mit Frau Schmidt.

»Hallo, Frau Schmidt, hier ist Heinz Walther aus Leipzig. Ich habe heute vom Arbeitsamt die Unterlagen zwecks einer Vorstellung in Ihrem Hause bekommen und möchte nun mit Ihnen den Termin besprechen. Ich richte mich ganz nach Ihnen.«

Frau Schmidt nahm ihren Terminkalender zur Hand, dann sagte sie: »Mal schauen, wäre Ihnen der Fünfundzwanzigste gegen fünfzehn Uhr genehm?«

Heinz Walther überlegte nicht lange und antwortete: »Aber ja, ich werde pünktlich da sein.«

Alexander hatte nichts Eiligeres zu tun, als zum Bahnhof zu fahren und alle Züge aufzuschreiben, die bis spätestens um dreizehn Uhr in Frankfurt am Main ankommen würden. Heinz und Renate hatten auch in den nächsten Tagen nur ein Thema: Frankfurt am Main. Sie konnten sich noch gar nicht so recht vorstellen, wie wohl das künftige Familienleben aussehen würde.

»Lassen wir alles auf uns zukommen«, sagte Heinz. »Wir wissen ja noch gar nicht, ob ich den Job überhaupt bekommen werde, machen wir uns nicht verrückt.«

Kapitel -14-

Es kam der Fünfundzwanzigste, Heinz überprüfte noch einmal, ob er auch alle Unterlagen zusammenhatte, und legte sie dann in seine Aktentasche.

Renate machte sich so ihre Gedanken: Was ist, wenn er übernachten muss, es könnte doch sein. »Heinz!«, rief sie. »Für den Fall aller Fälle nimm bitte den großen Aktenkoffer. Ich will dir noch ein paar Sachen für eine eventuelle Übernachtung einpacken. Man kann nie wissen.«

Ja, ja, die Frauen, dachte Heinz. »Wenn du meinst. Dann bitte aber nur ein Hemd und die passende Krawatte, mehr nicht. Natürlich auch meine Toilettensachen. Das ist dann aber auch alles.« Er nahm noch einmal das Blatt zur Hand, auf dem Alexander die Verbindungen aufgeschrieben hatte, und suchte sich den Zug heraus, mit dem er fahren wollte. »Renate, ich fahre morgen mit dem um fünf Uhr achtunddreißig, dann bin ich auch rechtzeitig in Frankfurt und kann mir noch die Stadt ansehen. Du musst mich morgen früh um halb fünf zum Bahnhof fahren, ich habe ja noch keine Fahrkarte und die Fahrt zum Bahnhof dauert auch eine Viertelstunde. Du weißt ja, ich komme nicht gerne auf den letzten Drücker.«

Renate hörte sich die Worte an und sagte lächelnd: »Du wirst uns schon früh genug verlassen können und ich bin dann Strohwitwe.« Die beiden scherzten noch ein wenig und begaben sich dann zur Nachtruhe. Es war wieder so wie früher, die neue Situation brachte eine gewisse Entspannung.

Renate stellte den Wecker zu halb vier, sie wollten schließlich noch vernünftig frühstücken.

»Es ist jetzt Viertel nach vier«, sagte Heinz schon etwas aufgeregt, »wir müssen fahren.« Er verabschiedete sich von Alexander, der zwischenzeitlich aus seinem Zimmer gekommen war.

»Nun müssen wir aber«, mahnte Heinz. Am Bahnhof angekommen, eilte er sofort zum Fahrkartenschalter. Er hatte Glück, es war niemand vor ihm. »Einmal Frankfurt am Main und zurück, bitte zweiter Klasse.«

Der Bahnbeamte stellte ihm die Fahrkarte aus. »Einhundertachtundneunzig Deutsche Mark«, sagte er und nahm das Geld entgegen. Heinz war schon etwas aufgeregt, das merkte auch Renate.

»Lass einfach alles auf dich zukommen und bleib ruhig.« Mit diesen Worten wollte sie eine Entspannung herbeiführen. Nach einigen Minuten kam der Zug. Nun kam der große Abschied. Heinz und Renate umarmten sich innig, als wäre es ein Abschied für lange Zeit. Sie küssten sich immer wieder, bis plötzlich die Ansage durch den Lautsprecher erfolgte: »Einsteigen, bitte!«

Langsam setzte sich der Zug in Bewegung und rollte geräuschlos aus dem Leipziger Hauptbahnhof. Renate hatte ein Taschentuch in der Hand und winkte ihrem Mann so lange hinterher, bis der Zug den Bahnhof verlassen hatte.

Heinz saß in einem Großraumwagen der neueren Bauart und staunte nicht schlecht, wie dieser über die Schienen glitt. Während der Fahrt machte er sich so seine Gedanken über das, was wohl auf ihn zukommen würde: Wie mögen die sein, wie werden sie mich empfangen, sind sie einem Ossi gegenüber arrogant? Und dann die Frage: Wie werde ich darauf reagieren?

Er nahm sich noch einmal seine Unterlagen zur Hand. Verdammt, wir haben doch auch etwas gelernt und so manches Produkt aus der DDR erlangte Weltruf. Also wozu den Kopf einziehen? Packen wir es an!, dachte er sich und legte seine Unterlagen wieder zurück. Der Schaffner kam und kontrollierte die Fahrkarten.

»Hat unser Zug Verspätung?«, fragte Heinz. Der Schaffner verneinte, sie würden pünktlich in Frankfurt ankommen.

Langsam und lautlos rollte der Zug in den Frankfurter Hauptbahnhof ein. Heinz Walther stieg aus und erkundigte sich zuerst danach, wo ein Stadtplan zu finden sei. Er wollte wissen, wo er hinmüsse und wie viel Zeit er noch habe. Er sah sich den Stadtplan an und dachte: Das ist ja alles gut und schön, sich die Stadt anzusehen, aber wie, ohne Auto. Mit dem Taxi wird die Sache zu teuer, also lasse ich es und schau mir nur das an, was ich hier vom Bahnhof aus zu Fuß erreichen kann. Die Zeit verging schneller, als er dachte, und die Arme wurden auch immer länger, der Aktenkoffer hatte es in sich. Heinz entschloss sich, mit den öffentlichen Verkehrsmitteln in den Norden der Stadt zu fahren. Er sah sich den Streckenplan an und stellte fest, dass die U-Bahn-Linie drei direkt zur Königsberger Straße fuhr. Er zog sich am Automaten einen Fahrschein und ging hinunter zur U-Bahn. Frankfurt ist doch eine sehr moderne Stadt, dachte er sich. Es waren fünf Stationen, dann musste er aussteigen. Mit seiner Aktentasche in der Hand ging er zur Rolltreppe und fuhr hinauf. Oben angekommen, schaute er sich um: Donnerwetter, das ist ja ein riesiges Industriegebiet. Na, dann will ich mal schauen, in welche Richtung ich gehen muss.

»Hallo, entschuldigen Sie bitte, ich suche die Firma Rainhardt Metallbau«, fragte er einen vorbeikommenden Passanten. Dieser zeigte mit dem Finger nach rechts und meinte: »Etwa hundert Meter auf der linken Seite.« Walther bedankte sich und ging in die gezeigte Richtung. Nach etwa einhundertzwanzig Meter stand er plötzlich vor einem weißen, vier Stockwerke hohen Verwaltungsgebäude. Vor dem Haus ein großes Firmenschild: »Rainhardt Metallbau GmbH«. Plötzlich schlug sein Herz doch um einiges schneller. Packen wir es an!, sagte er sich und ging hinein.

Gleich unten links befand sich der Empfang. Hinter einer Glasscheibe saß eine ältere, sehr attraktive Dame, sie mochte wohl so um die sechzig sein. Sie öffnete das Sprechfenster und sagte: »Bitte, was kann ich für Sie tun?«

Walther stockte ein wenig, dann grüßte er und stellte sich vor: »Guten Tag, mein Name ist Heinz Walther, ich komme aus Leipzig und soll mich heute um fünfzehn Uhr bei Frau Schmidt vorstellen.«

»Herr Walther, Sie werden bereits erwartet, bitte gehen Sie dort in den Empfangsraum und nehmen Sie einen Augenblick Platz, Frau Schmidt wird gleich zu Ihnen kommen.«

Heinz Walther drehte sich um und ging hinein. Was er nun sah, überwältigte ihn. Getäfelte Wände und das Mobiliar in Mahagoni, so etwas hatte er noch nicht gesehen. Die Dame am Empfang hatte zwischenzeitlich mit Frau Schmidt telefoniert und den Besuch gemeldet. Es dauerte nur einige Minuten, bis die Tür sich öffnete und Frau Schmidt hereintrat.

»Hallo, Herr Walther, ich begrüße Sie in unserem Hause auf das Herzlichste und heiße Sie willkommen. Wie war die Reise, ich hoffe angenehm? Aber kommen Sie, wir gehen in mein Büro.«

Heinz Walther, überwältigt und ein wenig sprachlos, stand regungslos vor dieser schönen und attraktiven Frau. Dann aber sagte er: »Ich bedanke mich für den überaus herzlichen Empfang und freue mich, hier zu sein.«

»Nun aber kommen Sie, wir gehen in mein Büro.« Frau Schmidt wählte den Fahrstuhl, ihr Büro befand sich, wie auch das der Geschäftsleitung, in der vierten Etage. Heinz Walther überraschte es nicht, in diesem Büro den gleichen Glanz vorzufinden. Auf der einen Seite stand ihr Schreibtisch, leicht gebogen und mit einem Seitenteil. Auf der anderen Seite befand sich eine Sitzecke, vier Ledersessel und in der Mitte ein runder Glastisch.

Gerda Schmidt, dreiunddreißig Jahre jung, blond und hübsch, hatte die Gabe, Menschen anzusprechen und ihnen die Scheu zu nehmen: »Bitte, Herr Walther, nehmen Sie Platz, im Sitzen plaudert es sich leichter. Ich darf Ihnen doch bestimmt einen Kaffee anbieten.« Ohne auf ein Ja zu warten, ging Frau Schmidt ans Telefon und sagte: »Fräulein Becker, bringen sie uns bitte Kaffee und etwas Gebäck.« »Ja, danke« antwortete Walther.

»Ich habe nun eine gute und eine schlechte Nachricht für Sie, welche wollen Sie zuerst hören?«

Es stockte ihm der Atem, dann kam ganz leise von ihm: »Die schlechte.«

Gerda Schmidt merkte, dass diese Aussage ihn traf: »Na, so schlimm ist es nun auch wieder nicht. Unser aller Chef, der Herr Rainhardt, hätte sich heute gerne mit Ihnen unterhalten. Aus geschäftlichen Gründen musste er seine Termine umstellen. Das heute mit Ihnen geplante Gespräch wird er morgen nachholen. Sie müssen also heute hier in Frankfurt übernachten – das ist die schlechte Nachricht. Ich hoffe, Sie sind damit einverstanden. Natürlich haben wir auch an Ihre Übernachtung gedacht, Sie sind in einem Hotel untergebracht und dort bereits avisiert. Sehen Sie, das ist die gute Nachricht. In diesem Hotel bringen wir immer unsere Gäste unter. Es ist ein solides Haus mit einer gutbürgerlichen Küche, Sie werden sich dort bestimmt wohlfühlen. Ihr Verzehr geht selbstverständlich zu unseren Lasten. Entschuldigen Sie bitte, ich rede die ganze Zeit und Sie kommen gar nicht zu Wort. Erzählen Sie mir doch etwas über sich und Ihre Familie.«

Nun war Heinz Walther an der Reihe: »Ich habe Ihnen gerne zugehört. Ich bin verheiratet und habe einen Sohn, Alexander, mein ganzer Stolz. Beschäftigt war ich bis zu deren Abwicklung bei den Metallwerken Leipzig, es waren dort fünfundachtzig Mitarbeiterinnen und Mitarbeiter beschäftigt. Studiert habe ich an der TH Halle und dort auch mein Studium mit dem Diplom abgeschlossen. Ja und jetzt bin ich auf der Suche nach einem Arbeitsplatz.«

Gerda Schmidt horchte auf, denn Herr Walther war ihnen als Maschinenbauingenieur vom Arbeitsamt angeboten worden: »Herr Walther, Sie stapeln tief. Sie sind doch Diplom-Ingenieur, das dürfen Sie ruhig sagen.« Sie lächelte und schaute ihn an. Walther bekam aus lauter Verlegenheit ein ganz rotes Gesicht: »Bevor ich Sie gleich zum Hotel fahre, werde ich Ihnen noch unseren Betrieb zeigen. Sie sollen doch wissen, worüber Sie morgen mit unserem Chef sprechen. Einige Informationen sollte ich Ihnen aber jetzt schon geben: Wir beschäftigen sechshundertfünfzig Mitarbeiterinnen und Mitarbeiter, unsere Produktpalette ist in drei Sparten aufgeteilt. Wir produzieren Zubehör für die Automobilindustrie, Motoren und Kleingeräte für die Landwirtschaft sowie Werkzeugmaschinen für den Heimwerker.« Sie lächelte und sagte: »Ich schlage vor, wir machen heute nur einen Schnelldurchlauf, später, wenn Sie mit Ihrem Dienst beginnen, werden Sie von unserem Chef gebührend eingeführt und vorgestellt. Ich würde vorschlagen, wir beginnen jetzt mit unserem Rundgang. Hier in der obersten Etage finden Sie die Geschäftsleitung und die Buchhaltung, in der dritten Etage haben wir unseren Einkauf und die Abteilung Kalkulation und Kostenrechnung. Die Abteilung Technik ist in der zweiten Etage untergebracht. Die untere Etage kennen Sie ja bereits, dort ist auch die

Lohnbuchhaltung. Begeben wir uns nun in die Produktionshallen. Hier in dieser Halle haben wir die Warenannahme auf der rechten Seite und die Fertigwaren auf der linken Seite. Dort drüben in Halle zwei stellen wir Motoren und Kleingeräte für die Landwirtschaft sowie Werkzeugmaschinen für den Heimwerkermarkt her. In den beiden Hallen dort drüben produzieren wir für die Automobilindustrie.«

Heinz Walther nutzte diesen Rundgang, um so viele Informationen wie möglich für den nächsten Tag zu bekommen. »Frau Schmidt«, sagte er, »ich bin beeindruckt und sage nur:

Respekt.«

Gerda Schmidt nahm diese Aussage wohlwollend zur Kenntnis. Sie schaute auf die Uhr: »Jetzt wird es aber Zeit, dass ich Sie zu Ihrem Hotel fahre, wir benötigen etwa eine halbe Stunde, es kommt natürlich auf den Verkehr an.«

Ihr Wagen war ein dunkelblauer zweihundertdreißiger Mercedes. »Bitte steigen Sie ein, es geht los.« Sie lächelte, denn sie fuhr sehr forsch. Heinz Walther kannte zwar die Marke Mercedes, aber in einem solchen Wagen hatte er noch nie gesessen, sein Golf war eine Schrottkiste dagegen. Gerda merkte, dass sich Walther alles genau anschaute, doch bedingt durch die sportliche Fahrweise traute er sich nicht, auch nur einen Ton zu sagen. Er wollte sie auf keinen Fall ablenken. Es dauerte auch nur eine knappe halbe Stunde und sie hatten ihr Ziel erreicht.

»So, wir sind da, bitte aussteigen, der Zug endet hier.« Sie schaute ihn an und lächelte. Heinz Walther schaute hoch und las: »Hotel zum roten Ochsen.«

Er eilte voraus und hielt ihr die Tür auf. Gerda dachte so für sich: Ist ja ein ganz fescher Kerl und Manieren hat er auch. Jetzt fehlt nur noch, dass er in seinem Beruf auch so ist, dann würde es passen.

Beide gingen zur Rezeption: »Guten Abend, Frau Werner, für diesen Herrn hatte ich das Zimmer bestellt, es ist Herr Heinz Walther aus Leipzig, verpflegen Sie ihn gut. Die Abrechnung wie immer über uns.«

»Ich habe wieder Zimmer neun hergerichtet, es ist wohl recht so?«

Gerda Schmidt zögerte nicht lange mit ihrer Antwort: »Natürlich, wir und unsere Gäste waren doch immer zufrieden.« Sie schaute Herrn Walther noch einmal an und sagte: »Ich fahre jetzt wieder heim, Ihnen wünsche ich eine angenehme Nacht, vorher speisen Sie aber noch und lassen Sie sich das Bier gut schmecken. Tschüss bis Morgen, ich lasse Sie gegen elf Uhr dreißig von unserem Fahrer abholen.«

Heinz eilte wieder voraus, hielt ihr die Tür auf und brachte sie zum Auto. Anschließend ließ er sich den Schlüssel geben und ging auf sein Zimmer, ein Doppelzimmer mit Dusche, WC und Bad, die Einrichtung in Eiche, mit Telefon und Fernsehen. Rundum ein schönes Zimmer, dachte er sich. Jetzt aber erst einmal duschen und sich frisch machen und dann zu Hause anrufen, die warten bestimmt schon. Die Dusche war ein Genuss nach so einem langen Tag. Nachdem er sich frisch gemacht und angezogen hatte, strahlte er: Renate, eben eine Hausfrau, hatte ihm nicht nur ein Hemd eingepackt, nein, gleich zwei und auch Unterwäsche. Er griff zum Telefon: »Hallo, Schatz, ich bin es, wie geht es euch? Ich bin gut angekommen und empfangen wurde ich wie ein kleiner König. Leider musste der Chef kurzfristig für einen Tag verreisen und eine Frau Schmidt hat mich empfangen. Einiges habe ich schon gesehen und durch den Betrieb hat man mich auch geführt. Alles, was ich hier gesehen habe, war sehr beeindruckend. Ich bin in einem wunderschönen Hotel untergebracht, habe ein Doppelzimmer mit Dusche, WC und Fernseher. Was ich hier verzehre, geht alles zulasten der Firma. Ich kann nur sagen: Hier bin ich Mensch, hier darf ich's sein. Ihr könnt euch gar nicht vorstellen, was jetzt schon alles zu berichten wäre. Aber trotzdem, der entscheidende Tag ist morgen. Gegen elf Uhr dreißig holt mich der Fahrer der Firma hier ab und danach habe ich das Gespräch mit dem Chef. Ich werde gleich ins Restaurant gehen, ganz in Ruhe speisen und ein kühles Bier genießen. Der Tag war trotz allem sehr anstrengend.«

Renate hatte ein Glücksgefühl, ihr kamen die Tränen, dann sagte sie: »Schatz, Alex und ich, wir drücken dir für morgen fest die Daumen. Ich glaube, dass du müde bist, und bin dir auch nicht böse, wenn wir gleich Schluss machen. Gehe jetzt ruhig essen, wir wünschen dir einen guten Appetit und dann schlaf schön, mein Schatz. Alex und ich sagen dir Gute Nacht!«

Hiernach ging Heinz ins Restaurant und setzte sich an einen Tisch. Der Ober kam und fragte: »Mein Herr, was darf ich Ihnen bringen?«

Heinz überlegte nicht lange. »Zuerst bitte ein Pils und dann bitte die Speisekarte.«

»Jawohl«, sagte der Ober, drehte sich um und gab die Bestellung auf. Dann brachte er die Speisekarte mit den Worten:

»Bitte sehr, mein Herr!«

Heinz durchforstete die Karte rauf und runter. Sieben Minuten waren vergangen, dann stellte der Ober ihm das Pils hin und sagte: »Zum Wohl«, anschließend fragte er: »Haben der Herr sich entschieden?«

Heinz sagte: »Ja, bringen Sie mir bitte die Nummer vierzehn, das Holsteiner Schnitzel mit Salat.«

»Jawohl«, antwortete der Ober und ging. Heinz nahm das Glas Pils und gönnte sich genussvoll einen kräftigen Schluck. Bild für Bild ließ er den Tag Revue passieren und dachte: Was wird der morgige Tag wohl bringen? Was ich heute erlebt habe, war ja schon sehr positiv. In Gedanken versunken, merkte er gar nicht, dass der Ober mit dem Essen vor seinem Tisch stand und servieren wollte: »Oh, entschuldigen Sie, ich war ganz in Gedanken.«

Nun nahm der Oberkellner die Haube von der Platte, legte vor und stellte den Rest auf das Rechaud. »Ich wünsche Ihnen einen guten Appetit«, sagte er und ging.

Heinz schaute sich nun diese Kostbarkeit an, das Wasser lief ihm im Munde zusammen. Ein großes Schnitzel mit einem

Spiegelei oben drauf sowie Soße und Pommes frites. Er begann zu speisen, es schmeckte ihm hervorragend. Nach einer Weile kam der Ober und fragte: »Darf ich nachlegen?« »Ja, bitte«, sagte Heinz. Bei dieser Gelegenheit bestellte er sich noch ein Pils. Als er nun gespeist hatte und auch das letzte Pils getrunken war, wollte er zahlen. Der Ober legte ihm eine Rechnung vor mit der Bitte, diese zu unterschreiben, sie gehe zulasten der Firma Rainhardt. Dann ging er zur Nachtruhe auf sein Zimmer.

Dort hatte er eine unruhige Nacht, erst gegen Morgen schlief er richtig ein und hätte fast verschlafen. Er wachte auf, schaute auf die Uhr und erschrak. Es war bereits acht Uhr fünfzehn.

Jetzt aber raus, dachte er und sprang aus dem Bett. Nachdem er sich geduscht, angezogen und ein wenig Eau de Toilette versprüht hatte, ging er in den Frühstücksraum. Das Büfett war eine Augenweide, er frühstückte in aller Ruhe.

Dann dachte er: So, jetzt könnte mich der Fahrer abholen.

Kapitel -15-

Gerda Schmidt hatte gerade die Post in Empfang genommen und sortiert, um sie an die einzelnen Abteilungen weiterzuleiten, da klingelte das Telefon. Am anderen Ende war der Chef, der inzwischen eingetroffen war.

»Guten Morgen, Frau Schmidt, kommen Sie bitte zu mir, wir haben ja noch einiges zu besprechen.«

Gerda nahm gleich die Post für den Chef mit und ging zu ihm. Sie klopfte an und ging hinein.

»Guten Morgen, Herr Dr. Rainhardt, ich habe gleich die Post mitgebracht.«

Er schaute hoch und sagte: »Ja, danke, legen Sie die Post dort auf den Tisch und setzen Sie sich, bitte, ich will mit Ihnen reden. Sie haben ja gestern einen schweren Tag gehabt, ich danke Ihnen, dass Sie mich so gut vertreten haben. Nun erzählen Sie mal, ich möchte doch auch vorbereitet sein. Und neugierig bin ich auch noch.«

Gerda schaute ihn an und dachte: Wie fang ich jetzt an? Dann kam die Erleuchtung: »Also, Herr Walther ist ein sehr netter junger Mann, er ist achtunddreißig Jahre alt, er hat sehr gute Manieren. Er könnte uns auch nach außen hin gut vertreten. Aus seinen Papieren habe ich ersehen, dass er sogar Diplom-Ingenieur ist. Trotzdem kann ich Ihnen über seine fachliche Kompetenz keine Auskunft geben. Ich möchte es mir nicht anmaßen, ein Urteil zu sprechen. Das können Sie besser als ich.«

Dr. Rainhardt sah sie an. »Frau Schmidt, ich glaube, Sie mögen ihn.«

Gerda errötete. »Ja, er machte auf mich einen sehr guten Eindruck, was ich von den anderen Bewerbern nicht sagen kann. Ich habe es für richtig gehalten, mit ihm gleich einen Rundgang durch unseren Betrieb zu machen.«

Dr. Rainhardt schaute auf die Uhr »Es ist jetzt zehn Uhr fünfundvierzig, Herr Jung könnte jetzt gleich fahren und Herrn Walther abholen. Anschließend kommen Sie dann mit ihm zu mir.«

Gerda stand auf und sagte: »Ja, ich werde alles veranlassen.« Dann ging sie wieder in ihr Büro.

Nach dem Frühstück hatte sich Heinz Walther zunächst eine Weile an die frische Luft begeben. Zwischendurch schaute er immer mal wieder auf die Uhr, auf der die Zeit gar nicht vergehen wollte. Ich werde noch eine Tasse Kaffee trinken, dachte er sich und ging noch mal in den Frühstücksraum. Ob sie heute auch wieder da ist, es war ja so angenehm, mit ihr zu reden. Sie ist überhaupt eine liebenswerte Person. In meinem Inneren hat sie die Ost-West-Verhältnisse auf den Kopf gestellt. Von wegen arrogant, wenn alle so sind wie sie, dürfte das Zusammenleben kein Problem sein. Diese Frau hat das gewisse Etwas, ja, ich mag sie. Als er ein Auto hörte, ging er vor die Tür, sah den blauen Mercedes und dachte kurz: Na, kommt sie mich abholen? Doch nein, es stieg ein Mann aus.

»Sind Sie Herr Walther?« fragt er. »Wenn ja, dann steigen Sie bitte ein, ich bin beauftragt, Sie abzuholen.«

»Ja«, erwiderte Walther, »guten Morgen. Dann lassen Sie uns fahren.«

»Darf ich mich vorstellen, Jung ist mein Name, ich bin hier das Mädchen für alles.« Er lächelte. »Eines kann ich Ihnen gleich sagen, eine Firma wie die unsere finden Sie in ganz Frankfurt nicht wieder, ja vielleicht sogar in ganz Deutschland.«

Walther schaute ihn an und sagte: »Das glaube ich Ihnen aufs Wort.«

Nach etwas mehr als einer halben Stunde hatten sie das Betriebsgelände erreicht.

»Herr Walther, warten Sie bitte einen Moment, ich bringe Sie zu Frau Schmidt.«

Sie benutzten den Fahrstuhl. Oben angekommen, ging Herr Jung voraus. Er klopfte an die Bürotür von Frau Schmidt und wartete auf ein »Herein«, doch stattdessen stand Frau Schmidt plötzlich in der Tür: »Herr Walther, guten Morgen, kommen Sie bitte herein. Wir gehen gleich zu Herrn Dr. Rainhardt.« Sie nahm noch ein paar Unterlagen mit, die sie für ihren Chef gerichtet hatte, und zeigte in die Richtung von Herrn Dr. Rainhardts Büro. »Bitte kommen Sie«, sagte sie lachend, »jetzt kommt die Stunde der Wahrheit.«

Heinz fühlte, dass sein Herz zerspringen wollte, er hatte einen Puls von einhundertachtzig. Frau Schmidt ging voraus, sie klopfte an die Tür des Chefs und öffnete sie: »Herr Dr. Rainhardt, darf ich Ihnen unseren Pechvogel von gestern, Herrn Diplom-Ingenieur Heinz Walther aus Leipzig, vorstellen?«

Herr Rainhardt erhob sich aus seinem Sessel und kam Herrn Walther ein Stück entgegen.

»Ich freue mich, Sie kennenzulernen, und heiße Sie herzlich willkommen.«

Walther erwiderte: »Auch ich freue mich, Sie kennenzulernen, und danke für den überaus freundlichen Empfang.«

Das Büro des Chefs hatte eine Größe von etwa sechs mal zehn Meter. Auch hier wieder eine Ausstattung, von der man nur träumen konnte. Auf der einen Seite der riesige Schreibtisch mit dem Chefsessel aus Leder, auf der anderen Seite vier große Klubsessel, ebenfalls aus Leder, und in der Mitte ein wunderschöner Glastisch. Die Wand zur Türseite bestand aus Einbauschränken, alles in Mahagoni.

Dr. Rainhardt ergriff das Wort: »Ich glaube, wir setzen uns, Frau Schmidt, sind Sie doch so lieb und rufen Sie Frau Becker, sie soll uns etwas servieren. Eine Tasse Kaffee und etwas Gebäck schmeckt immer.« Und zu Walther gewandt: »Nun, Herr Walther, jetzt wollen wir uns ein wenig austauschen. Wie ich sehe, haben Sie an der TH Halle Maschinenbau studiert. Nach meinen Kenntnissen hatte die TH einen hervorragenden Namen …«

Walther wunderte sich über diesen Kenntnisstand. »Es war nicht so einfach, sich dort immatrikulieren zu lassen, vor allem, wenn man kein Parteimitglied war. Man musste dann schon einen besonders guten Notendurchschnitt haben. Ich hatte einen Schnitt von 1,3.«

»Donnerwetter«, antwortete Rainhardt, »den hatte ich nicht, Respekt.«

Nun wieder Walther: »Leider kann ich Ihnen keine Zeugnisse von irgendwelchen Arbeitgebern vorlegen. Sie wissen ja bestimmt, wie das bei uns im Osten war. Ich wurde nicht einmal zum stellvertretenden Betriebsleiter ernannt, mir fehlte das Parteibuch.«

Dr. Rainhardt schmunzelte: »Hier brauchen sie kein Parteibuch, hier zählt die Leistung. Was wurde denn in Ihrem ehemaligen Betrieb hergestellt?«

»Vorrangig Geräte für den täglichen Gebrauch wie Rasenmäher oder für die Automobilindustrie, auch Auspuffanlagen, ja, wenn es eng wurde, haben wir sogar Trabbi-Motoren zusammengeschraubt. In der Planwirtschaft mussten wir das machen, was uns befohlen wurde, im Improvisieren waren wir
Weltmeister.«

Dr. Rainhardt hakte ein: »Dann sind Sie aber doch sehr flexibel, das kann man doch so sagen.«

Walther nickte. »Wenn Sie es so sehen, ja. Manchmal mussten wir aus Schrott Gold machen.«

Dr. Rainhardt lachte. »Sehen Sie, Frau Schmidt, so etwas brauchen wir auch.«

Der Kaffee und das Gebäck standen nun schon eine ganze Weile auf dem Tisch, unberührt.

»Frau Schmidt, bitte schenken Sie ein, uns wird ja sonst noch der Kaffee ganz kalt.« Und an Herrn Walther gerichtet: »Jetzt die Frage aller Fragen. Wie viel möchten Sie verdienen? Sagen Sie es frei heraus.«

Vor dieser Frage hatte Walther die meiste Angst, was sollte er sagen, in seiner Situation.

»Herr Dr. Rainhardt, bedingt durch die große Arbeitslosigkeit in meiner Stadt fühle ich mich nicht berechtigt, Forderungen zu stellen. Ich mache Ihnen einen Vorschlag: Sie zahlen mir ein Gehalt, das der heutigen Situation angemessen ist. Wenn ich mich dann in Ihrem Unternehmen eingearbeitet habe, können wir erneut über dieses Thema sprechen.«

Rainhardt dachte einen Moment nach. »Entschuldigen Sie bitte, ich muss mich einmal mit Frau Schmidt besprechen.« Sie verließen das Büro und gingen hinüber zum Büro von Frau Schmidt.

Zuerst kam die Grundfrage: »Nehmen wir ihn?«

Von Gerda kam ein glattes »Ja.«

Das wunderte den Chef nicht. Auch über die genaue Gehaltssumme kamen sie schnell zu einem Einverständnis: »Ich hoffe, er ist damit einverstanden.«

Beide gingen zurück in das Büro von Herrn Rainhardt, wo Walther gespannt wartete.

»Also, wir haben uns beraten und sind zu folgendem Ergebnis gekommen. Wir vereinbaren eine Probezeit von drei Monaten, in dieser Zeit zahlen wir Ihnen ein Gehalt von fünftausend Deutsche Mark. Zum Ausgleich ihrer Kosten für die doppelte Haushaltsführung bekommen Sie noch einmal DM eintausend fünfhundert. Sind Sie damit einverstanden? Wenn ja, werden wir diese Daten in einem Arbeitsvertrag fixieren, der Ihnen dann umgehend zugesandt wird.«

Heinz Walther war wie versteinert, er kriegte keinen Ton heraus. Das hatte er einfach nicht erwartet. Er sagte nur mit krächzender Stimme: »Ja, ich bin einverstanden.«

Dr. Rainhardt stand auf: »Dann darf ich mich wohl jetzt verabschieden, den Rest wie Eintrittstermin usw. besprechen Sie bitte mit Frau Schmidt. Jetzt wünsche ich Ihnen eine gute Heimreise, auf Wiedersehen.«

Die beiden verließen den Raum und begaben sich in das Büro von Frau Schmidt. Es war ihr anzusehen, dass auch sie erleichtert war. Sie ging an ihren Schreibtisch, stellte dort eine Quittung über fünfhundert Deutsche Mark aus und bat Herrn Walther, diese zu unterschreiben. Die fünfhundert Mark hatte sie danebengelegt. Als Walther die Quittung unterschrieben hatte, sagte sie: »Jetzt kümmern wir uns um die noch ausstehenden Punkte. Wir haben heute den sechsundzwanzigsten Mai, was glauben Sie, wann können Sie Ihren Dienst antreten? Natürlich immer unter der Voraussetzung, Sie sind mit allem einverstanden.«

Darauf Walther: »Über einen Punkt haben wir aber noch gar nicht gesprochen: Wo bleibe und übernachte ich von Montag bis Freitag.«

Gerda Schmidt überlegte. Am liebsten, so dachte sie, bei mir. »Dieses Problem werden wir auch lösen. Es kommt darauf an, wie viel Zeit wir haben. Ich meine, wann können Sie anfangen? Wäre es der erste Juni, müsste ich Sie für eine Woche in unserem Hotel unterbringen. Die Entfernung ist nicht das Problem, Sie bekämen einen Wagen. Ich bemühe mich ab sofort, für Sie eine Unterkunft zu finden. Vielleicht geht es schneller, als ich dachte.«

Auch Heinz spürte: Etwas regt sich in mir, wenn ich mit ihr rede. Sie hat etwas, ich kann es nicht ergründen – und das nach zwei Tagen. Um sich abzulenken, sagte er: »Ich muss natürlich noch mit meiner Familie sprechen.«

Gerda stimmte dem zu: »Ja, tun Sie dies …«, um gleichzeitig zu denken: Schon eigenartig, sowie der Mann den Mund aufmacht, bekomme ich in meinem Inneren ein Gefühl, das ich einfach nicht beschreiben kann. Doch jetzt reiß dich zusammen, der Mann hat Familie.

»Wenn Sie es in Ihrer Familie abgeklärt haben, rufen Sie mich an, den Arbeitsvertrag können Sie mitbringen, wenn Sie wieder hier sind. Ich würde sagen, wir schauen jetzt, dass wir zum Bahnhof kommen. Wenn Sie wissen, wann Sie in Leipzig ankommen, rufen Sie Ihre Familie an. Ich fahre Sie selbstverständlich hin.« Für sich dachte sie: Dich lasse ich doch nicht so einfach laufen. »Können wir jetzt fahren? Dann lassen Sie uns gehen.« Am Auto angekommen, hielt Gerda ihm die Tür auf.

Zufällig schaute Rainhardt aus dem Fenster und sah es.

Sieh mal an, dachte er mit einem leichten Schmunzeln.

Die beiden setzten sich ins Auto, es hätten vierzig Grad unter null sein können, kalt wäre es ihnen nicht geworden. Gerda brauchte bis zum Bahnhof im Berufsverkehr gute fünfundvierzig Minuten. Im Parkhaus angekommen, blieben sie noch einen kleinen Augenblick im Wagen sitzen. Ohne dass sie sich näher kannten, hätte jeder den anderen am liebsten umarmt und geküsst.

»Wir müssen«, sagte Heinz und stieg aus.

Gerda folgte ihm und sie gingen zum Bahnhof. Dort angekommen, wollte Heinz zuerst wissen, wann sein Zug fuhr? Sie schauten nach und Heinz sagte: »Ich muss ja noch eine Stunde und fünfzig Minuten warten.«

»Na und, ich leiste Ihnen Gesellschaft. Kommen Sie, wir gehen ins Restaurant und trinken noch einen Kaffee.«

Der Ober kam und Heinz bestellte zwei Kännchen Kaffee. Gerda bat Heinz, doch erst seine Familie anzurufen, denn die sollten doch wissen, wann er ankäme. Heinz stand auf und ging zum Telefon. Es dauerte nicht lange und er kam zurück. »Alles okay«, sagte er. Seiner Frau hatte er allerdings gesagt, er habe keine Zeit, der Zug würde bald fahren.

Nun entwickelte sich zwischen den beiden ein interessantes Gespräch. Gerda erzählte, dass ihr Chef dreiundsechzig Jahre alt sei und dass er eine noch sehr junge Frau habe. Er möchte ihr noch einiges bieten, deshalb sucht er einen kompetenten Mann. Gerda erzählte dies, damit Heinz erkennt: Der Mann braucht keine Junge mehr, sie, Gerda, ist frei.

Heinz ertappte sich dabei, wie er während des Gesprächs Gerdas Hand hielt. Er entschuldigte sich und bekam einen purpurroten Kopf. Das konnte auch Gerda nicht übersehen, die ebenfalls stark errötete. Für die beiden rannte die Zeit so schnell davon wie ein ICE.

»Ich glaube, Sie müssen so langsam zum Bahnsteig gehen, sonst fährt Ihnen der Zug noch vor der Nase weg.«

»Ja, ich werde gehen.«

»Ich komme mit.«

»Zum Bahnsteig sieben müssen wir.« Der ICE kam und hielt. Heinz sah sie an. »Ich möchte mich jetzt verabschieden, vielen, vielen Dank für alles, Sie haben mich glücklich gemacht.«

Durch den Lautsprecher war zu hören: »Einsteigen, bitte!«

Heinz wollte dies gerade tun, da hielt Gerda ihn fest und gab ihm einen ganz dicken Kuss auf die Wange. Das war ein Blattschuss! Geräuschlos glitt der Zug aus dem Frankfurter Hauptbahnhof. Auch Gerda hatte ein Taschentuch und schwenkte es so lange, bis der ICE nicht mehr zu sehen war. Wehmütig und winkend stand Heinz am Fenster und sah sie entschwinden. Er nahm seinen Aktenkoffer und marschierte in Richtung Speisewagen. Nur an einem einzelnen Tisch war noch ein Plätzchen frei. Er ging hin und fragte: »Sie gestatten, ist dieser Platz noch frei?«

Dort saß eine ältere, sehr gepflegt und gut aussehende Dame, die ihn ansah und erwiderte: »Junger Mann, wenn einer so nett und so höflich fragt wie Sie, natürlich ist dann der Platz frei.« Heinz setzte sich und bestellte sich einen Kaffee.

»Hier gibt es nur Kännchen«, sagte der Ober.

»Dann bringen sie mir eben ein Kännchen«, sagte Heinz und dachte: Hab ich was an mir, warum schaut sie mich so an?«

Die Dame bemerkte seine Unsicherheit. »Na, junger Mann, Sie haben sich wohl soeben von Ihrer Liebsten verabschiedet? So können Sie aber nicht bleiben, damit machen Sie keine Geschäfte«, und sie zeigte mit dem Finger auf die Wange.

»Oh Gott«, dachte Heinz und versuchte, mit dem Taschentuch den Schmatzer abzuwischen.

»Gehen Sie zur Toilette, Sie benötigen Wasser und Seife«, sagte die Dame, »ich halte Ihnen den Platz frei.«

Wenn ich damit in Leipzig angekommen wäre …, dachte er im Stillen, … nicht auszudenken.

Von der Toilette zurückgekommen, bedankte er sich auf das Herzlichste. »So dürften mich meine Kunden nicht sehen. Nochmals danke schön.« Es ging ihm so allerlei durch den Kopf, dann fragte er: »Fahren Sie öfter diese Strecke?«

»Ja, alle vier Wochen, ich besuche meinen Sohn, ich möchte doch sehen, wie meine Enkel aufwachsen. Wenn sie so klein sind, ist das die schönste Zeit. Vor der Wende konnte ich das leider nicht. Ich sah immer nur Bilder, das war grausam. Solange ich das noch kann, werde ich es genießen. Haben Sie auch Kinder?«

Heinz antwortete: »Ja, einen Sohn, er ist dreizehn Jahre alt.«

Durch die Unterhaltung verging die Zeit sehr schnell. Heinz merkte gar nicht, dass der Zug bereits in den Leipziger Hauptbahnhof einlief: »Ich muss ja raus.« Er schnappte sich seinen Aktenkoffer und sagte der Dame Auf Wiedersehen. Der Zug hielt, er stieg aus und schaute nach den Seinen.

Alexander entdeckte ihn zuerst und kam angelaufen, dann seine Renate. Sie umarmten und küssten sich. Inzwischen war auch die ältere Dame, deren Reise ebenfalls in Leipzig endete, ausgestiegen und ging zum Ende des Bahnsteigs. Im Vorbeigehen sah sie die Familie Walther. »Junger Mann«, sie lächelte, »machen Sie gute Geschäfte«, und ging weiter.

Nun wurde Heinz mit Fragen überschüttet. »Was hast du erreicht, wie war der Chef, wie haben sie dich aufgenommen und vor allem: Bekommst du den Job?« Fragen über Fragen. »Lasst uns doch erst einmal nach Hause fahren«, sagte Heinz.

Sie verließen den Bahnhof und gingen zu ihrem Auto.

»Einsteigen, bitte«, sagte Alex froh gelaunt, er war überglücklich, dass Vati wieder zu Hause war.

Daheim angekommen, setzte sich die Familie ins Wohnzimmer. Heinz bat Renate: »Schatz, bist du so lieb und machst uns einen Kaffee, ich habe mächtigen Appetit darauf. Im Speisewagen ist es doch nicht das Wahre.«

»Natürlich«, antwortete Renate und begab sich in die Küche. »In ein paar Minuten ist es so weit, ich hole schon mal die Tassen.« Ihre Augen leuchteten, sie war glücklich. An den Geräuschen der Kaffeemaschine konnte sie hören, dass der Kaffee fertig war. Sie ging in die Küche, holte ihn und schenkte ein. Dann sagte sie: »Nun, wir hören, und spann uns bitte nicht so auf die Folter.«

Heinz setzte sich zurecht: »Also beginne ich mit dem Grundsätzlichen: Ich habe den Job bekommen! Eine Erklärung, warum es so schnell ging, habe ich aber nicht;

nennen wir es Schicksal.« Er hielt einen Moment inne, der Kuss ging ihm durch den Kopf. Das kam nur wegen ihr, dachte er.

»Nun erzähle doch weiter«, monierte Alexander.

»Ja, der zweite Punkt ist das Gehalt, wir haben eine Probezeit von drei Monaten vereinbart, in dieser Zeit bekomme ich ein Gehalt von fünftausend Deutsche Mark brutto.«

Das war eine Summe, die Renate zunächst die Sprache verschlug. Dann sagte sie: »Das glaube ich dir nicht, das kann man nicht glauben.« Auch Alexander bekam den Mund nicht mehr zu.

Heinz führte weiter aus: »Für den doppelten Haushalt bekomme ich noch einmal eintausend fünfhundert Mark. Bei der Suche nach einer Unterkunft will man mir auch behilflich sein. Damit habe ich aber auch schon den dritten Punkt angesprochen. Der Chef möchte, dass ich meinen Dienst so schnell wie möglich antrete. Es wäre ihm am liebsten, wenn ich schon zum ersten Juni anfangen könnte. Frau Schmidt schreibt den Arbeitsvertrag und schickt ihn mir umgehend.«

Renate fragte: »Sage mal, wie ist diese Frau Schmidt? Von der hast du ja noch gar nichts erzählt.«

»Was soll ich sagen, sie ist nett und zuvorkommend, eben eine Chefsekretärin.« Heinz bemühte sich, nicht rot zu werden.

»Hast du schon eine Vorstellung, wie du vorgehen willst?«

»Den Chef möchte ich natürlich nicht enttäuschen.«

»Dann möchtest du also so schnell wie möglich weg.«

»Sag du, was ich machen soll. Auf der einen Seite möchte ich noch ein paar Tage hierbleiben, auf der anderen Seite weiß ich aber auch, dass die arg unter Druck sind. Es wird ja bestimmt noch einige Tage dauern, ehe der Arbeitsvertrag kommt, die können auch nicht hexen. Ich glaube nicht, dass die Sekretärin sich sofort hinsetzt und ihn schreibt.« In seinem Inneren war er aber davon überzeugt, dass sie ihn schreiben würde. »Als ich dort ankam, empfing mich Frau Schmidt. Es war eine überaus freundliche und herzliche Begrüßung. In ihrem Büro sagte sie mir, sie habe zwei Nachrichten für mich. Die schlechte wäre, dass der Chef für einen Tag verreisen musste, die gute Nachricht sei, dass er den Termin mit mir auf den anderen Tag verschoben hätte. Ich solle in Frankfurt in einem Hotel übernachten und sei dort bereits avisiert, natürlich nur, wenn ich einverstanden wäre. Frau Schmidt nahm sich meiner an und zeigte mir den Betrieb. Sie produzieren sehr viel für die Automobilindustrie, außerdem Maschinen für den Baumarkt. Zum Schluss fuhr sie mich dann zum Hotel, denn den Fahrer hatte der Chef in Beschlag genommen. Von mir wollte sie wissen, ob ich Kinder habe, verheiratet wäre und wo ich studiert habe. Ja, und vom Hotel aus habe ich euch dann angerufen. Ich glaube, jetzt habe ich euch genug erzählt, ich bin müde.«

Kapitel -16
-

Auch der zweite Monat näherte sich dem Ende. Es waren noch zehn Tage, dann hatte Renate keine Arbeit mehr. Was sollte bloß werden, wenn sie und Heinz dann den ganzen Tag zusammen wären und sich auf die Nerven gehen würden? Renate sprach auch mit Heidi darüber, die beiden waren inzwischen dicke Freundinnen geworden. Heidi hatte ein ähnliches Schicksal zu tragen, auch ihr Mann wurde arbeitslos. Den beiden Frauen machte die Arbeit Spaß, sie liebten ihren Beruf. Heidi schlug Renate vor: »Hör mal, wenn wir beide arbeitslos sind, gehen wir zusammen zum Arbeitsamt, dann lerne ich deinen Verehrer dort auch mal kennen.«

Darauf Renate: »Das wird nicht möglich sein, du hast einen anderen Buchstaben. Vielleicht sitzt bei dir aber auch ein Hübscher.«

Die beiden Frauen scherzten noch weiter miteinander und Heidi sagte: »Dann gehen wir zusammen zum Tanz, unsere Männer können uns ja fahren – zumindest hin.«

»Komm, lass uns wieder vernünftig sein«, sagte Renate. Sie schauten sich an und kicherten ein wenig.

Der Feierabend nahte und sie machten sich auf den Heimweg. Renate tätigte noch einen kleinen Einkauf im Supermarkt. In der Obst- und Gemüseabteilung schaute sie sich den Kopfsalat an und befühlte ihn, ob er auch fest sei. Auf einmal hörte sie eine Stimme: »Guten Abend, Frau Walther, darf ich Ihnen beim Einkauf helfen?«

Renate erschrak und drehte sich um. Hinter ihr stand Herr Huber vom Arbeitsamt. Er hatte sich ihren Namen gemerkt und fragte nun: »Wissen Sie noch, woher wir uns kennen?« Renate tat so, als müsse sie überlegen. »Ich glaube, Sie sind der Herr vom Arbeitsamt?«

»Ja richtig, das freut mich aber, dass Sie mich erkannt haben. Schade, ich habe gleich einen Termin. Wenn wir uns das nächste Mal zufällig treffen, dann gehen wir eine Tasse Kaffee trinken, ich lade Sie jetzt schon dazu ein.«

Renate ergriff die Gelegenheit beim Schopfe und sagte: »Herr Huber, bevor Sie gehen, ich muss in der nächsten Woche wieder zu Ihnen kommen, die zwei Monate sind um, ich bin dann wieder arbeitslos.«

»Hier haben Sie meine Karte. Rufen Sie die untere Nummer an, wir machen dann einen Termin und Sie brauchen nicht zu warten. Wir verabreden eine Zeit und ich hole Sie dann sofort herein. Es tut mir wirklich leid, aber ich muss jetzt gehen. Auf Wiedersehen, schöne Frau.«

Renate bekam einen roten Kopf, das hatte zu ihr schon lange keiner mehr gesagt. In der Aufregung vergaß sie ganz, was sie kaufen wollte. Mit einer leeren Tasche verließ sie den Supermarkt.

Sie war noch ein bisschen verwirrt, als sie zu Hause ankam.

»Was ist mit dir, hast du Kopfschmerzen?«, fragte Heinz und nahm ihr die Einkaufstasche ab. »Die ist ja leer.«

»Ja, ich war im Supermarkt und dort ging es mir auf einmal nicht so gut. Ich habe mich umgedreht und bin gegangen.«

»Das ist doch alles kein Grund zur Aufregung«, bemerkte Heinz.

»Was gibt es zum Abendbrot?«, wollte Alexander jetzt wissen.

Renate überlegte einen Augenblick, dann sagte sie: »Ich habe im Kühlschrank noch drei Schnitzel, die werde ich braten und ein Brot dazu toasten. Das müsste doch reichen.«

Sie richtete das Abendbrot und bat zu Tisch. Nach dem Essen hatte sie noch ihre weißen Kittel zu bügeln, die sie am Vorabend gewaschen hatte. Danach setzte sich die Familie ins Wohnzimmer. Es herrschte eine eigenartige Stille.

»Renate, wenn dir nicht gut ist, dann geh doch ins Bett«, mahnte Heinz. Er kannte ja nicht den wahren Grund.

Renate folgte dem Ratschlag ihres Mannes. Es dauerte nicht lange und sie war eingeschlafen, begleitet von einem Traum, der nicht hätte schöner sein können. Sie erlebte die Nacht der Nächte, aber eigenartig, ihren Liebhaber konnte sie nicht erkennen.

Tags darauf, sie fuhr mit der Bahn zur Arbeit, hatte sie immer noch so ein wunderschönes Lächeln auf ihren Lippen. Am Arbeitsplatz angekommen, Heidi war schon mit den Vorbereitungen beschäftigt, wünschte sie einen schönen Guten Morgen.

Heidi horchte auf: »Was ist denn mit dir geschehen, wo kommst du denn her?«

Renate lächelte nur und sagte: »Gestern habe ich ihn im Supermarkt gesehen.«

Jetzt war Heidi natürlich nicht mehr zu halten, sie wollte mehr, sie wollte alles wissen.

»Nun mal langsam«, sagte Renate. »Junge Pferde werden so schnell nicht eingeritten. Ich habe ihm nur gesagt, dass ich ab dem Ersten wieder arbeitslos bin, worauf er mir seine Karte gab und mich bat anzurufen, damit er mit mir einen Termin machen könne. Ich bräuchte dann nicht so lange zu warten. Das ist doch eine nette Geste, oder?«

»Vielleicht hat er wieder was für dich, wäre doch möglich.«

»Ich muss jetzt erst einmal abwarten, wie sich mein Mann entscheidet. Wenn es seiner neuen Firma nach ginge, könnte er schon morgen anfangen. Heinz will aber noch abwarten, bis er den Arbeitsvertrag in den Händen hat, und das kann noch ein paar Tage dauern. Wir haben heute den Neunundzwanzigsten und Heinz war am Siebenundzwanzigsten dort.«

Die beiden Frauen mussten ihr Gespräch beenden, denn es kamen die Kinder, und gleichzeitig war es der letzte Tag, an dem sie Kinder zu betreuen hatten. Am folgenden Tag sollte nur noch aufgeräumt werden. Die Kinder brachten kleine Sträußchen mit, sie wollten sich damit bedanken. Am späten Nachmittag kamen die Eltern und holten sie. Es wurden Worte des Dankes ausgesprochen und für die Zukunft alles Gute gewünscht. Abends gingen dann beide ermüdet nach Hause.

Heinz saß im Wohnzimmer, er hatte den Anstellungsvertrag vor sich liegen und sah, wie Renate das Haus betrat. Einige Schritte ging er ihr entgegen.

»Was ist das?«, fragte Renate.

»Na schau doch mal, das ist der Arbeitsvertrag.« Heinz gab ihr den Vertrag und das Anschreiben.

Renate nahm es und las: »… aus diesem Grunde würden wir uns sehr freuen, wenn Sie schon zum ersten Juni unserem Unternehmen zur Verfügung stünden. Mit vorzüglicher Hochachtung, Dr. Rainhardt.«

Renate schaute hoch und sagte nur: »Die haben sich ja überschlagen, es sind man gerade zwei Tage vergangen. Dann sind wohl die Würfel gefallen?« Sie sah ihren Mann an, ihre dicken Tränen waren nicht zu übersehen.

»Warum weinst du?«, schaltete sich Alexander ein, der gerade aus seinem Zimmer kam.

»Vati fährt schon morgen«, war die Antwort.

Heinz nahm seine Renate in die Arme und drückte sie ganz fest an seine Brust: »Hör mal, Schatz, sehe bitte auch mal die andere Seite. Wir haben keine finanziellen Sorgen mehr. Das muss uns doch auch einiges wert sein. Es gibt nun mal keine Rosen ohne Dornen. Komm, lass uns tapfer sein. Kopf hoch, wir werden es schon schaffen.« Er gab ihr einen Kuss und sah, wie die Tränen flossen.

Sie versuchte, sich zu beruhigen, es dauerte ein kleines Weilchen, dann sagte sie: »Ruf deinen Chef an. Anschließend packen wir dann die Koffer.«

Heinz ging ans Telefon und rief an. Am anderen Ende meldete sich Dr. Rainhardt: »Herr Walther, ich habe mit Ihrem Anruf fest gerechnet. Nehmen Sie morgen einen Zug später, ich lasse Sie abholen. Ihnen wünsche ich eine gute

Reise. Bei Ihrer Gattin entschuldigen Sie mich in aller Form, ich werde es wiedergutmachen.«

Renate dachte so für sich: Gestern, das waren gewünschte Träume, heute, das ist die harte Wirklichkeit, sie ist doch um einiges härter als erwartet. Sie dachte daran, was Alexanders Lehrer in Aktuelle Geschichte gesagt hatte: Positiv denken!

Als Heinz sein Gespräch beendet hatte, richtete er zuerst die herzlichen Grüße seines neuen Chefs aus. Dann sagte er zu ihr: »Komm, Schatz, wir gehen die Koffer packen, dann kommen wir auch nicht so spät ins Bett, die Nacht ist kurz.«

»Ja und was ist mit dem Abendessen, der Junge hat doch Hunger. Das muss ich noch vorher machen.«

Sie richtete das Abendessen und bat zu Tisch. Alexander, der vorher so aufgewühlt gewesen war, konnte plötzlich keinen Ton mehr sagen. Er war über alle Maßen nachdenklich und verschlossen. Es packte ihn doch, dass Vati mit einem Mal nicht mehr daheim sein sollte.

»Kommst du denn auch regelmäßig nach Hause«, fragte er. Der Vater bejahte es ausdrücklich.

»Ich glaube, wir müssen mit dem Packen beginnen, Schatz, komm, sonst wird es zu spät.«

»Nun geh, lies die Zeitung, wenn ich das alleine mache, bin ich viel schneller fertig, du störst nur. Ich habe nur eine Frage, wie viele Hemden soll ich einpacken?«

»Mindestens eines pro Tag, man kann ja nie wissen, und zum Wochenende möchte ich gerne hier sein.«

In einer guten Stunde hatte Renate die Koffer gepackt. »Der morgige Tag kann kommen.« sagte sie, »übrigens, ich habe dir drei Anzüge eingepackt, damit du nicht immer in ein und demselben rumlaufen musst, und wenn du nichts dagegen hast, jetzt können wir wirklich ins Bett gehen.«

Kapitel -17-

Heinz nahm seine Renate, sie standen beide eng umschlungen, streichelten ihre Körper und küssten sich.

»Komm, lass uns ins Bett gehen«, sagte Renate.

Beide waren ausgezogen, Renate war auf einmal wie im Rausch. Sie streichelte seinen Körper und er ihren, sie gaben sich alles. Es wurde eine sehr schöne, wenn auch kurze Nacht. Gegen morgen wurde Heinz zufällig wach, er schaute auf den Wecker, es war sechs Uhr. Aufstehen wollten sie eigentlich erst um sieben. Ganz leise schlich er aus dem Schlafzimmer, machte die Tür hinter sich zu und begab sich in die Küche. Nachdem er die Filter und den Kaffee gefunden hatte, richtete er die Kaffeemaschine.

»Dazu gehören eigentlich auch Brötchen«, sprach er vor sich hin, »die hole ich auch noch.« Der Kaffee war aufgesetzt, jetzt konnte er losgehen. In der Küche hatte er sich sehr leise verhalten, Renate durfte auf keinen Fall aufwachen, sie sollte doch noch bis sieben Uhr schlafen.

Doch sie hatte ihn gehört, und als er die Tür ins Schloss fallen ließ, stand sie auf. Eigentlich hätte sie in einer Stunde zur Arbeit gemusst, es war ja ihr letzter Tag. Heute konnte sie aber nicht pünktlich erscheinen. Sie rief Heidi an und erklärte ihr kurz, warum sie nicht kommen könne. Heinz, der zwischenzeitlich vom Brötchenholen zurückkam, war erstaunt, dass Renate schon wach war.

»Was machst du denn schon hier, ich wollte dich doch überraschen, und jetzt?«

Alex stand auf einmal auch in der Küche. Renate zeigte auf ihn: »Schau, Schatz, jetzt weißt du, warum ich schon aufgestanden bin. Der Junge muss in die Schule.«

»Vati, ich komme mit zum Bahnhof, Stöckle hat dafür bestimmt Verständnis. Der freut sich auch, dass du Arbeit hast.«

»Na gut«, sagte Heinz, »zur Feier des Tages drücke ich ein Auge zu und hoffentlich auch Stöckle. Schatz, dir wünsch ich, dass du bald wieder Arbeit hast, dann wird dir die Zeit nicht so lang.«

Der Frühstückstisch war hergerichtet: »Jetzt, meine Herren, bitte ich zu Tisch, wir können frühstücken. Ich wünsche einen guten Appetit.«

Heute blieb die Familie nach dem Frühstück etwas länger sitzen. Renate nahm die Hand ihres Mannes und sagte: »Schatz, nochmals meinen herzlichsten Dank für die schönen Stunden.« Dabei liefen ihr zwei dicken Freudentränen die Wangen hinunter.

Heinz wischte sie ihr ab und schaute sie liebevoll an: »Mäusle« – so hatte er sie schon lange nicht mehr angesprochen –, »ich habe das gleiche Glücksgefühl.«

Alex, der schon vor einigen Minuten den Frühstückstisch verlassen hatte, kam wieder zurück. Er hob den großen Koffer auf, das heißt, er wollte ihn aufheben: »Mann, ist der schwer, wie willst du den schleppen.«

Der Vater: »Im Bahnhof sind doch Transportwagen und in Frankfurt werde ich abgeholt. Du siehst, mein Junge, es geht.«

Die Uhr lief weiter und in der Zwischenzeit war es sieben Uhr fünfundvierzig. »Aber nun wird es langsam Zeit für uns, lasst uns zur Tat schreiten.«

Renate lachte: »Warum so geschwollen?«

Sie trugen die Koffer zum Auto und wollten sie einladen. Der kleine konnte hinten verstaut werden, der große wurde hochkant auf die Rückbank gestellt. Alexander hatte so immer noch genügend Platz. Sie stiegen ein und fuhren zum Bahnhof. Unterwegs im Auto war ein eisernes Schweigen zu vernehmen. Jeder dachte darüber nach, was wohl die nächsten Tage bringen würden. Renate: Bekomme ich eine Arbeit, wenn ich ihn anrufe? Heinz hingegen: Im Westen werden doch andere Prioritäten gesetzt, wie komm ich damit zurecht?

Dann brach Alexander das Schweigen: »Da, schaut, dort ist was frei.«

Ein kleines Stück des Weges mussten sie die Koffer tragen, Heinz nahm den großen, Alexander ließ es sich nicht nehmen und trug den kleinen.

Renate sah sich das an: »Gut, dann trage ich die Verantwortung.«

In der Bahnhofshalle nahmen sie sich gleich einen Transportwagen und Alex schob ihn. Zuerst musste noch die Fahrkarte gelöst werden: »Dieses Mal nehme ich aber eine einfache Fahrt, ich weiß ja noch nicht, was auf mich zukommt.«

Renate: »Schatz, rufst du heute Abend an, ich möchte doch wissen, wo sie dich untergebracht haben.«

Heinz antwortete ihr: »Ich vermute, wieder in demselben Hotel mit der guten Küche, denn so schnell können sie mir kein Apartment besorgt haben.«

Bis zur Abfahrt des Zuges hatten sie noch gut eine halbe Stunde Zeit. Alex ging und schaute nach, von welchem Gleis der Zug abfahren würde. Er kam zurück und zeigte mit dem Finger: »Gleis sechsundzwanzig, kommt mit, dort müssen wir hin.«

Renate und Heinz bewegten sich langsam in die angegebene Richtung.

»Der Zug wird hier in Leipzig eingesetzt«, sagte Heinz, »wir haben demnach Zeit beim Einsteigen. In der Regel wird er mindestens zehn Minuten vorher bereitgestellt.«

Dann hörte man durch den Lautsprecher: »Vorsicht bitte an Gleis sechsundzwanzig, es wird der ICE Konrad Adenauer zur Abfahrt um neun Uhr dreiundzwanzig nach Frankfurt am Main bereitgestellt.«

Die ganze Familie half beim Einsteigen, es blieben noch zwölf Minuten bis zur Abfahrt, reichlich Zeit, um mit hineinzugehen. Wieder Abschied, ging es Renate durch den Kopf, wie vor ein paar Tagen, bloß dieses Mal für eine längere Zeit. Hoffentlich gelingt es ihm, zum Wochenende heimzukommen. Aber jetzt im ersten Monat gibt es noch kein Gehalt, da wird es knapp. Ich darf ihm daher nicht böse sein, wenn es zunächst nicht so klappt.

Es kamen die Minuten des Abschieds. Alex verabschiedete sich als Erster, er wollte wieder raus aus dem Zug. Es gab ja auf dem Bahnsteig und rundum so viel zu sehen: »Vati, ich wünsche dir eine gute Reise und komm gesund wieder nach Hause, tschüss«, er drückte ihn ganz fest.

Nun standen sich die beiden gegenüber. Renate legte ihre Arme um seinen Hals und drückte ihn, so fest sie konnte, sie küssten sich innig und lange: »Gute Fahrt, mein Schatz, und viel, viel Glück im neuen Job, ich liebe dich.«

Nun wurde es Zeit, dass auch Renate den Zug verließ. Draußen stand sie mit Alex am Fenster. Sie nahm ihr Taschentuch und wischte sich die Tränen ab. Aus dem Lautsprecher kam die schon bekannte Durchsage: »Vorsicht bitte an Gleis sechsundzwanzig.« »Tut, tut, tut«, war zu hören, es schlossen sich die Türen. Der ICE setzte sich langsam in Bewegung, hören konnte man ihn nicht, er glitt, nein, er schwebte über das Gleis. Renate lief einige Meter nebenher, dann blieb sie stehen und winkte so lange, bis der Zug nicht mehr zu sehen war. Alex, der ebenfalls mitgelaufen war, stand neben ihr, auch ihm kamen die Tränen. Sie nahm ihn in den Arm und drückte ihn.

»Wünschen wir dem Vati ganz viel Erfolg«, sagte sie.

Alex, der mit seinen dreizehn Jahren fast genauso groß wie seine Mutter war, nahm jetzt sie in den Arm, dann sagte er: »Komm, Mama, lass uns gehen, der Zug fährt auch ohne uns, und die Bahn sorgt dafür, dass Vati heil ankommt.«

Ganz langsam gingen sie zu ihrem Auto.

»Lass, ich fahre«, sagte er, für einen Scherz war er immer aufgelegt.

»Ein paar Jahre musst du schon noch warten«, war die Antwort, »dann aber habe ich nichts dagegen.« Renate lächelte. Der Junge hatte sein Ziel erreicht. Sie setzten sich ins Auto und fuhren los. Unterwegs ging ihr einiges durch den Kopf: Wird er das, was man von ihm erwartet, auch bringen? In unserem alten Betrieb haben doch alle gesagt, dem kann keiner das Wasser reichen, die können sich doch alle hinter ihm verstecken. Heinz war der Beste! Ohne ihn waren die doch immer aufgeschmissen. Mit einem Parteibuch hätte Heinz einen viel größeren Betrieb als Chef geleitet. Ich glaube an ihn. Zu Hause angekommen setzten sie sich zuerst ins Wohnzimmer. Renate ging und machte sich einen Kaffee und dem Jungen eine Schokolade. Doch dann in der Küche dachte sie: Es ist alles so still, so leer, es fehlt einem eben das Lebenselixier.

Plötzlich schreckte sie auf, das Telefon klingelte. Renate nahm den Hörer ab und meldete sich: »Walther hier.«

Am anderen Ende meldete sich Heidi: »Was ist mit dir, soll ich alleine aufräumen, komm her, dann hast du Abwechslung.«

Alex bekam Geld für eine Bratwurst mit Pommes, dann fuhr sie los.

Kapitel -18-

Wegen seiner zwei Koffer hatte Heinz sich entschlossen, in einem Abteilwagen Platz zu nehmen. Er war außer ihm leer. Er verstaute sein Gepäck und richtete sich gemütlich ein. Einen Fensterplatz hatte er auch. So lässt es sich reisen, dachte er und setzte sich. Immer wieder liefen Reisende suchend an seinem Abteil vorbei. Sie hatten wahrscheinlich den richtigen Platz noch nicht gefunden. Der Zug war bei Weitem nicht voll besetzt. Über Erfurt, Eisenach und Gießen nach Frankfurt am Main ging die Reise. Heinz saß in seinem Abteil und genoss die an ihm vorbeiziehende schöne Landschaft. Natürlich gingen auch ihm das eine und das andere durch den Kopf. Wenn ich keinen positiven Eindruck hinterlassen hätte, dachte er, dann säße jetzt wohl hier ein anderer.

Der ICE wurde jetzt langsamer, er lief in Erfurt ein. Nun füllte sich der Zug doch merklich, es standen einige Reisende auf dem Bahnsteig. Lange dauerte es nicht, dann hörte man wieder »tut, tut, tut« und die Türen schlossen sich. Lautlos setzte sich der Zug in Bewegung und nahm langsam Geschwindigkeit auf. In Gedanken versunken, schaute Walther aus dem Fenster, als sich die Abteiltür öffnete. In deren Rahmen stand ein älterer Herr, er mag so an die fünfundsechzig gewesen sein, chic gekleidet und von einem gepflegten Aussehen.

»Guten Morgen«, grüßte er, »Sie gestatten, dass ich hier Platz nehme.«

Heinz hob den Kopf. »Aber bitte, ich benötige nur einen.«

Der Herr hatte nur eine Aktentasche, die er in das Gepäcknetz legte, und setzte sich auf den gegenüberliegenden Fensterplatz. Einige Minuten saßen sie sich stumm gegenüber. Was mag der wohl für ein Typ sein?, fragte sich jeder. Der ältere Herr zog aus seiner Jackentasche eine Zeitung heraus, schlug sie auf und las. Es war die Frankfurter Allgemeine. Heinz schaute immer noch aus dem Fenster, von seinem Gegenüber hörte man nur das Knistern und Rascheln der Zeitung.

»Das kann doch nicht wahr sein, der Dax ist schon wieder um drei Punkte gefallen«, er ereiferte sich regelrecht. Dann faltete er die Zeitung zusammen und holte seine Aktentasche aus dem Gepäcknetz. Er legte die Zeitung hinein und knallte die Tasche wütend wieder zu. Walther zuckte regelrecht zusammen und schaute den Herrn an.

»War es denn so schlimm?«, wollte er nun wissen.

»Na schauen Sie, wenn man das ganze Leben fleißig war, gearbeitet hat und sich ein kleines Kapital ansparen konnte, dann sollte man doch auch im Alter den Nutzen davon haben. Ich glaube, dass da drüben ist ein Fass ohne Boden. Oder was meinen Sie?«

Heinz war auf diese Frage nicht vorbereitet, er hielt inne und suchte nach einer Antwort. Ach, dachte er, die Wahrheit kann auch nicht schaden: »Wissen Sie, ich komme aus Leipzig, bis zur Abwicklung des Betriebes, in dem ich gearbeitet habe, lief es eigentlich ganz ordentlich. Wir waren flexibel, hatten auch eine Produktpalette, die noch hätte weiter ausgebaut werden können, uns fehlte nur das Geld.«

»Ja, ja, das Geld, das glaube ich Ihnen, wir zahlen aber doch schon Milliarden, wo bleibt das Geld? Ich begreif das nicht.« Walther nun wieder: »Glauben Sie mir, wir haben einen Sanierungsplan erstellt, das Personal auf ein Minimum reduziert und sind dann nach Berlin zur Treuhand gefahren. Um es kurz zu machen, wir haben kein Geld bekommen. Mit dem Segen und dem Wissen der Treuhand wurde unser Betrieb abgewickelt. Jetzt hat ihn ein westdeutsches Unternehmen übernommen. Dort gibt es jetzt noch zwölf von fünfundachtzig Beschäftigten einschließlich beider ehemaliger SED-Bosse. Wie lange der Betrieb noch existieren wird, weiß keiner. Zum Glück habe ich nach einigen Monaten der Arbeitslosigkeit jetzt einen Arbeitsplatz in Frankfurt bekommen und befinde mich gerade auf dem Wege zum ersten Arbeitstag.«

»Junger Mann«, sagte der ältere Herr, »ich möchte diejenigen kritisieren, die nicht erkannt haben, dass hier eine andere Vorgehensweise erforderlich gewesen wäre. Ihnen möchte ich keinen Vorwurf machen. Da haben – und das können Sie mir glauben – ganz andere ihre Finger im Spiel gehabt.« Er schaute nach draußen und sah, dass der Zug bereits kurz vor Gießen war. »Es tut mir leid«, sagte er dann, »hier muss ich jetzt aussteigen, man erwartet mich. Die Unterhaltung mit Ihnen war für mich äußerst interessant, gerne hätte ich sie fortgeführt.« Er verabschiedete sich und sagte: »Junger Mann, flexibel sein und bleiben, Sie haben den richtigen Weg gewählt. Ich wünsche Ihnen für die Zukunft alles Gute und in Ihrem neuen Job, viel Erfolg. Machen Sie es gut.« Der ältere Herr nahm seine Aktentasche und begab sich zum Ausgang. Draußen auf dem Bahnsteig – Walther dachte, er sehe nicht richtig – kam dem sympathischen Herrn eine Frau entgegen, die er kannte: Es war Frau Schmidt! Wie kommt die denn hierher, ist das vielleicht ihr Liebhaber? Was soll's, das ging ihn nichts an.

Gedanklich bereitete er sich jetzt auf seine Ankunft in Frankfurt vor. Kopf hoch, dachte er, wenn der Hals auch dreckig ist. Reiß dich zusammen, du hast eine Familie zu ernähren. Der ICE befand sich schon auf freier Strecke, er musste zur Toilette. Donnerwetter, der hat aber einen Zacken drauf, bemerkte Heinz, als er den Gang entlangging. Am Ende, kurz vor der Toilette, las er auf einer Anzeige: »Der Zug hat eine Geschwindigkeit von 200 km/h.« Bei diesem Tempo, dachte Walther, sind es höchstens fünfunddreißig Minuten bis Frankfurt. Er sollte recht behalten. Nach kurzer Zeit wurde der Zug langsamer, ein Zeichen, dass er sich Frankfurt näherte. Von der

Toilette zurückgekommen, holte er seine Koffer herunter und ging zum Ausstieg. Langsam fuhr der Zug in den Frankfurter Hauptbahnhof ein, einen Kopfbahnhof. Die Türen öffneten sich und Walther stieg aus.

Vorsorglich mit einem Gepäckwagen an der Hand, erwartete ihn Jung, der Fahrer der Firma Rainhardt. »Hallo, Herr Walther, willkommen in Frankfurt, ich hoffe, Sie hatten eine gute Reise.«

»Ja, danke, auch für den freundlichen Empfang. Ich freue mich, hier zu sein.«

Sie packten die Koffer auf den Wagen und bewegten sich in Richtung Ausgang.

»Kommen Sie«, sagte Jung, »ich hatte Glück und konnte meinen Wagen direkt vor der Tür parken.« Er nahm den kürzesten Weg zum Auto.

»Donnerwetter!«, weiter kam Walther nicht.

»Das ist der Wagen vom Chef«, sagte Jung. Sie luden das Gepäck ein, und Jung machte den Vorschlag, vor der Abfahrt noch einen Kaffee zu trinken, worauf Walther erwiderte: »Wenn es Ihnen nichts ausmacht, können wir gleich fahren.«

Sie setzten sich in den Wagen und Jung fuhr los.

»Ich muss Ihnen noch etwas erklären, der Chef hat mich beauftragt, sie direkt zum Roten Ochsen zu fahren. Er war der Meinung, dass Sie sich erst ein wenig erholen sollten. Ich soll Sie dann am späten Nachmittag wieder abholen. Er selbst habe noch einen Termin und bis dahin sei auch Frau Schmidt wieder zurück, ich glaube, Sie ist zu ihrem Vater nach Gießen.«

»Das ist aber vielleicht ein Zufall«, sagte Walther, »in Erfurt traf ich im Zug einen sehr netten und stattlichen Herrn, der grüßte und fragte, ob die Plätze frei sind. Ich sagte Ja und er setzte sich mir gegenüber. Wir kamen ins Gespräch und hatten eine sehr interessante Unterhaltung. In Gießen hat er sich dann verabschiedet. Auf dem Bahnsteig sah ich, wie er von einer sehr hübschen Dame abgeholt wurde. Ich traute meinen Augen nicht, es war Frau Schmidt. Ich dachte noch, es sei vielleicht ihr Liebhaber, ja, so wie ich diesen Herren kennengelernt habe, vom Scheitel bis zur Sohle ein Gentleman.«

Die Zeit verging auf der Fahrt wie im Fluge. Jung schwieg, aber seine innere Stimme beschäftigte sich mit Walther: Ist doch ein ganz netter Kerl, die da drüben sind auch nicht anders als wir. Der Chef weiß schon, wen er holt. Bis jetzt hatte er immer das richtige Händchen. Mit einem Mal war zu lesen: »Zum roten Ochsen«. Jung fuhr auf den Parkplatz.

»So, das hätten wir geschafft.« Er stellte den Motor ab und beide stiegen aus. Jung schnappte sich die Koffer und wollte losmarschieren.

»Stopp«, rief Walther, »so nicht, einen Koffer nehme ich. Geben Sie mir den kleinen und ich nehme noch die Aktentasche, dann können wir gehen.«

Sie gingen hinein, an der Rezeption stand Frau Werner.

»Hallo und Guten Tag«, sagten sie nahezu im Einklang.

»Guten Tag, die Herren, und seien Sie willkommen.« Die sollen sich erst einmal setzen, dachte sie. »Herr Walther, Herr Jung, bitte nehmen Sie Platz, ich bringe Ihnen erst einmal einen Kaffee. Die Koffer können Sie dort erst einmal stehen lassen, mein Sohn bringt sie rauf.« Die beiden setzten sich.

»Es macht Spaß, mit Ihnen zu fahren«, sagte Walther.

Der Kellner kam und brachte den Kaffee. Jung schaute auf die Uhr: »Es wird nun doch knapp«, sagte er, »wenn ich den Kaffee getrunken habe, muss ich gleich fahren, ich habe noch ein paar Erledigungen auf meinem Zettel stehen. Danach komme ich Sie dann abholen. Es wird so gegen sechzehn Uhr dreißig sein, okay?«

»Ja«, sagte Walther, »alles klar.«

Jung nahm seine Fahrermütze und verabschiedete sich. Heinz Walther holte sich den Zimmerschlüssel von der Rezeption.

Seine Koffer waren bereits oben, er machte sie auf und legte alles in die Schränke. Vor allem die Anzüge, er wollte ja nicht aussehen wie aus der Schleuder gezogen.

»Schatz, du hast aber auch an alles gedacht«, murmelte er vor sich hin. Er nahm die Anzüge und hängte sie auf den Bügel. So, dachte er, die können jetzt aushängen, dann sehe ich morgen anständig aus. Nachdem er alles ausgepackt hatte, ging er ins Badezimmer und machte sich frisch. Als Nächstes musste er aber zu Hause anrufen. Gesagt, getan. Er schnappte sich den Hörer und wählte seine Nummer.

Renate meldete sich: »Ja, Walther hier.«

»Hallo, Schatz, ich bin's, wie geht es euch? Ich bin gut angekommen. Der Fahrer hat mich abgeholt und mich gleich hierher ins Hotel gebracht. Ich bin wieder im Roten Ochsen. Um halb fünf Uhr holt er mich wieder ab, zu einem Gespräch mit dem Chef. Ich ruf dich aber heute noch an, wenn ich wieder zurück bin. Schatz, sei nicht böse, es ist jetzt vier Uhr, man wird mich wohl gleich abholen. Ein bisschen an die frische Luft wollte ich auch noch.«

»Ja, ist schon in Ordnung, ich halte dich nicht auf. Tschüss, mein Schatz.«

»Tschüss«, sagte auch Heinz, dann ging er an die frische Luft. Es tat ihm richtig gut, ein paar Schritte zu laufen, denn wenn man den ganzen Tag gesessen hat, werden einem die Beine steif. Er ging in die Richtung, aus der sie gekommen waren, so konnte er Jung nicht verpassen. Nach einhundert Metern ging es mit einer Kehrtwendung wieder zurück, denn im Hotelzimmer stand seine Aktentasche, die noch geholt werden musste. Zwischenzeitlich stand Jung wieder auf dem Parkplatz und wartete auf Walther. Als dieser kam, hielt er ihm die Tür auf. »Wir können gleich los«, sagte er.

Walther stieg ein, der Wagen setzte sich in Bewegung und ab ging die Post.

»Frau Schmidt ist auch schon zurück«, sagte Jung wie beiläufig, »Sie werden erwartet.«

Nach gut einer halben Stunde, es war mitten im Berufsverkehr, hatten sie das Betriebsgelände erreicht. Sie stiegen aus und Jung sagte: »Kommen Sie, wir gehen zu Frau Schmidt.«

Dort angekommen, klopfte er an die Bürotür und wartete auf ein Zeichen, eintreten zu dürfen. Wie beim letzten Mal kam Frau Schmidt an die Tür: »Herr Walther, ich begrüße Sie auf das Herzlichste, hatten Sie eine gute Fahrt? Ich bin überzeugt, wir werden eine gute Zusammenarbeit haben.«

In diesem Augenblick dachte Heinz Walther an den Kuss, es war schon eigenartig. Aber er nahm sich zusammen. »Frau Schmidt, ich danke und schließe mich Ihrem Wunsche an«

Jung war gegangen. Gerda Schmidt bat Walther, doch einzutreten. Ein paar Dinge habe sie noch mit ihm zu besprechen. Kaum eingetreten, lächelte sie, schaute Heinz an und sagte: »So, dann hat Ihnen mein Liebhaber gefallen, warum haben Sie sich nicht bemerkbar gemacht, dann hätte ich doch gewusst, von wem mein Vater sprach und wen er so lobte. Ich hätte Sie doch gleich mitgenommen.«

»Ach, entschuldigen Sie bitte, dass ich das so gesagt habe«, Walther wurde ein wenig rot im Gesicht.

Gerda wieder: »Ich freue mich, dass Sie mir so einen guten Geschmack zugetraut haben. Ja, mein Vater, ihm ist im Leben nichts geschenkt worden, er ist eine Seele von Mensch. Ich würde nun vorschlagen, wir gehen jetzt erst einmal zum Chef, der möchte Sie begrüßen. Für morgen ist eine Konferenz anberaumt worden, Herr Dr. Rainhardt möchte Sie mit unserem

Führungsstab bekannt machen. Kommen Sie, wir gehen.«

Frau Schmidt ging voraus, sie klopfte und der Chef bat einzutreten. Sie öffnete die Tür. Dr. Rainhardt kam ihm ein Stück entgegen und sagte: »Herr Walther, ich begrüße Sie herzlich in unserem Hause. Für heute wollen wir es aber bei der Begrüßung belassen, ich habe noch einen sehr wichtigen Termin.«

»Herr Dr. Rainhardt, ich danke Ihnen«, entgegnete Walther.

»Ach, Frau Schmidt«, sagte Dr. Rainhardt, »bringen Sie doch bitte Herrn Walther zum Hotel, ich brauche den Herrn Jung noch, danke.«

Sie gingen. Gerda eilte voraus. »Kommen Sie, wir gehen in mein Büro.«

Im ganzen Hause war eine rege Betriebsamkeit zu vernehmen. Vorbeikommende Angestellte grüßten freundlich. Im Büro erklärte dann Frau Schmidt: »Herr Walther, Sie werden einsehen, bezüglich der Fahrerei muss sich etwas ändern. Kurz gesagt, wir haben einen Wagen für Sie bestellt. Er wird morgen oder übermorgen geliefert.«

Heinz Walther wusste nicht, wie ihm geschah. Er traute sich auch nicht zu fragen, was es für ein Fahrzeug sei. Er sagte nur: »Danke, Frau Schmidt.«

Beide schwiegen, es war eine eigenartige Stille im Raum. Was mag das sein, was in mir ist? Ich kann es nicht beschreiben, wenn diese Frau in meiner Nähe ist, wer kann es mir sagen?, ging es durch den Kopf. Heinz schaute auf und sah, dass auch Frau Schmidt ein leicht gerötetes Gesicht mit einem sonderbaren Ausdruck hatte. Stimmt, dachte er, den hatte sie auch, als wir vor ein paar Tagen im Bahnhofsrestaurant saßen und ich unbewusst ihre Hand hielt. Heinz bemerkte, dass sie etwas unterdrücken wollte. Aber wie kann ich ihr helfen? Doch dann fiel es ihm ein: »Frau Schmidt, können wir fahren oder haben Sie noch etwas mit mir zu besprechen?«

Sie wirkte wie erschrocken, sagte dann aber: »Ja, kommen Sie, wir fahren, im Auto können wir uns ja auch noch unterhalten.«

Sie gingen zum Fahrstuhl und fuhren in die Tiefgarage. »Hier können Sie dann später auch Ihren Wagen parken, diese Parkplätze sind für die Geschäftsleitung.« Sie begaben sich zu ihrem Auto und stiegen ein. Frau Schmidt nahm die

Fernbedienung, öffnete das Tor und fuhr los. Heinz wunderte sich, dass sie so ein gemächliches Tempo fuhr, so richtig gemütlich. Das ganze Gegenteil von vor einer Woche. Unterwegs machte Gerda das Radio an. Sie fuhr wie im Traum, ja es schien, als sei sie im siebten Himmel, ihr Lächeln, ihre Augen wie Mona Lisa. In ihrem Inneren aber quälten sie immer wiederkehrende Gefühle, wenn sie die Nähe dieses Mannes spürte, wenn er mit ihr sprach. Wer soll das verkraften, wie soll ich das verarbeiten, mein Herz zerplatzt?! Sagen darf ich es ihm nicht, er ist verheiratet, er hat bestimmt eine hübsche Frau und einen Sohn hat er auch. Nein, diese Ehe darf ich nicht zerstören. Es gibt nur einen Weg: Reiß dich zusammen, zeig, dass du stark bist. Plötzlich war Gerda wie umgewandelt, sie setzte sich gerade hin, trat aufs Gaspedal und rauschte los. Heinz erschrak und schaute sie an.

»Ja«, sagte sie, den Blick auf Heinz gerichtet. »Ich habe soeben beschlossen, mich von einem wunderbaren Traum zu befreien.«

Heinz ahnte, was sie wohl gemeint haben könnte. Unrecht hat sie nicht, dachte er, ich muss ihr dabei helfen. Schade ist nur, dass die ganze Sache nicht einseitig ist.

Sie hatten den Parkplatz erreicht. »Das hätten wir geschafft«, sagte er, »Frau Schmidt, ich bedanke mich, wegen mir brauchen Sie nicht mehr mit reinzukommen, Sie können also gleich wieder fahren.« Heinz nahm seine Aktentasche, öffnete die Tür, stieg aus und schlug die Tür hinter sich zu. Gerda wollte erst nicht wieder fahren, dann sah sie aber, dass er ins Hotel ging, ohne auch nur zu winken, es tat ihr weh. Mit einem ganz normalen Tempo ging es nun nach Hause, es war ja schon neunzehn Uhr. Unterwegs kamen ihr die Tränen. Hat er wohl was gemerkt?, fragte sie sich, wehtun wollte ich ihm nicht. Aber vielleicht ist es so doch der richtige Weg. Ach, du lieber Gott! Ich hab ihm ja gar nicht gesagt, wann ich ihn abhole, der Jung kann ja nicht. Sofort umdrehen, dachte sie, es sind ja man gerade zwei Kilometer. Derweil brachte Heinz seine Aktentasche ins Zimmer. Nein, dachte er, ich brauch noch frische Luft. Die Tasche stellte er unter seinen kleinen Schreibtisch und ging noch einmal hinunter. Frau Werner sah ihn.

»Herr Walther, möchten Sie jetzt speisen?«, fragte sie.

»Nein«, antwortete Walther, »ich brauche frische Luft, ein Stück gehe ich noch.«

Er war vielleicht dreißig Meter vom Parkplatz entfernt, da hörte er ein Auto. Er drehte sich um und sah den Wagen von Frau Schmidt. Die will bestimmt noch etwas mit der Frau Werner besprechen, dachte er und wollte schon weitergehen.

»Hallo, Herr Walther«, rief Frau Schmidt, »bitte warten Sie, ich muss noch mit Ihnen reden.«

Walther blieb stehen, was wollte sie noch von ihm?

»Herr Walther, wenn Sie jetzt ein Stück spazieren gehen wollen, ich gehe mit. Wissen Sie, warum ich zurückgekommen bin? Wir haben ja noch gar nicht besprochen, wann ich Sie morgen früh abholen soll.«

Die beiden waren ein Stück gegangen, es war eine Gegend wie im Park. Sie gingen nebeneinander, ihre Hände berührten sich einige Male. Ohne dass sie es merkten, gingen sie mit einem Mal Händchen haltend des Weges. Gerda erklärte, die Konferenz sei zu zehn Uhr dreißig anberaumt worden, es würde also reichen, wenn sie um acht Uhr auf dem Parkplatz stände. Ein Stein, über den Gerda stolperte und wobei sie sich an Heinz festhielt, war es, der sie darauf aufmerksam machte, dass ihre Hände sich bereits hielten. Beide sahen sich an, Gerda hatte ein leicht rotes und verweintes Gesicht. Er sollte das natürlich nicht sehen, sie wandte den Kopf zur Seite, doch zu spät. Heinz nahm sie in die Arme und drückte sie ganz fest, dann sagte er mit leiser Stimme: »Das habe ich schon im Auto gespürt, Mädchen, was sollen wir nur machen?« Er gab ihr einen herzhaften, langen Kuss auf den Mund. Sie legte ihre Arme um seinen Hals. »Entschuldige, ich bin maßlos in dich verliebt, hilf mir.« Durch die Hintertür hätte sie in sein Zimmer kommen können. Nein, dachte er, aufs Äußerste lasse ich es nicht ankommen. Drück sie und küss sie, aber mehr nicht.

Gerda muss es gefühlt haben, sie genoss jedes Drücken und jeden Kuss, doch zu mehr gab sie keine Signale. Es war zu schön, um es kaputt zu machen. »Hast du ein Taschentuch?« »Ja, komm her, ich trockne deine Tränen«, sie hatte einen Glanz in ihren Augen, es war die Liebe pur.

»Mach dir bitte keine Sorgen«, sagte sie, »in der Firma wird keiner etwas merken. Ich verhalte mich korrekt. Außerdem weiß der Chef, dass ich in dich verliebt bin, er hat es gleich am ersten Tag gemerkt und mir gesagt. Ich wurde schon da knallrot. Du hast in mir etwas ausgelöst, ich kann es nicht beschreiben und ich kann mich auch nicht dagegen wehren.«

»Da haste den Salat«, flüsterte sich Heinz selber zu. Wenn ich ihr jetzt noch sage, dass es in mir genauso aussieht, dann will sie heute noch mehr. Also zeig, dass du Mann bist, und lass es dir nicht anmerken. Auf die Uhr schauend stellte er fest, dass es bereits zehn war.

»Gerda«, sagte er, »Mädchen, ich glaube, wir müssen zurückgehen, du kommst sonst zu spät nach Hause und morgen ist auch ein langer Tag für dich.« Sie merkten gar nicht, dass sie bereits beim Du waren. Am Auto angekommen, stieg Gerda sofort ein. Sie wollte nicht mit ihrem jetzt aus Freude verweinten Gesicht gesehen werden. Heinz sagte noch, bevor sie fuhr: »Kommen Sie gut nach Hause, Frau Schmidt.«

Gerda drehte die Scheibe runter: »Komm, gib mir noch einen Kuss, du Bullemann.« Dann fuhr sie los, mit lauter Musik. Das Licht hätte sie im Auto nicht einschalten müssen, so strahlte ihr Gesicht.

Ans Abendessen dachte Walther nicht mehr, er holte sich seinen Zimmerschlüssel und ging gleich nach oben. Ein schlechtes Gewissen hatte er, die zu Hause warteten ja auf seinen Anruf. Das Telefon stand auf dem Schreibtisch, Heinz wählte seine Nummer.

»Ja, Walther hier«, Renate war am anderen Ende.

»Hallo, Schatz, ich bin es, habe heute einen sehr schweren Tag gehabt und bin müde wie ein Hund. Wenn du nichts dagegen hast, berichte ich morgen Abend ganz ausführlich.«

»Ich glaube es dir, geh du ruhig ins Bett, gute Nacht, mein Schatz.«

»Gute Nacht, mein Schatz«, erwiderte er.

Den Wecker hatte er sich für sechs Uhr gestellt, er wollte sich in Ruhe fertig machen und vor allem lange frühstücken.

Die Uhr zeigte auf sieben Uhr dreißig, er hörte, wie Frau Werner »Guten Morgen, Frau Schmidt« sagte. Er saß gerade im Frühstücksraum, da stand sie in der Tür.

»Guten Morgen, Herr Walther, ich möchte Sie abholen. Aber bitte frühstücken Sie in Ruhe weiter, ich habe mich in der Zeit geirrt.«

»Guten Morgen, Frau Schmidt, setzen Sie sich doch bitte und trinken Sie noch eine Tasse Kaffee mit mir.« Heinz bemerkte, dass sie etwas auf dem Herzen hatte. Er beeilte sich ein bisschen, sodass sie fünfzehn Minuten früher das Hotel verlassen konnten. Sie gingen zum Auto und stiegen ein. Heinz hatte schon den Gurt in der Hand, als sie sagte: »Warte mal, sei mir bitte nicht böse wegen dem, was gestern geschah, es war zwar ehrlich, aber es hätte mir nicht passieren dürfen, dich in so einen Zwiespalt zu bringen. Es kam einfach über mich und ich konnte mich nicht wehren. Hilf mir bitte, dass wir den Spalt der Vernunft zwischen uns halten. Ich bin schon zufrieden, wenn ich nur in deiner Nähe sein darf.«

Heinz sagte nichts, er hörte nur zu. »Wenn wir unter uns sind, und darum bitte ich, bleiben wir beim Du. In der Firma sind wir es unserem Chef schuldig, korrekt zu sein. So, mein

Schatz, jetzt fahren wir.« Heinz verspürte eine Erleichterung. Gut, dachte er, dass ich ihr nicht gesagt habe, wie es in mir aussieht und welche Gefühle sie in mir hervorgerufen hat. Das hätte schiefgehen können.

Während der Fahrt sagte er dann zu ihr: »Ja, meine Liebe, ich glaube es dir. Im Augenblick habe ich wohl genug Probleme zu lösen. Mal schauen, was der Chef mit mir vorhat und wo er mich im Betrieb einsetzen wird.«

Gerda wusste es, hatte aber strengste Auflagen, zu schweigen. »Mach dir keine Sorgen, unser Chef weiß, was er will und auch, wen er nimmt. Da lässt er sich von keinem etwas sagen, auch nicht von mir.«

Sie hatten das Betriebsgelände erreicht und Gerda fuhr in die Tiefgarage. »So«, sagte sie, »von nun an ›Frau Schmidt‹, verstehen sie mich, Herr Walther?«

»Ja, okay.«

»Bis zur Konferenz kommen Sie bitte in mein Büro.«

Gesagt, getan. Sie wollten sich gerade setzen, da stand der Chef in der Tür: »Guten Morgen, Frau Schmidt, guten Morgen, Herr Walther. Frau Schmidt, Sie haben bestimmt noch einige Vorbereitungen zu treffen. Ich werde Herrn Walther jetzt mitnehmen und ihm seine Wirkungsstätte, sein Büro zeigen. Herr Walther, kommen Sie bitte mit.«

Walther nahm seine Aktentasche und folgte dem Chef. Wo geht er denn mit mir hin, da hinten ist doch nur sein Büro und die Tür daneben führt doch zum Flur?, dachte er. Doch genau zu dieser Tür ging Herr Dr. Rainhardt, er holte einen Schlüssel aus der Tasche und öffnete sie.

»Bitte sehr, Herr Walther, das hier ist Ihr Büro, hier können Sie sich entfalten zum Wohle unserer Firma. Ich lasse Sie jetzt alleine, wir sehen uns dann bei der Konferenz.«

Er entfernte sich und machte die Tür hinter sich zu. Jetzt stand Heinz Walther in einer neuen Welt. Sprachlos sah er sich um und betrachtete jeden Winkel. Das Büro war noch größer als das der Frau Schmidt, ja, auch schöner. Begreifen konnte er das alles noch nicht. Er setzte sich an seinen Schreibtisch, auf dem ein großer Strauß mit roten Rosen stand. Er staunte nur. Eine halbe Stunde mochte wohl vergangen sein, saß er immer noch da. Plötzlich klopfte es an seiner Tür, Walther schreckte auf, als habe er etwas Unrechtes getan.

»Herein«, sagte er leise. Es kam niemand, dann klopfte es noch einmal. Jetzt sagte er laut: »Bitte treten Sie ein.«

Gerda stand in seinem Büro. Als sie den glücklichen Mann sah, kamen ihr trotz aller Versprechungen die Tränen. Er nahm sofort sein Taschentuch und trocknete sie ihr. Sie sagte nur: »Entschuldige, bitte. Das soll vorerst der letzte Ausrutscher bleiben.« Gerda lief noch einmal schnell zur Toilette, denn das Make-up hatte durch die Tränen gelitten. Erneut suchte sie sein Büro auf und sagte: »Herr Walther, kommen Sie bitte, wir gehen zur Konferenz.« Anschließend klopfte sie an die Tür des Chefs: »Chef, wir müssen gehen.« Zu dritt betraten sie den Konferenzraum, in dem schon die Abteilungsleiter warteten. Ein großer, langer Tisch, an dem zwölf Personen Platz haben, stand in der Mitte des Raumes.

Dr. Rainhardt bat die Anwesenden, doch Platz zu nehmen. Anschließend ergriff er das Wort.

»Liebe Frau Schmidt, meine sehr geehrten Herren, in unserer heutigen Sitzung möchte ich nur einen Punkt abhandeln, und zwar: Wie kann unser Unternehmen durch Produktionsstraffung effizienter arbeiten. Bevor wir aber in die Diskussion eintreten, möchte ich Ihnen unseren neuen Mitarbeiter, Herrn Diplom-Ingenieur Heinz Walther, vorstellen. Herr Walther, so ist es vorgesehen, ist meine rechte Hand und wird in Zukunft mit mir dieses Unternehmen führen. Die Abteilungsleiter sind gehalten, ihm die bestmögliche Unterstützung zu gewähren. Herr Walther wird in nächster Zeit jede Abteilung aufsuchen. Kooperieren Sie mit Herrn Walther zum Wohle unseres Unternehmens. Bitte, meine Herren, nun stellen Sie sich ihm einmal vor.«

Nacheinander nannten die Angesprochenen ihre Namen und Funktionsbereiche: »Heinz König, Automobile.« – »Walter Jungmeier, Landwirtschaft.« – »Georg Hansen, Heimwerker.«

Heinz Walther stand auf und bedankte sich mit den Worten: »Meine Herren, ich freue mich auf eine gute Zusammenarbeit mit Ihnen. Danke.«

Es begann die Diskussion, insgesamt wurde über zwei Stunden gesprochen. Zu einem klaren Ergebnis kam man nicht. Dr. Rainhardt ergriff zum Schluss noch einmal das Wort: »Meine Herren, diese Diskussion hat gezeigt, wie umfangreich dieses Thema ist. Ich bitte Sie daher, machen Sie sich in Ihren Abteilungen jeder für sich seine Gedanken, vielleicht kommen wir dann weiter. Abschließend hätte ich noch gerne den Beitrag von Herrn Walther gehört, bitte.«

Walther hatte während der ganzen Diskussion geschwiegen und zugehört. »Nun, meine Herren, ich kann Ihnen leider noch keinen Diskussionsbeitrag liefern. Fragen Sie mich bitte, wenn ich mich hier eingearbeitet habe. Jetzt habe ich noch nicht den erforderlichen Kenntnisstand. Danke.«

Gerda strahlte, genau diese Antwort hatte der Chef erwartet, sie kannte ihn.

»Dann erkläre ich unsere Sitzung hiermit für beendet«, sagte dieser dann auch. »Frau Schmidt, kommen Sie doch bitte gleich in das Büro von Herrn Walther, ich habe noch etwas zu besprechen.«

Ein paar Minuten später saßen sie bei Herrn Walther in der neuen Klubecke. Der Chef, ein alter Hase, brachte für jeden einen Piccolo mit.

»Gläser«, sagte er, »stehen dort im Schrank.«

Walther sprang auf und holte sie. Der Chef hatte bereits die Flasche geöffnet. Zu Frau Schmidt gewandt sagte Walther: »Darf ich Ihnen den Piccolo öffnen?«

Bevor Gerda auch nur einen Ton sagen konnte, bemerkte der Chef: »Ich dachte, ihr seid schon per Du, also bei mir könnt ihr euch so geben, wie ihr wollt. Im Betrieb ist das etwas anderes.«

Gerda wurde rot: »Ja, du kannst ihn mir öffnen«, und strahlte wieder.

Walther füllte die Gläser, der Chef erhob seines und sagte: »Prost, auf eine gute und dauerhafte Zusammenarbeit! Übrigens, Herr Walter, Ihr Mercedes kommt morgen. Heute bringt Sie noch einmal Frau Schmidt zum Hotel, essen Sie dort

gemeinsam und lassen Sie es sich gut schmecken.«

Kapitel -19-

Mal wieder Schmetterlinge im Bauch zu haben, daran hatte Renate schon lange nicht mehr gedacht. Aber Ablenkung, die brauchte sie, vor allem Arbeit. Jetzt dachte sie aber doch an die Karte, die ihr der Mann vom Arbeitsamt gegeben hatte. Sie holte sie und las: »Manfred Huber, Arbeitsamt Leipzig, Arbeitsvermittlung, Telefon: 13 54 00«. Den ruf ich jetzt an, dachte sie, nahm den Hörer und wählte.

»Ja, Huber hier, Arbeitsamt Leipzig. Guten Morgen, was kann ich für Sie tun?«

Im ersten Augenblick kriegte Renate keinen Ton heraus, dann aber hatte sie sich gefangen: »Guten Morgen, Herr Huber, Walther hier, können Sie sich noch an mich erinnern.«

»Aber sicher, Frau Walther, ich habe Ihnen doch meine Karte gegeben, Sie wollten schon vor ein paar Tagen zu mir kommen.«

Der hat ja recht, dachte Renate. »Wenn es Ihnen nichts ausmacht, möchte ich jetzt um einen Termin bitten.«

»Aber, Frau Walther, für Sie doch immer. Wie wäre es mit morgen, zehn Uhr? Ich hätte da etwas für Sie.«

Ohne zu überlegen, sagte sie: »Ja, okay, ich werde pünktlich sein.«

»Ich erwarte Sie, dann bis morgen.«

Renate legte den Hörer auf. Mal sehen, was der gute Mann für sie hatte. Sie hatte sich gerade gesetzt, da klingelte wieder das Telefon, sie sprang sofort auf. »Ja, Heinz, ich bin es, Renate.«

Am anderen Ende war aber nicht Heinz. »Was ist denn mit dir, ich bin es, Heidi.«

»Ach, Heidi, du, entschuldige bitte, ich warte jetzt schon vier Tage darauf, dass Heinz mich anruft. Aber sag, was gibt es zu erzählen?«

»Du treulose Tomate, du rufst mich ja auch nicht an. Ich wollte nur hören, wie es dir geht, so als Strohwitwe. Wir wollten doch tanzen gehen?«

Renate erkannte sofort die alte Heidi wieder. »Heidi, für einen Spaß bist du wohl immer aufgelegt?«

»Renate, merke dir, Humor ist, wenn man trotzdem lacht. Aber jetzt erzähl doch mal, wie es dir geht, wie kommt denn dein Mann voran? Was macht die Arbeit, hast du schon welche? Also schieß los.«

»Ja, was soll ich dir sagen. Heinz scheint wohl sehr im Stress zu stehen, es wird viel von ihm verlangt. Er sagt aber, dass er es schafft. Natürlich mach ich mir Sorgen, wenn er nicht anruft. Dazu kommt noch seine Suche nach einer Wohnung. Er sagt, dass er große Unterstützung von der Chefsekretärin bekäme, sie hilft ihm auch bei der Wohnungssuche. Er braucht doch nur ein kleines Appartement. Bei mir scheint sich jetzt auch etwas zu tun. Ich habe für Morgen um zehn Uhr einen Termin beim Arbeitsamt. Der Herr Huber sagte, er hätte etwas für mich. Mal schauen, was dabei herauskommt, ich lass mich überraschen. Du, sag mal, wir könnten uns doch auch mal wieder treffen. Zu erzählen hätten wir doch genug, oder? Pass auf, wenn ich vom Arbeitsamt komme, ruf ich dich an. Du kommst dann zu mir oder wir gehen ins Café Klause, mal wieder gemütlich eine Tasse Kaffee trinken. Einverstanden?«

Heidi überlegte nicht lange: »Ja, können wir machen, dann tschüss bis morgen.«

Renate schaute auf die Uhr: Oh, jetzt musste sie sich aber beeilen, Alex kam um drei viertel eins aus der Schule. Der würde bestimmt großen Hunger mitbringen. Sie ging in die Küche, schälte Kartoffeln, richtete das Gemüse und legte für jeden ein Schnitzel in die Pfanne. Es dauerte nicht lange und Alex kam heim.

»Hab ich einen Hunger«, das waren seine ersten Worte, dann legte er seine Schultasche beiseite. »Hat Vati angerufen?«

»Nein, das kann er doch nur am Abend. Er hat bestimmt sehr viel Stress, weil so viel von ihm verlangt wird. Er wird gut bezahlt und dafür muss er auch viel tun. Warte ab, wenn die ersten vier Wochen um sind, wird er bestimmt kommen.« Irgendwie muss ich den Jungen beruhigen, er hängt ja so an seinem Vater, dachte sie.

»Aber wenn er heute Abend anruft, auch wenn es spät ist, ruf mich bitte.«

»Ja, ich verspreche es dir. Sag mal, wie lange hast du morgen Schule? Auf deinem Stundenplan steht, bis elf Uhr dreißig. Ich muss um zehn Uhr zum Arbeitsamt, dort habe ich einen Termin, und ich weiß nicht, wie lange das dauern wird. Sicherheitshalber lege ich dir fünf Mark hin, wenn ich es nicht früher schaffe, kannst du etwas essen gehen. Es kann sein, dass ich mich dann auch noch mit der Heidi treffe.«

»Jawohl, Frau Walther, wird gemacht.«

Am anderen Morgen, Alex war bereits auf dem Weg zur Schule, saß Renate noch in der Küche, sie war mit ihren Gedanken bei Heinz: Wie mag es ihm ergehen? Auf einmal sah sie auf die Uhr: »Ach, du lieber Gott, Viertel nach neun, jetzt wird es aber Zeit!« Sie machte sich ein wenig zurecht und schon ging es los.

Zum Glück musste sie heute nicht so lange nach einem Parkplatz suchen. Sie stellte den Wagen ab und dann nichts wie hoch. Oben angekommen, sie stand noch ganz außer Atem im Flur, ging auch schon die Tür auf und Herr Huber schaute heraus. Als er sie sah, rief er: »Frau Walther, kommen Sie, bitte.«

Renate ging zu ihm: »Guten Morgen, Herr Huber, ich hoffe, ich bin pünktlich.«

Seine Augen leuchteten, Renate sah auch mal wieder toll aus. »Frau Walther, bitte nehmen Sie Platz.« Er war ziemlich aufgeregt. Obwohl er in seinem PC schon alles vorbereitet hatte, tat er so, als suche er etwas. Am Bildschirm vorbeischauend, war sein Blick nur auf sie gerichtet: ... ist diese Frau hübsch!

»Frau Walther«, er schaute sie wieder an. »Dann wollen wir doch mal sehen, was wir für Sie haben. Wie ich sehe, sind Sie eine gelernte Kindergärtnerin, in diesem Bereich werde ich Ihnen wohl in der nächsten Zeit nichts anbieten können. Aber was halten Sie davon, eine Umschulung zu machen?«

Renate horchte auf: »Was können Sie mir denn da anbieten, beziehungsweise welche Möglichkeiten gibt es denn?«

»Nun, das ist schon eine relativ große Palette. So weit ich das von hier aus beurteilen kann, haben Sie später eine gute Chance als Bürokauffrau oder als Buchhalterin.«

»Ja«, sagte Renate, »das würde mich interessieren. Gibt es denn irgendwelche Unterlagen, durch die man sich schlaumachen kann?«

»Hier habe ich jetzt keine, aber morgen Abend ab neunzehn Uhr läuft hier eine Vortragsreihe über Ziele und Chancen, natürlich wird auch über die finanzielle Seite gesprochen. Diesen Vortrag sollten Sie sich anhören und dann können Sie entscheiden. Kommen Sie rechtzeitig, damit Sie nicht ganz hinten sitzen. Unten wird eine Hinweistafel stehen, diese zeigt Ihnen, wo Sie hinmüssen.«

»Das werde ich mir anhören, schaden kann es auf keinen Fall. Herr Huber, ich danke Ihnen. Auf Wiedersehen.«

Das Gespräch hatte doch etwas länger gedauert. Renate dachte, jetzt rufe ich von unterwegs noch Heidi an. »Ja, Klein hier.«

»Heidi, ich bin es, Renate. Komm doch bitte zum Café Klause, ich warte dort auf dich. Tschüss.«

Heidi hatte wohl schon auf den Anruf gewartet und außerdem war sie ja sehr neugierig. Es dauerte eine knappe halbe Stunde und beide Frauen trafen sich im Café.

»Hallo, Renate«, rief Heidi schon von Weitem.

Sie umarmten sich, dann sagte Renate: »Komm, wir setzen uns.«

Heidi, nun schon ganz aufgeregt: »Nun erzähl doch schon, was hat er dir angeboten, war er nett? Spann mich nicht so auf die Folter.«

»Also, zuerst mal zu deiner wichtigsten Frage: Ja, er war nett zu mir. Er sagte mir, dass es morgen Abend um neunzehn Uhr im Arbeitsamt einen Vortrag über Ziele und Chancen einer Umschulung gibt, und über die Bezahlung wird dabei auch gesprochen. ›Hören Sie sich diesen Vortrag unbedingt an‹, empfahl er mir. Ich soll aber nicht zu spät kommen, sonst säße ich ganz hinten. Nun, dem kann man abhelfen.«

»Du, da komme ich mit«, sagte Heidi spontan, »ich steh um halb sieben Uhr vor dem Arbeitsamt, klar? Aber erzähl doch mal, wie es dir so als Strohwitwe geht?«

»Heidi, wenn ich ganz ehrlich sagen soll, angenehm ist dieses Leben nicht. Ich weiß nicht, wenn Alex nicht wäre, ich glaube, ich würde verrückt. Man wartet und wartet, dass er anruft, aber nichts kommt, schön ist das nicht. Aber dann sage ich mir, er wird es dort schwer haben, obwohl ihn hier alle nur gelobt haben. Im Westen ticken die Uhren halt anders, daran müssen wir uns gewöhnen. Ja, wenn ich Arbeit hätte, dann hätte ich auch Abwechslung und der Tag wäre nicht so lang.«

Heidi sagte ihr tröstende Worte. »Schau her«, erwiderte sie, »seit mein Mann arbeitslos ist, haben wir auch finanzielle Schwierigkeiten. Wir müssen uns verdammt einschränken. Dennoch haben wir uns vorgenommen, unsere Probleme zu lösen.«

Die beiden Frauen plauderten und merkten gar nicht, wie die Zeit verging. Renate sah auf die an der Wand hängende Uhr, »Jetzt wird es aber Zeit für mich, Alex wird schon warten. Heidi, wir sehen uns dann morgen Abend.« Die beiden Frauen verabschiedeten sich und traten ihren Heimweg an.

Zu Hause saß Alex im Wohnzimmer, er sah sich historische Fußballspiele im Fernsehen an. Als die Mutter reinkam, sagte er: »Du kommst aber spät, wo warst du so lange?«

»Ich hatte es dir doch gesagt, dass ich mich noch mit der Heidi treffe und mit ihr eine Tasse Kaffee trinken werde. Entschuldige, bitte.«

»Ja, ist schon gut«, murmelte er so vor sich hin. »Wenn jetzt aber Vati angerufen hätte, wärst du nicht hier gewesen«, sagte er enttäuscht.

Der Abend nahte. Nach dem Abendessen setzten sich die beiden ins Wohnzimmer und spielten »Mensch ärgere dich nicht«. Nachdem jeder schon einmal gewonnen hatte, so gegen neun Uhr, schreckten beide auf einmal auf, es war das Telefon. Ehe Renate auch nur einen Fuß rühren konnte, war Alex schon am Apparat: »Alex Walther hier, guten Abend.«

»Ja, und hier ist der Vati, guten Abend. Wie geht es dir, mein Junge, ich hoffe gut. Alex, hör mal, wir beide sprechen gleich, dann habe ich die Zeit für dich. Jetzt sei bitte so lieb und gib mir die Mama.« Alex reichte den Hörer an Renate weiter.

»Hallo, mein Schatz, ich habe ja so auf deinen Anruf gewartet. Wir saßen hier jeden Abend und haben auf das Telefon geschaut und gewartet, dass es klingelt. Zuerst einmal, wie geht es dir, bist du gesund? Wir haben uns hier

Sorgen gemacht. Aber nun erzähl mal, ich höre.« Renate war
sehr gespannt.

»Glaube mir, ich weiß nicht, wo ich anfangen soll. Es ist hier
alles so überwältigend, man kann es nicht in Worte fassen.
Das ist die eine Seite. Die andere Seite hingegen besteht aus
Arbeit und Verantwortung. Das Wort ›Feierabend‹ habe ich
aus dem Duden gestrichen. Durch Frau Schmidt ist mir zu
Ohren gekommen, dass der Chef mich bewusst hinsichtlich
meiner Stellung und meiner Aufgaben im Dunkeln gelassen
hat. Er wollte sehen, wie ich mich verhalte, wenn all diese
Dinge auf mich zukommen. Mit anderen Worten, er wollte
sehen, ob ich ehrgeizig bin. Ich kann nur sagen, das hat er
geschafft. Es werden also für uns drei sehr harte Monate
werden. Es kann sein, dass ich mal längere Zeit nicht
kommen kann. Aber sage mir, wie ist es bei dir, hast du
Arbeit bekommen oder welche in Aussicht? Ach, noch etwas,
ich habe euch vorab eintausend Mark überwiesen. Ich lasse
sie in zwei Monatsraten vom Gehalt abziehen, dann brauchst
du nicht ans Sparbuch gehen. Danach läuft alles normal
weiter. Wann ich das nächste Mal nach Hause komme, kann
ich beim besten Willen nicht sagen. Wir befinden uns hier im
Umbruch. Umstellungen in der Fertigung sind die Folge. Ich
werde also hier an allen Ecken und Enden gebraucht und
trage eine sehr große Verantwortung. Ein Scheitern kann
mich den Job kosten. Habt bitte Geduld! Ich kann mich selbst
nicht einmal um eine Wohnung kümmern, das macht Frau
Schmidt für mich. So, jetzt weißt du wenigstens, woran du

bist, mein Schatz. Sei bitte so lieb und gib mir den Alex.« »Ja, Vati.«

»Alex, mein Junge, was macht die Schule? Ich hoffe, du hast keine Schwierigkeiten. Du hattest doch in der Schule ein Schachturnier? Wie ist das ausgegangen?«

»Ja, Vati, ich bin ganz zufrieden, ich habe Platz drei belegt. Es hätte besser werden können, durch einen nicht genug durchdachten Springerzug von C3 auf D5 habe ich die Partie verloren, sonst wäre ich im Endspiel gewesen, schade.«

»Alex, mein Junge, wie es mir hier in Frankfurt ergeht, wird dir die Mama erzählen. Ich sage dir für heute Tschüss, gute Nacht, schlaf schön und bleib gesund, ich hab dich lieb. Gib mir bitte noch einmal die Mama.«

»Ich dich auch, Vati.«

Renate nahm wieder den Hörer: »Hallo, Schatz, was ich dir noch sagen wollte, ich war beim Arbeitsamt. Dort hat man mir gesagt, ich könnte doch eine Umschulung machen. Als Bürokauffrau oder als Buchhalterin hätte ich in der Zukunft gute Chancen. Morgen Abend gibt es im Arbeitsamt einen Vortrag über Ziele und Chancen, da werde ich hingehen. Heidi geht auch mit. Jetzt glaube ich, dir alles so weit erzählt zu haben. Lass uns bitte das nächste Mal nicht so lange warten, versprich mir das!« Das musste Renate noch loswerden.

»Ja, ich verspreche es, lass uns jetzt Schluss machen, ich bin verdammt müde. Also tschüss, mein Schatz, schlaf schön, gute Nacht und bis zum nächsten Mal. Ich liebe euch!«

Die Erleichterung war beiden auf die Stirn geschrieben, das hätte jeder sehen können. In der Nacht wälzte Renate sich von einer Seite auf die andere, ihre Gedanken waren einmal bei ihrem Mann, dann wieder beim Arbeitsamt: Umschulung, was bringt mir das? Dann wieder Frau Schmidt, Frau Schmidt und immer Frau Schmidt, wer ist das, warum hat er so viel mit ihr zu tun?

Am Morgen war Renate froh, dass der Wecker klingelte und Alex in die Schule musste. So eine Nacht, dachte sie, nein. Tagsüber beschäftigte sie sich mit allen möglichen Dingen, wartete eigentlich aber nur darauf, dass es Abend würde. Vielleicht habe ich Glück und diese Umschulung ist was für mich, na, ich lass mich überraschen.

Der Abend kam, sie ging ins Bad und machte sich fertig zum Ausgehen, chic angezogen stand sie im Wohnzimmer. Alex kam aus seinem Zimmer: »Mama, wo willst du denn hin?«, fragte der Junge.

»Du weißt doch, wo ich hinwill, zum Vortrag im Arbeitsamt. Sollte es etwas länger dauern, dann geh bitte ins Bett.« Mit diesen Worten machte sich Renate auf den Weg. Die Heidi würde bestimmt schon warten. Und richtig, sie stand schon vor dem Arbeitsamt.

»Hallo«, so die beiden gleichzeitig.

»Du siehst ja mal wieder toll aus!«, sagte Heidi und Renate antwortete: »Du aber auch.«

»Dann lass uns gehen«, sagte Renate.

Gleich unten im Flur stand ein Wegweiser: »Chancen durch Umschulung, 2. Etage, Zimmer 21 (Schulungsraum)«. Sie traten ein und mussten feststellen, dass sie nicht die Ersten waren. Die vorderen beiden Stuhlreihen waren bereits besetzt. Erwartungsvoll saßen die Anwesenden auf ihren Stühlen, im Raum war es mäuschenstill, man hätte eine Stecknadel fallen hören können. Dann Heidi, auf einmal ganz laut: »Das ist aber lustig hier, ich könnte mich kaputtlachen.« Diese Einlage hatte wohl niemand erwartet, es gab ein allgemeines Gelächter.

Bis neunzehn Uhr füllte sich der Schulungsraum bis auf den letzten Platz. Pünktlich trat der den Vortrag haltende Mitarbeiter des Arbeitsamtes ein und begrüßte die Anwesenden: »Meine sehr verehrten Damen, übrigens eine schöner als die andere, und meine sehr geehrten Herren.« Renate staunte nicht schlecht: Es war Herr Huber.

»Zunächst danke ich Ihnen, dass Sie in einer so großen Zahl erschienen sind. Ich möchte mich Ihnen aber zuerst einmal vorstellen: Mein Name ist Manfred Huber, ich bin hier der stellvertretende Abteilungsleiter und zuständig für diese Vortragsreihe.

Beschäftigen wir uns zuerst mit den Zielen. Mit den jetzt anlaufenden Umschulungsmaßnahmen der Bundesanstalt für Arbeit soll erreicht werden, dass dem Arbeitsmarkt so viel qualifizierte Arbeitskräfte wie möglich zur Verfügung gestellt werden. Diese hat ein dazu passendes Konzept erarbeitet und hofft, dass es greifen wird. So weit die Ziele. Nun beschäftigen wir uns mit der Umschulung, die Ihnen wiederum eine Chance einräumen soll, einen Arbeitsplatz zu bekommen. Mit der Umschulung verfolgt die Bundesanstalt das Ziel, dass sie nach zwei Jahren vor der Industrie- und Handelskammer Ihre Prüfung ablegen können. Der Weg, der Sie zur Prüfung führt, ist vorgezeichnet. Mit einer weiterbildenden Schule schließen Sie einen Ausbildungsvertrag, der Sie zwei Jahre theoretisch begleitet. Eingebunden ist in dieser Zeit ein Praktikum. Das heißt, während der Theorie bemühen Sie sich bereits, einen Praktikumsplatz zu bekommen. Sie haben bis dahin gelernt, Bewerbungsschreiben aufzusetzen. Wahrscheinlich werden Sie mehrere Bewerbungen verschicken müssen.

Dem Ausbildungsbetrieb stehen Sie kostenlos zur Verfügung. Sie werden von der Bundesanstalt für Arbeit bezahlt. Gehen Sie bitte zu ihrem Arbeitsvermittler und lassen Sie sich die dort vorhandenen Unterlagen geben. Vor allem bitten Sie um Aufklärung, ob für Sie eine Umschulung in Betracht kommt. Meine Damen, meine Herren, ich danke Ihnen.«

Huber sah Renate und ging zu ihr hin, doch dann bemerkte er, dass sie nicht alleine war.

Jetzt einfach durch, dachte er. »Meine Damen, toll schauen Sie aus.« Augen hatte er aber nur für Renate. »Frau Walther, ich habe für Sie wieder einen Termin freigehalten. Morgen, zehn Uhr, passt es Ihnen?«

Renate überlegte nicht lange und sagte zu: »Ja, ich werde pünktlich sein, wie beim letzten Mal.«

Dann verabschiedeten sich die beiden Damen: »Herr Huber, danke für die umfangreichen Informationen und auf Wiedersehen.«

Sie gingen. »Mann«, sagte Heidi in ihrer lustigen Art, »den würde ich auch nicht von der Bettkante stoßen.« Die beiden Frauen lachten ganz laut. »Da musst du mich aber informieren, wenn du bei ihm warst, hast du gehört!«

»Du bist doch eine Neugierige«, sagte Renate und beide verabschiedeten sich.

Am anderen Tag, Renate hatte ausgeschlafen – ja, Schlaf macht schön –, trug sie ihr Make-up auf und machte sich chic. Alex war schon zur Schule. Dieses Mal, so dachte sie, musst du dich nicht so hetzen. Die Uhr zeigte neun Uhr fünfundvierzig, als sie beim Arbeitsamt ankam. Langsam ging sie hinauf und wartete vor Zimmer 34. Pünktlich wie beim letzten Mal öffnete sich die Tür und Herr Huber kam heraus.

»Frau Walther, darf ich bitten einzutreten.«

Heute saß Herr Huber alleine in diesem Raum. Jetzt konnte er ein Wort mehr sagen und nutzte diese Gelegenheit auch: »Frau Walther, Sie sehen wieder bezaubernd aus, wenn ich Sie sehe, bin ich berauscht. Entschuldigen Sie bitte tausendmal, aber ich musste es Ihnen einfach sagen, ich musste es loswerden. So, jetzt ist es raus.«

Renate wurde rot wie ein Krebs. Mit allem hatte sie gerechnet, aber nicht damit.

»Aber, Herr Huber, ich bin doch verheiratet.«

Huber stockte einen Moment, dann sagte er: »Ich auch, aber deswegen können wir doch befreundet sein. Mir wäre es eine

Ehre, mit Ihnen befreundet zu sein. Jetzt sagen Sie nur, Sie mögen keine Komplimente.«

»Doch ja, jede Frau mag Komplimente und ich bin da keine Ausnahme.«

»Na sehen Sie, Sie sind auch so schön, Sie muss man mögen.«

»Herr Huber, schon wieder, machen Sie es nicht zu doll. Ab und zu mal ist viel schöner.«

»Frau Walther, kommen Sie, kehren wir zu unseren Aufgaben zurück. Ich gebe Ihnen jetzt die erforderlichen Unterlagen mit und Sie besorgen sich eine entsprechende Schule, sei es bei der Gewerkschaft oder privat. In diesem Heft sind einige aufgeführt, schauen Sie es sich bitte an und dann kommen Sie wieder zu mir.«

»Herr Huber, ich danke Ihnen von ganzem Herzen, und wenn wir uns das nächste Mal wieder beim Einkaufen sehen, dann lade ich Sie zu einer Tasse Kaffee ein. Sie haben so viel für mich getan. Ich wünsche Ihnen eine gute Zeit. Auf Wiedersehen.« Das nächste Mal kam schneller, als Renate es sich erträumte. Schon am Nachmittag, Renate bummelte durch den Kaufhof und war ganz in Gedanken, auf einmal hörte sie eine Stimme:

»Na, schöne Frau, gehen wir jetzt eine Tasse Kaffee trinken?«

»Natürlich, Herr Huber.« Nun stand er neben ihr.

»Gnädige Frau, darf ich bitten«, er zeigte zum Restaurant. Jetzt gab es kein Zurück mehr, sie willigte ein und beide gingen hinein. Huber nahm sich gleich ein Tablett und fragte:

»Was darf ich Ihnen bringen?«

»Einen Kaffee«, sagte Renate.

»Setzen Sie sich doch bitte dort schon einmal, ich bringe es Ihnen.«

Renate ging und setzte sich. Huber holte den Kaffee und brachte noch für jeden ein Stück Schwarzwälder Kirschtorte mit. »Sie verwöhnen mich aber, haben Sie vielen Dank.«

Huber strahlte über das ganze Gesicht. »Guten Appetit«, sagte er, »etwas Schöneres hätte mir heute nicht mehr passieren können, Sie machen mich glücklich.«

Die beiden führten nun ein sehr langes und interessantes Gespräch. Renate erzählte unter anderem, dass ihr Mann in Frankfurt sei, weil er dort Arbeit gefunden habe. Leider komme er nur selten nach Hause, da er so gefordert sei. »Zu Hause«, sagte sie, »hält mich mein Sohn auf Trapp, der gerade wartet. Herr Huber, sind Sie mir nicht böse, ich muss jetzt nach Hause.«

Bevor sich die beiden trennten, bedankte sich Huber mit den Worten: »Frau Walther, ich danke Ihnen für den schönen Nachmittag. Ich würde mich riesig freuen, wenn wir es wiederholen könnten.«

Renate bedankte sich ebenfalls. Dann gab er ihr einen Handkuss und beide sagten einander Tschüss.

Kapitel -20-

Ich bitte Sie nun, mich zu entschuldigen, Frau Schmidt, Sie wissen ja, warum. Meine Frau hat heute Geburtstag. Bevor ich es vergesse, vor unserer Konferenz hatte ich noch mit ihr telefoniert. Ich soll Ihnen einen herzlichen Dank ausrichten, der Blumenstrauß ist wunderschön. Sie wird sich auch noch persönlich bei Ihnen bedanken.«

»Herr Doktor, bitte richten sie Ihrer Gattin auch in meinem Namen einen herzlichen Glückwunsch aus.«

Der Chef stand auf, gab jedem die Hand und verließ dann mit schnellen Schritten das Büro. Heinz Walther sah Gerda an:

»Sag mir bitte, hast du das alles vorher gewusst?«

Mit einem Lächeln schaute sie ihn an: »Ja, ich habe das gewusst, er hat doch alles mit mir durchgesprochen, ich habe auch die Blumen besorgt und das Büro vor der Übergabe in Augenschein genommen. Es wurde mir aber äußerste Diskretion auferlegt und darin ist unser Chef eigen. Bei dieser Überraschung deine leuchtenden Augen zu sehen, ließ mein Herz höherschlagen. Ich muss dir aber auch sagen, er setzt sehr hohe Erwartungen in dich. Unser Chef ist ein Fuchs, er ist davon überzeugt, dass du es schaffst, und er hat sich erst ein einziges Mal geirrt. Seitdem will er keine Zeugnisse mehr sehen. Eines kann ich dir versprechen, ich werde mich für dich zerreißen.« Sie gab ihm einen dicken Kuss auf den Mund. Heinz erschrak und dachte: Wenn jetzt jemand reinkommt!

Gerda musste es gemerkt haben: »Hab keine Angst, hier kommt niemand ohne anzuklopfen rein. Dieses Büro hat einen

Chefstatus, aber jetzt komm, wir fahren zum Hotel.«

Sie gingen zum Fahrstuhl und fuhren in die Tiefgarage. »Sehen Sie, dieser Platz neben mir, der gehört Ihnen. Hier wird morgen Ihr Wagen stehen.«

Beide stiegen ein, Gerda machte das Garagentor auf und die Fahrt begann. Zuerst machte sie das Radio an. Im Feierabendverkehr gab es die schönste Musik. Gemütlich fuhren sie in Richtung Hotel, nahezu bei jedem Lied summte Gerda mit. Sie war verliebt bis über beide Ohren, man merkte es. Mit einem Mal schaute sie ihn an: »Sag mir bitte, hattest du das erwartet, was dir in den letzten Tagen widerfahren ist?«

»Um Himmels willen, nein, nicht im Geringsten. Ich glaube, noch einige Tage zu benötigen, um das alles zu verarbeiten. Ich müsste ein Übermensch sein, wenn ich es so wegstecken könnte. Den Druck verspüre ich sehr wohl, der auf mir lastet, es sind Tonnen. Dennoch, ich bin gewillt, die in mich gesetzten

Erwartungen zu erfüllen.«

Langsam näherten sie sich dem Hotel.

»Ich habe aber jetzt schon einen mächtigen Hunger«, ließ Gerda verlauten.

»Du, ich auch«, antwortete Heinz. Seine Gedanken zogen Kreise: Wie mag der heutige Abend enden? Sie fuhren auf den Parkplatz und stellten den Wagen ab. Heinz versuchte, ganz locker zu sein, er sagte: »Na, dann komm, mein Mädchen,

gehen wir und lassen es uns gut schmecken.« Er ging voraus und hielt ihr die Tür auf.

»Danke«, sagte sie und beide traten ein.

Frau Werner sah sie und begrüßte sie: »Guten Abend, wollen die Herrschaften noch Platz nehmen?«

»Ja danke, wir möchten noch speisen«, sagte Walther.

»Kommen Sie, bitte.« Frau Werner eilte voraus und zeigte auf einen in einer Nische stehenden Tisch: »Das ist doch ein schönes, kuscheliges Plätzchen, hier sitzen Sie ungestört.«

Frau Werner, eine Grande Dame, sah Gerda in die Augen, ein leichtes Lächeln war in ihrem Gesicht zu sehen, dann ging sie. Der Ober kam, sagte: »Guten Abend«, reichte die Speisekarte und fragte: »Darf ich die Getränke schon aufnehmen?« »Ja«, sagte Heinz, dann fragt er Gerda: »Was möchtest du trinken?«

»Mir bitte ein stilles Wasser.«

»Ich bekomme ein Pils.«

Der Ober bedankte sich und gab seine Bestellung auf. Gerda und Heinz nahmen die Speisekarte, suchten eine Weile, konnten sich aber beide nicht entscheiden. Der Ober brachte die Getränke. »Sehr zum Wohl«, sagte er und blieb stehen, um die Bestellung aufzunehmen. Frau Werner hatte beobachtet, dass die beiden noch unschlüssig waren, und kam hinzu.

»Darf ich Ihnen behilflich sein? Für unsere besonderen Gäste haben wir ein besonderes Mahl: ›Neptuns Hochzeitsmahl‹, eine Spezialität unseres Hauses. Mit Filetspitzen vom Feinsten, edlem Gemüse mit pikanter Soße und diversen Überraschungen, dazu Kroketten und Pommes frites. Es ist eine Kostbarkeit!« Heinz und Gerda schauten sich an: »Ja, das nehmen wir.«

Natürlich dauerte die Zubereitung etwas länger, sie saßen sich gegenüber, prosteten sich zu und hielten dann wieder Händchen.

»Entschuldige mich bitte einen Augenblick, bevor das Essen kommt, möchte ich noch zur Toilette.«

Sie ging und erneuerte ihr Make-up. Im neuen Glanz kam sie dann zurück und nahm wieder Platz, sie strahlte. Plötzlich ging ein Raunen durch das Restaurant und alle schauten zu ihrem Tisch hinüber. Der Küchenchef persönlich servierte »Neptuns Hochzeitsmahl«: eine dreistöckige Platte, jede Etage mit einer Kostbarkeit bestückt und, als Höhepunkt, flambiert. Der Ober kam hinzu und legte vor. Mit einer guten Flasche Wein stand Frau Werner im Hintergrund. Nachdem der Ober fertig war, trat sie heran und sagte: »Ein Geschenk des Hauses.« Sie nahm die auf dem Tisch stehenden Gläser und schenkte ein. Mit einem »Guten Appetit« entfernten sie sich diskret. Gerda und Heinz wünschten sich gegenseitig ebenfalls einen guten Appetit und begannen zu speisen. Die beiden labten sich an dem köstlichen Mahl. Auch der Wein mundete ihnen. Nach einer Weile kam der Ober und bat, nachlegen zu dürfen, dann nahm er die Weinflasche und schenkte wieder ein.

Heinz erhob sein Glas, er schaute Gerda in die tiefblauen Augen und sagte: »Zum Wohle, auf die Zukunft.« Sie stießen an, der Klang der Gläser war Musik in ihren Ohren. Im Hintergrund hörten sie ganz dezent aus einem Lautsprecher die Barcarole aus Hoffmanns Erzählungen.

Sie saßen nun schon über zwei Stunden im Restaurant. Heinz fragte Gerda: »Was hältst du davon, wenn wir noch ein Stück spazieren gehen?«

»Oh ja«, sagte Gerda.

Sie nahmen ihre Sachen und gingen zur Rezeption. Heinz brachte seine Aktentasche hoch und Gerda sagte zu Frau Werner: »Schreiben Sie es bitte auf die Rechnung.«

Heinz kam zurück und sie gingen spazieren. Händchen haltend schlenderten sie des Weges. Zunächst sagte niemand etwas, es war wohl jeder mit sich beschäftigt. Dann aber Gerda: »Ich glaube, ich habe einen Schwips.« Sie lachte. Heinz nahm sie in den Arm und sie legte ihren Kopf an seine Schulter, sie waren verliebt.

»So lasse ich dich aber nicht mit dem Auto fahren«, sagte Heinz, »du bleibst hier und wir fragen, ob noch ein Zimmer frei ist. Eine Frage hätte ich aber noch an dich?«

»Ja, bitte frag.«

»Dass ich verheiratet bin, das weißt du, aber sage mir, hast du einen Freund? Eine Frau, die so schön ist wie du, ist doch nicht alleine!«

Schweigend ging Gerda einige Schritte neben ihm, dann blieb sie stehen und legte ihre Arme um seinen Hals: »Musst du das gerade heute fragen, es ist doch so schön.« Sie gab ihm einen Kuss: »Ich will dir aber antworten. Vor jetzt beinahe fünf Jahren hatte ich einen Freund. Ich mochte ihn sehr und war der Meinung, dass es auf Gegenseitigkeit beruhe. Insgesamt waren wir zwei Jahre zusammen. Eines Tages erfuhr ich, es war reiner Zufall, dass er nahezu die gleiche Zeit mit einer Dunkelhaarigen liiert war. Ja, ich bekam dann zu hören, dass er mit ihr bereits das Aufgebot bestellt hatte. Diesen Schock habe ich nicht verkraftet. Ich hatte es mir geschworen, keinen Mann mehr anzusehen. Doch dann kamst du und mit dir die Liebe!«

Lautlos standen sie noch einige Augenblicke umschlungen, ehe sie ganz leise sagte: »Bitte, lass mich auch in deinem Herzen wohnen.«

Heinz sah sie an, sie hatte Tränen in den Augen: »Du hast bereits in meinem Herzen einen Platz. Komm jetzt, bitte, wir drehen um und gehen zurück.«

Gerda nun wieder: »Glaube mir, in dieser für mich schweren Zeit fand ich Trost und bekam aufbauende Worte vom Chef und von seiner Frau, ich mag sie sehr.«

Ganz langsam gingen sie zurück zum Hotel und dann gleich zur Rezeption. Frau Werner empfing die beiden, sah aber gleich, dass Gerda geweint hatte: »Na, hat Ihnen der Spaziergang gutgetan?«

»Ja«, antwortete Gerda, eine Träne suchte noch ihren Weg. »Aber ich glaube, ich habe einen Schwips. Hätten Sie für mich noch ein Zimmer? So kann ich doch nicht mit dem Auto fahren.«

Frau Werner schaute nach. »Ja, das Einzelzimmer direkt neben Herrn Walter, also Zimmer acht, das können Sie haben.«

Gerda schaute Heinz an und lächelte: »Das nehme ich.«

Frau Werner tupfte ihr die Träne ab. Gerda ging noch zur Toilette, ihr Make-up.

»Komm«, sagte Heinz, als sie wieder da war, »wir setzen uns noch auf ein Viertele ins Restaurant.«

Gerda trank nur ein stilles Wasser, Heinz hingegen genoss den Wein. Dann fragte er: »Weißt du, wie der morgige Tag geplant ist?«

»Man wird dich den Leuten im Büro vorstellen und anschließend wirst du auf die Menschheit losgelassen, das heißt, deine eigentliche Arbeit beginnt. Komm, jetzt beenden wir den Tag und gehen auf unsere Zimmer.«

Sie gingen zur Rezeption und holten sich ihre Schlüssel. »Ich hab Ihnen alles für die Morgentoilette hingelegt«, sagte Frau Werner, »ich wünsche eine gute Nacht.«

Die beiden sagten ebenfalls Gute Nacht und gingen hinauf. Was wird jetzt, dachten sie, als sie vor ihren Zimmern standen. Nein, lass es nicht darauf ankommen, dachte Heinz. Ihre Türen waren schon aufgeschlossen, da gingen sie aufeinander zu. Heinz umarmte sie, gab ihr einen Kuss und sagte: »Gute Nacht.« Gerda sagte auch »Gute Nacht«, gab ihm noch einen Kuss und huschte in ihr Zimmer. Sie begaben sich jetzt zur Nachtruhe. Doch an Schlaf war in beiden Fällen noch nicht zu denken, jeder wälzte sich von der einen auf die andere Seite. Die Arbeit wird wohl Abhilfe schaffen, dachten wiederum beide und schliefen ein.

Die Nacht war schnell vorbei, ab sieben Uhr gab es Frühstück. Als Heinz mit allem fertig war, klopfte er an ihre Tür:

»Hallo, guten Morgen, ich gehe schon mal nach unten.« »Ich komme gleich«, sagte Gerda.

Er ging hinunter und setzte sich an einen für zwei Personen gedeckten Frühstückstisch, es war derselbe, an dem sie am Vorabend gesessen hatten. Sie wird wohl gleich kommen, dachte er. Er sollte recht behalten, es waren keine fünf Minuten vergangen, da stand Gerda vor ihm.

»Guten Morgen«, sagte sie, gab ihm einen Kuss und setzte sich.

»Toll schaust du aus, zum Anbeißen!«

Das reichhaltige Büfett machte Appetit. Sie nahmen ihren Teller und füllten ihn. Die Serviererin kam, brachte eine Kanne Kaffee und schenkte ein, nun konnten sie es sich schmecken lassen. Nach dem Frühstück machten sie sich dann auf den Weg, um pünktlich am Arbeitsplatz zu erscheinen. Sie fuhren in die Tiefgarage, wo sie nicht die Einzigen waren.

Gerda fragte: »Herr Walther, haben sie Ihre Aktentasche?«

Er erwiderte: »Ja, Frau Schmidt.«

Beide gingen zum Fahrstuhl und fuhren in die vierte Etage zu ihren Büros.

Heinz Walther richtete sich seinen Arbeitsplatz ein. Er schaute, ob all die Dinge vorhanden waren, die er glaubte zu benötigen. Als Erstes schaltete er seinen PC ein und musste gleich feststellen, dass er hierfür eine Einweisung brauchte. Wo konnte er wen erreichen, also wo war die Telefonliste? Frau Schmidt wiederum hatte wie jeden Morgen die Post in Empfang genommen und sortiert. Sie rief den Hausboten, der die Post zu den einzelnen Abteilungen bringen sollte. Die Post für Herrn Walther überbrachte sie persönlich.

Sie klopfte an und Walther sagte: »Bitte treten Sie ein.«

Gerda öffnete die Tür und sah ihn an seinem Schreibtisch sitzen. Sie sagte: »Die Post von heute, wo soll ich sie hinlegen?« »Bitte hier auf meinen Schreibtisch«, antwortete er.

Sie legte die Post auf seinen Schreibtisch. Natürlich hatte sie als gute Sekretärin auch an Dinge gedacht, die Walther fehlten. »Hier haben Sie nun auch die sogenannten unverzichtbaren Kleinigkeiten, Herr Walther.« Es ging nur schwer über ihre Lippen. Sie ging, machte die Tür von innen zu und kam zurück: »Hier hast du nun alles, was du brauchst. Das Wichtigste wird wohl am Anfang die Telefonliste sein?«

»Vor allem aber«, sagte er, »wer ist bei euch für die EDV zuständig?«

In diesem Augenblick klingelte das Telefon. Walter meldete sich: »Hier Walther. Guten Morgen, Herr Dr. Rainhardt.«

Der Chef stutzte kurz, dann sagte er: »Herr Walther, bevor wir uns ins alltägliche Geschäft stürzen, mache ich Sie mit unseren Mitarbeiterinnen und Mitarbeitern hier im Hause bekannt, kommen Sie bitte, wir gehen.«

Gerda und Heinz verließen das Büro, im gleichen Augenblick kam auch der Chef: »Ach, Frau Schmidt, guten Morgen, Herr Walther. Jetzt ist mir auch klar, woher Sie es wussten, dass ich am Telefon bin. Frau Schmidt, wenn ich mit Herrn Walther durch bin, dann kommen Sie bitte zu mir, ich melde mich.«

Sie begannen mit der Buchhaltung, sie war ja auf der gleichen Etage. Die beiden gingen hinein. »Guten Morgen, meine Damen, guten Morgen, meine Herren, ich möchte Ihnen unseren neuen Mitarbeiter Herrn Diplom-Ingenieur Heinz Walter vorstellen. Herr Walther wird, wenn er sich eingearbeitet hat, meine rechte Hand sein.« Der Chef wandte sich Herrn Walther zu: »Wenn Sie Fragen haben, kontaktieren Sie Herrn Geldmann, er ist der Leiter des Rechnungswesens.« Herr Geldmann stand auf und gab Walther die Hand.

Walther sagte: »Auf eine gute Zusammenarbeit, meine Damen und Herren, ich danke Ihnen.« So ging es von Abteilung zu Abteilung, wo sich immer das gleiche Vorstellungsritual abspielte, nur in der Abteilung Technik hielten sie sich länger auf. Walther führte mehrere Gespräche und erkundigte sich jeweils, was der Betroffene gerade mache. Den Leiter der Abteilung Technik, Herrn Schick, lud Walther als Ersten ein, in sein Büro zu kommen. Die Prozedur war beendet und beide gingen zum Fahrstuhl.

Dr. Rainhardt hatte es nun eilig. Zu Herrn Walther sagte er noch: »Herr Walther, ab morgen kommen Sie bitte unaufgefordert um zehn Uhr zur täglichen Besprechung in mein Büro. Ich denke mal, wir kommen mit dreißig Minuten aus.«

»Das geht in Ordnung«, sagte Walther und beide verschwanden in ihre Büros.

Walther überlegte, wie er am effizientesten vorgehen könnte. Er dachte sich: Bevor ich runter in den Betrieb gehe, will ich erst mit denen sprechen, die es konstruiert haben. Er griff zum Hörer und wählte, am anderen Ende meldete sich Herr Schick.

»Ja, Walther hier, Herr Schick, kommen Sie doch bitte jetzt in mein Büro, danke.«

In der Zwischenzeit schaute er sich die Post an, die Gerda ihm auf den Tisch gelegt hatte. Na ja, dachte er sich, viel kann ich damit noch nicht anfangen. Da muss ich erst einmal mit jemandem darüber sprechen.

Herr Schick klopfte an die Bürotür und Walther sagte: »Treten Sie bitte ein.«

Schick stand nun vor Herrn Walther. Es war das erste Beschnuppern der beiden. Walther zeigte auf die Sitzecke und sagte: »Bitte, Herr Schick, kommen Sie, setzen Sie sich. Im Sitzen spricht es sich leichter.« Schick wunderte sich darüber, beim Chef musste er immer stehen.

»Nun, Herr Schick, erzählen Sie mal, woran arbeiten Sie, welche Abteilung läuft am besten, was sind Ihre Sorgenkinder und wo, glauben Sie, müssen wir eingreifen?«

Schick dachte: So viel auf einmal, das kann ich ja gar nicht beantworten. Dann aber sagte er: »Unser Sorgenkind, da stimmt auch der Chef mit mir überein, ist die Abteilung Landmaschinen und Geräte, dort haben wir noch keine Lösung gefunden. Die Abteilung zerfällt in zu viele kleinere Segmente. Ein effektives Arbeiten ist nicht möglich. Hinzu kommt, dass unsere Konkurrenten größere Entwicklungsabteilungen haben.«

Walther hatte sich während des Gesprächs kräftig Notizen gemacht. »Da haben wir ja einige Anhaltspunkte, gut, nehmen wir die nächste Abteilung.«

»Das wäre dann die Automobilabteilung. Hier haben wir ein Problem, das aber auch alle anderen haben, unser Lager befindet sich auf der Autobahn. Das heißt, in etwa wissen wir, wann die Ware gebraucht wird, aber nicht die genaue Uhrzeit. Wie schon gesagt, mit dem Problem müssen alle Zulieferer leben und unser Glanzstück sind die Heimwerker und Baumaschinen.«

Walther: »Hättet ihr denn noch Platz und Kapazität für etwas ganz Neues?«

Schick antwortete mit Ja.

Walther dachte sich: Dann weißt du ja jetzt, wo du zuerst hinmusst. »Herr Schick«, sagte er, »ich freue mich, dass wir uns so nett unterhalten konnten und dass unser Gespräch so aufschlussreich war, nochmals danke.«

Schick bedankte sich ebenfalls und verließ das Büro. Jetzt muss ich aber erst den EDV-Menschen haben, denn dumm sterben möchte ich nicht. Als ob es Gedankenübertragung war, hörte er es klopfen, sagte Herein und die Tür öffnete sich. Vor ihm stand der EDV-Spezialist: »Guten Tag, Meissner mein Name, ich komme wegen des Computers.«

»Das ist ja wunderbar, kommen Sie herein, ich warte schon auf Sie.«

Sie setzten sich an den Computer, und Meissner erklärte, wie die Software funktioniere. Sie saßen gut vier Stunden zusammen. Walter wollte sich von seinem Schreibtisch aus in jede Abteilung einloggen können, nur so konnte er sich einen Überblick über das ganze Unternehmen verschaffen.

Dieser Tag verlief wahnsinnig schnell. Die Uhr zeigte inzwischen schon siebzehn Uhr dreißig, als bei ihm das Telefon klingelte. Am anderen Ende war Gerda, sie sagte: »Schmidt hier, Herr Walther, Ihr Wagen steht bereit, können Sie bitte kommen?«

Er machte sich sofort auf den Weg nach unten. Auf dem Parkplatz stand ein auf Hochglanz polierter Mercedes 230.

Der Chef, Gerda, der Verkäufer und noch einige Mitarbeiter standen um den Wagen herum und begutachteten ihn.

»Kommen Sie«, sagte der Chef, »setzen Sie sich rein.«

Was Walter auch sofort machte. Der Autoverkäufer erklärte ihm die einzelnen Funktionen, dann meinte er, Walther sollte mal ein Stück fahren. Der Chef sagte nur: »Fahren Sie, ich fahre jetzt auch nach Hause«, in dem Augenblick fuhr auch Jung mit dem Wagen des Chefs auf den Hof.

»Frau Schmidt«, rief Walther, »kommen Sie, begleiten Sie mich auf der Jungfernfahrt.«

Das brauchte er ihr nicht zweimal sagen, sie stieg ein und die Fahrt konnte beginnen. Walther brachte gleich den Autoverkäufer zu seinem Autohaus, der sich bedankte und allzeit gute Fahrt wünschte. Gerda stieg um und kam nach vorne. Nun hatte sie ihn endlich alleine für sich. »Lass uns noch ein Stück in den Taunus fahren, dort ist es so schön«, sagte sie. Jetzt machte Heinz das Radio an, in dem, so ein Zufall, das nächste Stück die Barcarole war. Gerda summte mit. Während der Fahrt schaute Heinz auf den Tacho.

»Dreizehntausend hat der Wagen drauf«, sagte er und Gerda: »Es ist ein Vorführwagen. Einen Neuwagen hätten wir so schnell nicht bekommen.«

Sie fuhren ganz gemütlich. Beiläufig fragte Heinz: »Hast du schon etwas erreicht bei der Wohnungssuche?«

Gerda stockte, sie war mit ihren Gedanken ganz woanders. »Ich habe zwei Angebote, aber die müssen wir uns erst einmal ansehen, kannst du morgen Abend?«

»Von mir aus könnten wir jetzt dorthinfahren, wo ist es denn?«

»Die eine ist in Richtung Stadt, die andere in Richtung Hotel, wir sprechen morgen darüber, wenn wir fahren.« Nach einem Weilchen, in Gedanken versunken: »Schatz, sei so lieb und halte bitte beim nächsten Parkplatz.«

Heinz schmunzelte, dann sagte er: »Dein Wunsch ist mir Befehl.«

Der nächste Parkplatz kam und er hielt an. »So, jetzt will ich aber erst einmal einen richtigen Kuss haben, sonst darfst du nicht weiterfahren.« Sie bekam ihn, dann ging es aber ab

nach Hause, sprich zur Firma. Unterwegs sagte sie ihm nur: »Siehst du nicht, wie glücklich ich bin, wenn ich dich in meiner
Nähe habe.«
Bei der Firma angekommen, steuerte er den Parkplatz an.
»Fährst du nicht in die Tiefgarage?«, fragte Gerda.
»Nein, es lohnt sich nicht, ich gehe nur meine Tasche holen.« Oben angekommen, räumte er erst einmal seinen Schreibtisch auf, er hatte ja, als er zum Auto ging, alles liegen lassen. Die Aufzeichnungen, die er sich während des Gesprächs mit Herrn Schick gemacht hatte, steckte er sich noch in seine Aktentasche. Die kann ich mir heute Abend noch mal in aller Ruhe ansehen und mir meine Gedanken dazu machen, so ging es ihm durch den Kopf. Einen mächtigen Hunger hatte er zwischenzeitlich bekommen. Er nahm seine Aktentasche und ging in Richtung Fahrstuhl. Vor der Tür von Gerda blieb er stehen, klopfte an und sie rief: »Herein.« Er öffnete die Tür und sagte: »Ich fahre jetzt zu meinem Hotel, dir wünsche ich einen schönen Feierabend und erhole dich gut.« Dann ging er zu ihr und gab ihr einen Kuss: »Tschüss«, sagte er, »bis morgen.« »Tschüss und fahr vorsichtig«, erwiderte sie.

Kapitel -21-

Am nächsten Morgen, Alexander war bereits zur Schule, telefonierte Renate mit Heidi. Sie wusste doch, wie es ihr auf den Nägeln brannte, Neues zu erfahren.
»Ja, Klein«, meldete sich Heidi.

»Hallo, Renate hier, guten Morgen, Heidi, wie geht es dir?«
»Na ja, so den Umständen entsprechend; ich bin aber zufrieden. Sage mal, hast du schon was erreicht beim Arbeitsamt?« Eigentlich wollte es Renate gar nicht, doch plötzlich lief der ganze Tag bildlich an ihr vorüber; sie hörte seine Stimme, seine Komplimente: »Frau Walther, Sie sehen wieder bezaubernd aus, wenn ich Sie sehe, bin ich berauscht« – dann hörte sie wieder Heidis Stimme: »Hallo, Renate, bist du noch da?«
»Ja ich bin noch da, war nur im Augenblick mit meinen Gedanken woanders, entschuldige bitte! Ich hatte ja gestern einen Termin beim Arbeitsamt. Huber gab mir die notwendigen Unterlagen für die Umschulung. Jetzt liegt es an mir, was ich daraus mache. Am späten Nachmittag bin ich dann durch den Kaufhof geschlendert. Auf einmal hörte ich eine Stimme neben mir, es war Huber. Im ersten Moment konnte ich keinen Ton sagen, an ihn hatte ich in diesem Augenblick nicht gedacht, natürlich im Unterbewusstsein, da ich doch vorher bei ihm war. Denn als ich vormittags bei ihm war, saß er in seinem Zimmer alleine und hat diese Gelegenheit ausgenutzt, um mir die tollsten Komplimente zu machen. Ich glaube, ich war rot wie ein Krebs. Er hat mich dann ins Restaurant eingeladen. Ja, das hatte schon seine Wirkung! Als ich nach Hause kam, wollte Alex wissen, wo ich so lange gewesen bin. Ich habe ihm gesagt, ich war mit dir im Kaufhof.«
Ohne auch nur einen Ton zu sagen, hörte sich Heidi alles an: »Hör mal, Renate, über eine eventuelle Umschulung

habe ich auch mit meinem Mann gesprochen. Er hat mir geraten, dass ich mich beim Arbeitsamt einmal intensiv darum kümmern soll. Ich werde morgen hingehen und mich bemühen, diese Unterlagen zu bekommen. Dann können wir uns ja zusammen eine Schule suchen. Sag mal, triffst du dich denn wieder mit ihm? Ein fescher Kerl ist er ja. Du, pass mal auf, wenn ich morgen vom Arbeitsamt komme, dann ruf ich dich an und wir treffen uns im Café Klause. Also, ich sag schon mal Tschüss.«

»Ja, tschüss, du, ich muss aber warten, bis Alexander aus der Schule kommt, dann können wir.«

Renate begann, das Mittagessen vorzubereiten, machte das Radio an und ließ im Unterbewussts ein ihren Gedanken freien Lauf: Ob Heinz dieses Wochenende kommt? Schmidt – wer ist diese Person, hat sie einen Einfluss auf ihn, mag er sie? Und Huber? Ja, ich mag ihn, ist ein feiner Kerl. Dann schimpfte sie mit sich selbst; Mensch, reiß dich zusammen, du bist doch verheiratet. Es ging so die ganze Zeit hin und her, manchmal glaubte sie sogar, das Gleichgewicht zu verlieren. Nach einer Weile, die Uhr zeigte zwölf Uhr dreißig, kam Alexander aus der Schule. Wie immer waren seine ersten Worte: »Hab ich einen Hunger!«

»Komm, setz dich hin, du kannst sofort essen.«

Renate füllte auf und Alex ließ es sich gut schmecken. Nach dem Mittagessen war er müde. »Mama, ich möchte gerne eine Stunde schlafen, weckst du mich um zwei Uhr? Dann mache ich meine Hausaufgaben.«

»Ja geh, leg dich hin, ich weck dich.«

Renate richtete ihre Küche und spülte das Geschirr, dann legte sie sich auch hin. Richtig schlafen konnte sie aber nicht. Auch jetzt, nach dem Essen, wollten die Gedanken keine Ruhe geben. Immer und immer wieder ging ihr der Name Schmidt durch den Kopf, sie sah, wie ihr Mann diese Frau Schmidt in den Arm nahm, konnte sich aber nicht vorstellen, wie sie aussah. Dann hörte sie wieder, wie jemand sagte: »Frau Walther, Sie sehen heute wieder bezaubernd aus.« Renate steckte den Kopf in die Kissen und hoffte, einschlafen zu können. Nach ein paar Minuten schlief sie dann auch.

Am folgenden Tag, so gegen zwölf Uhr, klingelte das Telefon. Das kann doch nur Heidi sein, dachte sie und meldete sich. Nach einer kurzen Pause dann die Antwort: »Ja hallo, Huber hier, Frau Walther, störe ich Sie, wenn ja, dann bitte ich tausendmal um Entschuldigung. Frau Walther, ich habe für Sonnabend zwei Karten fürs Musiktheater und möchte Sie hiermit ganz herzlich einladen. Bitte, bitte, geben Sie mir keinen Korb!«

Renate war platt, damit hatte sie nicht im Geringsten gerechnet. Was sag ich dem bloß?, dachte sie. »Herr Huber, da gibt es aber einige Probleme. Zum einen, am Sonnabend könnte mein Mann kommen, und zum anderen, was sage ich meinem Sohn, wenn ich am Abend nicht zu Hause bin. Herr Huber, Herr Huber, Sie bringen mich da ganz schön ins Schwitzen. So gerne ich auch ins Theater gehe und so sehr ich mich auch geehrt fühle, ich kann Ihnen auf Anhieb keine positive Antwort geben. Lassen Sie mir etwas Zeit.«

»Aber, Frau Walther, das ist doch selbstverständlich, dass Sie erst alles abklären müssen. Schreiben Sie sich bitte meine private Telefonnummer auf, es ist die 12 22 3. Sie können mich dann am Abend anrufen. Ich wünsche Ihnen noch einen schönen Tag. Auf Wiedersehen.«

Auch Renate verabschiedete sich und legte den Hörer auf. Sie überlegte: Auf der einen Seite würde sie ja gerne ins Theater gehen; da ist doch nichts dabei. Auf der anderen Seite: Was würde Heinz dazu sagen, jetzt, da er in Frankfurt ist? Ja und was ist, wenn er es gar nicht weiß? Sie schreckte auf, es klingelte das Telefon.

»Ja, Walther hier.«

»Und hier ist die Heidi. Wie sieht es aus, wann können wir uns treffen?«

»Ich schlage vor, um halb vier Uhr im Café Klause«, sagte Renate und beide legten auf.

Alexander, der zwischenzeitlich aus der Schule gekommen war, machte seine Hausaufgaben und wollte anschließend zum Schachspielen gehen.

»Ich komme heute etwas später, ich treffe mich mit der Heidi«, sagte Renate.

»Okay«, erwiderte Alex und ging. Renate zog sich an und legte ihr Make-up auf, danach setzte sie sich ins Auto und fuhr zum Treffen. Im Café Klause saß bereits Heidi und wartete. Sie sah Renate reinkommen, ging ihr ein Stück entgegen und begrüßte sie mit einer Umarmung.

»Komm«, sagte sie, »ich habe wieder unseren Tisch vom letzten Mal.«

Die beiden Frauen setzten sich, die Serviererin kam und fragte, was sie bringen dürfte. Heidi und Renate bestellten sich je ein Kännchen Kaffee mit einem Stück Apfelkuchen.

»Nun erzähl bitte, was hast du beim Arbeitsamt erreicht?«, wollte Renate nun wissen.

»Wir können uns jetzt beide bei einer Schule anmelden, vorausgesetzt, wir belegen die gleiche Ausbildung. Zahlen liegen mir, ich würde mich für die Buchhaltung entscheiden«, war Heidis Aussage.

»Ich habe auch nichts gegen Zahlen. Für die Buchhaltung entscheide ich mich aber aus einem anderen Grund«, sagte Renate und schaute Heidi an. »Als Buchhalterin hast du später die Möglichkeit, in jeder Branche zu arbeiten, ›Soll‹ und ›Haben‹ sind überall gleich und branchenbezogene Unterschiede lernst du schnell.«

Beide bestellten sich noch einen Kaffee. Dann konnte es sich Heidi nicht mehr verkneifen, sie musste fragen: »Hat sich bei dir etwas Neues ergeben?«

Renate lächelte: »Und ob, stell dir vor, ich bekam heute einen Anruf von ihm, und jetzt kommt der Hammer: Er hat mich für Sonnabend ins Theater eingeladen. Ich weiß nicht einmal, was auf dem Spielplan steht.«

»Das kann man erfragen«, sagte Heidi.

»Leider musste ich ihm aber sagen, dass da wohl nichts daraus werden wird. Ich habe angedeutet, es könnte sein, dass mein Mann aus Frankfurt zum Wochenende kommt, und wenn nicht, was sage ich dem Jungen, wenn ich am Abend nicht zu Hause bin.«

»Das ist kein Problem, du sagst einfach, ich hätte dich zu diesem Abend eingeladen, und schon bist du aus dem Schneider.« Heidi lächelte und zuckte mit den Schultern.

»Das würdest du für mich tun?«, erkundigte sich Renate.

»Na klar, gut, wenn dein Mann kommt, dann kannst du natürlich nicht gehen. Das aber solltest du doch bis Freitagabend wissen, oder?«

»Heinz hatte schon angedeutet, dass er am Wochenende eine innerbetriebliche Umstellung vornehmen will, das kann er aber nur machen, wenn nicht produziert wird, die Maschinen müssen dafür ausgeschaltet werden.«

»Na siehst du«, frohlockte Heidi und sah Renate an: »Wann sollen wir uns anmelden gehen, was meinst du?«

Renate überlegte einen Moment. Dann sagte sie: »Von mir aus schon morgen Vormittag.«

»Ich bin um zehn Uhr bei dir, dann fahren wir mit meinem Wagen.«

Nun war es so weit, beide wollten aufbrechen. Sie riefen die Serviererin und bezahlten ihre Zeche. Das heißt, Renate sagte: »Rechnen Sie bitte alles zusammen.« Dann gab sie der Serviererin dreißig Mark und sagte: »Stimmt so.« Die Serviererin bedankte sich und die beiden Frauen gingen.

Am anderen Morgen, nach einer doch mehr oder weniger unruhigen Nacht, stand Renate auf, deckte den Frühstückstisch und weckte Alex. Während des Frühstücks wechselten die beiden kaum ein Wort. Alexander, in der Früh ohnehin immer etwas verträumt, aß seine Schnitte, trank seinen Kakao und ließ den lieben Gott einen guten

Mann sein. Renate sagte zwar auch kein Wort, doch in ihrem Inneren brodelte es. Wie schon in der Nacht gingen ihre Gedanken hin und her und waren ständig mit dem Wenn und dem Aber beschäftigt, ja, sie brachten ihr ganzes Innenleben durcheinander: Wenn ich mich doch bloß bald entscheiden könnte, ja wenn ich wüsste, ob er kommt oder nicht. Ich würde mich schon sehr freuen, mal wieder ins Theater gehen zu können; einen schönen Abend hatte ich schon lange nicht mehr. Und dann ist da immer noch das gewisse unbeschreibliche Gefühl.

Alexander hatte schon lange das Haus verlassen und befand sich auf dem Wege zur Schule. Renate räumte den Tisch ab, spülte das Geschirr und räumte die Wohnung auf. Das Radio hatte sie eingeschaltet, denn diese Arbeiten machte sie gerne mit Musik. Sie erschrak regelrecht, als sie aus dem Radio hörte: »Die Zeit: Es ist jetzt neun Uhr, Sie hören die Nachrichten.« Jetzt musste sie sich aber sputen und sich anziehen, sonst wartete die Heidi noch auf sie. Dem Jungen legte sie noch fünf Mark auf den Tisch und dann machte sie sich auf den Weg.

Heidi war wie immer gut aufgelegt. Als Renate kam, stieg sie ein und sagte: »Na, dann setz mal deine Schaukel in Bewegung.«

Sie hatten sich für die Gewerkschaftsschule entschieden. Die Akademie war am Stadtrand gelegen und auch gut mit öffentlichen Verkehrsmitteln zu erreichen.

»Sie haben Glück«, wurde den beiden Damen gesagt. »Am kommenden Montag beginnt der nächste Kurs. Wenn es

Ihnen recht ist«, sagte die Dame, »schreibe ich Sie noch ein. Sie müssen dann noch zum Arbeitsamt, die finanzielle Seite klären.

Wir erstellen die Ausbildungsverträge und reichen sie bei der Handelskammer ein.«

Die beiden Frauen stimmten zu. »Dann nehmen Sie bitte Platz, damit wir die schriftlichen Dinge erledigen können.« Nach gut zweieinhalb Stunden war alles erledigt.

»Jetzt gönnen wir uns noch einen Kaffee, Heidi, ich lade dich ein, komm, auf zu Café Klause.«

Es war ein wunderschöner Tag, vom hellblauen Himmel schien die Sonne und erwärmte die Gemüter. Das Thermometer war auf vierundzwanzig Grad gestiegen. Auch Renate verspürte in ihrem Inneren eine gewisse Ruhe, sie war ausgeglichen. Gut, dass ich dem Jungen noch Geld hingelegt habe; sonst hätte ich jetzt ein schlechtes Gewissen. Dieser Gedanke ging ihr durch den Kopf.

Im Café hatten beide schon ihren Stammplatz. Die Serviererin kam und Renate bestellte zwei Kännchen Kaffee und zwei Stücke Apfelkuchen mit Sahne.

»Na hast du dich schon entschieden?«, wollte Heidi jetzt wissen.

»Ja und nein, das hat mich die ganze Nacht gequält und auch noch in der Früh«, erwiderte Renate. »Ich glaube, es ist besser, wenn ich bis morgen warte und ihm dann erst zusage, dann aber auch nur mit der Option, wieder abzusagen, wenn Heinz kommen sollte. Das muss er verstehen.«

»Ja«, sagte Heidi, »so machst du das richtig.«

Sie genossen den Tag; es war ihnen anzumerken. So gegen zwei Uhr rief Renate die Serviererin und bezahlte. Anschließend trennten sie sich; Heidi ging noch shoppen, Renate jedoch wollte nach Hause, sie machte sich Sorgen, ob der Junge auch gut versorgt sei. Aber kaum war sie alleine, fingen die Gedanken wieder an, sich bemerkbar zu machen: Hoffentlich ruft Heinz heute Abend an, dann weiß ich wenigstens, woran ich bin. An so einem schönen Tag, dachte sie sich, da wasche ich noch eine oder zwei Maschinen Wäsche und die kriege ich auch noch trocken. Gesagt, getan, so kam sie vor allem auf andere Gedanken. Sie hatte was zu tun und die Zeit ging vorüber.

Der Abend kam, Renate richtete das Abendbrot, deckte den Tisch und rief Alex, der in seinem Zimmer war. Alex bekam seinen Kakao, den er so gerne mochte, und Renate stellte für sich die Kaffeemaschine an. Eineinhalb Tassen sind ja schnell durchgelaufen, dachte sie sich.

»Alex, komm, ich habe das Abendbrot auf dem Tisch«, rief sie.

»Ja, Mama, ich komme sofort, ich muss nur noch diesen Satz zu Ende schreiben.«

Renate schenkte Kakao und Kaffee ein und setze sich an den Tisch, jetzt kam auch Alexander und sie aßen ihr Abendbrot. Renate hatte sich entschieden, den Abend ruhig zu verbringen. Sie nahm sich ein Buch, setzte sich in einen Sessel und las. So gegen neun Uhr klingelte das Telefon.

»Ja, Walther hier«, sie vernahm aber zunächst nur eigenartige Geräusche.

»Hallo, Schatz, ich bin es. Wie du wohl vernehmen kannst, bin ich hier in einer Fabrikhalle. Wie geht es dir? Ich habe jetzt eine kleine Wohnung in Aussicht, ansehen kann ich sie mir aber erst am Sonntag. Nun sag du mal, wie läuft es bei euch?«

»Na wie soll es schon bei uns laufen, Alex geht brav zur Schule und ich bemühe mich um Arbeit. Das Arbeitsamt gab mir die Empfehlung, doch einer Umschulung zuzustimmen. Ich lasse mich jetzt umschulen zur Buchhalterin. Das Ganze wird von der Handelskammer begleitet. Am Ende werden wir von dieser auch geprüft. Das dauert zwei Jahre mit einem Praktikum von neun Monaten. Einen Betrieb, bei dem ich das Praktikum machen kann, muss ich mir selbst suchen. Wenn ich deinen Anruf richtig verstehe, wirst du zum Wochenende nicht kommen, oder?«

»Ja, leider, dem ist so.«

»So wie ich das sehe und wie du sagst, kannst du froh sein, dass du so eine Hilfe durch die Frau Schmidt hast. Man kann ja auch nicht alles alleine machen. Was ich dir noch sagen wollte, meine Umschulung beginnt am kommenden Montag. Dann heißt es lernen und damit vergeht auch die Zeit.«

Aus dem Hintergrund hörte Renate eine derbe Männerstimme. »Du, ich muss, die brauchen mich. Schatz, ich ruf dich am Montag- oder Dienstagabend an. Für heute mach's gut, grüß Alex von mir, ich werde das nächste Mal ausführlich mit ihm sprechen. Tschüss!«

»Ja, dir auch, mach's gut. Tschüss.«

Enttäuscht und niedergeschlagen setzte sich Renate in ihren Sessel. Eine gewisse Kühle vernahm sie, na ja, vielleicht lag es ja an der Situation, am Stress. Alex hatte wohl das Klingeln gehört und kam aus seinem Zimmer.

»Hat Vati angerufen?«, fragte er.

»Ja«, antwortete Renate, »ich soll dich schön grüßen, Vati ruft am Montag oder Dienstag wieder an, und dann will er mit dir ausführlich sprechen.«

Man sah es ihm an, auch Alex war enttäuscht. Er hätte doch so gerne mit ihm gesprochen; mit hängendem Kopf ging er wieder hinauf in sein Zimmer.

Kapitel -22-

Irgendwie müde und abgeschlafft bewegte sich Renate am anderen Morgen. Sie wusste nicht so recht, sollte sie jetzt lachen oder weinen; es war schon eine eigenartige Situation. Ach, dachte sie, ich ruf jetzt mal die Heidi an, die weiß immer einen Ausweg. Renate nahm den Hörer und wählte.

»Klein.«

Einen Moment zögerte Renate: »Ja, Heidi, guten Morgen, Renate hier.«

»Hast du was?«, fragte Heidi gleich.

»Ja, Heinz hat gestern angerufen und mir gesagt, dass er nicht kommen kann. Was mich aber gestört hat, war, dass das ganze Gespräch so kühl war, einfach anders. Ich weiß nicht, war es der Stress, er hat nämlich aus einer Fabrikhalle angerufen. Dann hat er wieder gesagt, ich rufe euch am Montag oder Dienstag wieder an, und dann spreche er auch mit Alex.«

Heidi merkte, Renate war in ein Loch gefallen; die musste da wieder rausgeholt werden, dachte sie sich. »Kannst du dich noch daran erinnern, was ich dir damals gesagt habe, als wir gemeinsam im Kindergarten gearbeitet haben? Ich sagte dir, du bräuchtest mal wieder Schmetterlinge im Bauch! Ruf mal schnell den Huber an, dann kannst du auch wieder lachen. Hör mal gut zu, du sagst dem Alex, dass ich dich kurzfristig für heute ins Theater eingeladen habe, und ich ruf dich um sechs Uhr an und frage, ob du dich fürs Theater gerichtet hast. Sieh bitte zu, dass der Alex den Hörer abnimmt. Dann steht einem schönen Abend nichts mehr im Wege.«

»Ja, ich werde ihn anrufen. Also, dann tschüss, bis heute Abend.«

Renate nahm den Hörer und wählte.

»Ja, Huber hier.«

»Guten Morgen, Herr Huber, Renate Walther hier, bitte entschuldigen Sie, dass ich erst heute anrufe. Ich habe aber erst gestern erfahren, dass mein Mann zum Wochenende nicht kommen kann.«

»Aber, Frau Walther, Sie brauchen sich doch nicht zu entschuldigen, Sie hatten mir doch gesagt, dass Sie es erst abklären müssten. Frau Walther, Sie machen mich zum glücklichsten Menschen der Welt, ich könnte Sie umarmen. Sie können sich ja gar nicht vorstellen, was das für mich bedeutet, mit Ihnen ins Theater zu gehen. Sagt Ihnen das etwas, wenn ich sage: ›Na, da sagen sie, Vaterland muss warten‹?«

»Oh ja, Franz Lehar, ›Die lustige Witwe‹, da freue ich mich aber«, und leise summte Renate: »›Da geh ich ins Maxim, da bin …‹, Herr Huber, ich freue mich auf diesen Abend.«

»Leider kann ich Sie nicht abholen, obwohl ich es liebend gerne tun würde. Richten Sie es doch bitte so ein, dass Sie um neunzehn Uhr am Theater sind, ich erwarte Sie dort.«

»Okay, dann bis heute Abend, tschüss.«

Renate schaute auf die Uhr: Es war elf, jetzt wurde es aber Zeit, das Mittagessen zu richten; Alex kam ja auch gleich aus der Schule. Es dauerte nur noch eine halbe Stunde und Alex stand in der Tür. »Hab ich einen Hunger«, das waren wie immer seine Worte zur Begrüßung.

»Junge, wo lässt du das bloß, du haust ja rein wie ein Scheunendrescher?«

»Mama, wie hat der Opa immer gesagt, wenn er die Oma ärgern wollte: Wer schon den ganzen Tag über nichts tut, der sollte wenigstens am Abend gut essen.«

Renate lachte, wenn er so spricht, dann hat er sich auch wieder gefangen, dachte sie. »Setz dich hin und hör mal zu, du Schlaumeier. Heidi hat mich heute Morgen angerufen und mich eingeladen, doch mit ins Theater zu kommen, sie hat zwei Karten für die Operette. Ich habe zugesagt. Es wird dann spät, bis ich nach Hause komme.«

»Ja, Mama, geh du nur, dann kommst du auch auf andere Gedanken; du weißt doch, für mich ist das nichts.« Renate atmete auf, das wäre geschafft.

Nach dem Mittagessen legte sie sich diesmal nicht zur Ruhe. Zuerst, so dachte sie, machst du dir mal die Haare, das nimmt eine bestimmte Zeit in Anspruch. Deine Fingernägel musst du dir auch noch lackieren, auch dafür brauchst du Zeit. Ja und was willst du anziehen? fragte sie sich. Sie machte den Kleiderschrank auf und plötzlich kam die Erleuchtung: »Ich ziehe das schwarze Kleid mit den roten Rosen an; dazu habe ich auch die passenden Dessous. Wenn Huber mich sieht, fällt er vor Staunen um; hoffentlich ist dort keine Pfütze. Die Dessous ziehe ich für mich an, sie geben mir Halt und Stärke. Das braucht jede Frau.« Beim Verrichten all dieser Arbeiten verging die Zeit natürlich wie im Fluge. Renate hielt sich hauptsächlich in der oberen Etage auf, Alexander sollte doch ans Telefon gehen, wenn es klingelt. Sie schaute nach ihrem Schmuck, da war die Auswahl nicht allzu groß. Vom Heinz hatte sie zur Verlobung eine wunderschöne Bernsteinkette bekommen: »Die nehme ich, Bernstein passt gut zu diesem Kleid.« Sie schaute immer wieder auf die Uhr, jetzt war es so weit, sie musste sich anziehen, denn spätestens um Viertel nach sechs wollte sie losfahren. Einen ordentlichen Parkplatz wollte sie ja auch noch ergattern. Die letzten Minuten waren eine Ewigkeit. Den Spiegel wollte sie nun gar nicht mehr verlassen, sie bemusterte sich von oben bis unten, ob auch wirklich alles in Ordnung wäre. Sie fand nichts mehr, woran sie etwas auszusetzen hatte. Mit einem Mal ging das Telefon, sie schaute auf die Uhr, es war zehn vor sechs.

»Alex, gehst du ans Telefon?«, rief sie.

»Ja, Alexander Walther hier«, meldete er sich.

»Und hier ist Heidi Klein, hat die Mutti sich schon fürs Theater gerichtet?«, fragte Heidi.

Renate kam hinunter und nahm den Hörer: »Hallo, Heidi, ich bin fertig, ich komme jetzt. Tschüss, bis gleich.«

Sie machte sich auf den Weg, zunächst zu ihrem Golf. Sie sah wirklich bezaubernd aus. Alleine zu gehen wäre ein Wagnis gewesen. Unterwegs dachte sie: Ich fahre in die Theatergarage, da steht mein Wagen am sichersten.

Auch Manfred Huber hatte sich fürs Theater chic gemacht. Er trug einen dunkelblauen, leicht gestreiften, einreihigen Anzug. In der Brusttasche steckte ein rotes Ziertuch. Sein weißes Hemd mit einer roten Krawatte, passend zum Ziertuch, und die auf Hochglanz polierten schwarzen Schuhe rundeten das Bild ab. Huber war ein Kavalier der alten Schule. Mit einer roten Rose in der Hand stand er nun vor dem Theater und wartete auf seine Herzdame.

Renate war gut zwanzig Minuten früher als vereinbart eingetroffen. Sie wollte gerade auf die Tiefgarage zufahren, da sah sie ihn dort stehen. Sie hielt an und wollte aussteigen, um ihn zu begrüßen. Er war aber schneller, kam, machte die Tür auf und war ihr beim Aussteigen behilflich. Renate dankte. Nach dem Aussteigen nahm Huber ihre Hand, gab ihr einen Handkuss, holte die Rose hinter seinem Rücken hervor und überreichte sie ihr mit den Worten: »Gnädige Frau, Sie sind die schönste Frau der Welt, ich bin überwältigt.«

Diese vollendete Begrüßung verschlug ihr die Sprache. Nach einigen Augenblicken der Erholung sagte sie: »Herr Huber, mir fehlen die Worte.« Sie hielt die Rose in der Hand, schaute sie an und sagte ganz leise in einem liebevollen Ton: »Ich danke Ihnen von ganzem Herzen, ich bin sehr, sehr glücklich.« Sie war so durcheinander, dass ihr beinahe das Du über die Lippen gegangen wäre. Dann sagte sie: »Kommen Sie, steigen Sie ein, wir fahren in die Garage.«

Ganz vorsichtig legte Renate die Rose auf die Ablage und fuhr in die Tiefgarage. »Darf ich die Rose im Auto lassen, ich habe Angst, sie geht mir im Theater kaputt«, kam ganz leise ihre Frage.

»Natürlich können Sie die Rose hierlassen.«

Anschließend begaben sie sich zum Fahrstuhl und fuhren hoch ins Foyer. Renate hatte einen leichten Mantel an. Huber bat, sie möge den Mantel ablegen, damit er ihn zur Garderobe bringen könne. Als Renate dieses tat und das wunderschöne Kleid zum Vorschein kam, fehlten ihm die Worte. Er benötigte einen kleinen Augenblick, um sich wieder zu sammeln, dann brachte er den Mantel weg. Sie schaute ihm nach. Ist doch ein toller Mann, dachte sie. Jetzt spürte sie auch zum ersten Mal die Schmetterlinge in ihrem Bauch. Ein paar Minuten hielten sie sich noch im Foyer auf und Renate hakte sich leicht bei ihm ein.

»Komm«, sagte er, »wir holen noch ein Programmheft, dann haben wir einen besseren Überblick.« Renate hatte es wohl wahrgenommen, dass das Sie fehlte, es störte sie nicht, sie überhörte es ganz einfach. Nun begaben sie sich in den Zuschauerraum. Huber holte die Karten aus seiner Innentasche und zeigte sie der Dame am Durchgang zum Innenraum. Diese warf einen kurzen Blick darauf: »Gehen Sie bitte dort die Treppe hoch, die Platzanweiserin zeigt Ihnen Ihre Loge.« Renate war wie im Traum.

Nun saßen sie in ihrer Loge. Das Opernhaus kannte Renate sehr wohl, doch in einer Loge hatte sie noch nie gesessen. Sie schauten sich um, Huber flüsterte ihr ins Ohr: »Ein wunderschönes Haus, ich bin begeistert.« Sie hörten den ersten Gong, den zweiten und schließlich auch den dritten. Der Dirigent betrat den Orchestergraben und stellte sich an die für ihn vorgesehene Stelle. Es öffnete sich der Vorhang und das Orchester spielte die Ouvertüre. Renate legte ihren

Kopf an die Schulter von Herrn Huber. Jetzt nur noch genießen, dachte sie.

Dass Huber einen so schönen Abend erlebt, hätte er vor ein paar Tagen nicht zu träumen gewagt. Augen – die hatte er nur noch für sie. Immer und immer wieder schaute er sie an, er konnte nicht genug bekommen. Was ist nur geschehen?, dachte er: Ich sitze hier mit der für mich schönsten Frau der Welt in einem so schönen Theater, zu glauben ist es nicht. Phasenweise hörte er nicht einmal mehr die herrliche Musik. Renate war im siebten Himmel, als die Arie »Lippen schweigen« erklang, im Unterbewusstsein nahm sie seine Hand und drückte sie ganz fest. Der Vorhang fiel und die Lichter gingen an, ein rauschender Beifall beendete den ersten Akt.

Renate und Manfred verließen ihre Loge, Renate hakte sich wieder ein, sie gingen zur Bar. Manfred holte zwei Gläser Sekt, eines überreichte er ihr, sah in ihre blauen Augen und fragte: »Darf ich dir, der schönsten Frau der Welt, das Du anbieten?«

Mit einem verliebten Lächeln schaute sie ihn an und sagte ganz leise: »Ja, du darfst!«

Sie erhoben ihre Gläser.

»Ich heiße Manfred.«

»Und ich Renate.«

Sie tranken einen Schluck, und dann gaben sie sich den üblichen Kuss, der doch wohl mehr bedeutete, wie sie bemerkten. Als der erste Gong erklang, brachte Manfred die Sektgläser zurück, dann gingen sie wieder zu ihren Plätzen.

Ohne dass sie auch nur einen Ton sagten, sah man es ihnen an, dass sie verliebt waren. Beide erlebten nun im vollen Bewusstsein den Rest der Aufführung. Ja, Renate ging so richtig mit der Musik, ihr Herz brannte lichterloh. Auch Manfred verspürte: Das ist die Frau meines Lebens! Im gleichen Atemzug fragte er sich aber: Wie kann ich das realisieren, sie ist doch verheiratet und ein Kind hat sie auch. Zum letzten Mal fiel der Vorhang. Der Beifall wollte schier nicht enden, doch dann bewegten sich die ersten Besucher dem Ausgang entgegen. Renate und Manfred verließen ebenfalls ihre Loge. Sie warteten im Foyer, denn das Gedränge an der Garderobe war zu groß. Nach einigen Minuten war es so weit und Manfred konnte Renates Mantel holen. Anschließend begaben sie sich in die Tiefgarage und setzten sich ins Auto.

»Und was machen wir nun?«, fragte Manfred.

Renate war noch mit ihren Gedanken in der Vorstellung. Manfred nahm sie, so gut es im Auto ging, in den Arm und flüsterte ihr ins Ohr: »Ich habe großen Hunger und du mit Sicherheit auch. Komm, ich kenne ein wunderschönes Lokal, in dem man hervorragend speisen kann. Mit einem leeren Magen kannst du nicht schlafen gehen.«

Renate schaute in seine Augen und ganz leise sagte sie: »Du bist ein Schatz. Danke für den schönen Abend; wenn wir gespeist haben, muss ich aber nach Hause. Sonst macht sich mein Sohn Sorgen und fragt sich, wo ich bleibe. Manfred, das musst du verstehen. Der Junge bringt es fertig und kommt mit dem Fahrrad zum Theater, das wollen wir doch nicht, oder?« »Auf keinen Fall, Schwierigkeiten darfst du nicht bekommen. Nach dem Essen fahren wir zum Arbeitsamt, dort steht mein Wagen, wir holen ihn und ich fahre hinter dir her. So kann ich darauf achten, dass du unbeschadet dein Haus betreten kannst. Komm, lass uns fahren«, sagte Manfred.

Beim Restaurant angekommen, lächelte Renate: »Das Lokal kenne ich, früher bekam man hier keinen Platz, hier verkehrte die Parteispitze. Am Empfang stand immer jemand, der einem sagen konnte, ob noch ein Platz frei war. Mein Mann hatte nie die Einlasskarte.«

»Darf ich bitten«, sagte Manfred und beide gingen hinein.

Von innen hatte Renate dieses Restaurant noch nie gesehen, sie staunte schon, als sie ihre Blicke schweifen ließ. Manfred vernahm das staunende Gesicht und fühlte sich verpflichtet, ihr etwas zu erklären: »Ich glaube, gegenüber früher hat sich hier einiges verändert. Es gibt einen neuen Inhaber und die Inneneinrichtung wurde auch neu gestaltet.«

In einer Nische fanden sie einen passenden Tisch und setzten sich. Der Ober kam, brachte die Speisekarte und nahm schon mal die Getränke auf. Renate sah sich die Speisekarte an und verglich die Preise. Ja, dachte sie, früher hätten wir es bezahlen können, durften aber nicht hinein, und heute dürfen wir hinein, können es aber nicht mehr bezahlen. Es ist schon eine verdrehte Welt.

Manfred sah es ihr an, dass sie in sich gekehrt war und über einiges nachdachte. »Hast du schon etwas gefunden?«, fragte er sie.

Etwas erschrocken schaute Renate hoch. »Nein, kannst du mir etwas empfehlen?«, war die Antwort.

Manfred überlegte nicht lange. »Ja, das kann ich, was hältst du davon, wenn wir die Sechsunddreißig nehmen, ›Stroganoff‹, am Tisch flambiert. Das sind zarte Filetspitzen mit feinem

Gemüse, einer pikanten Soße und dazu Kroketten?«

»Es hört sich gut an«, sagte Renate, »das nehmen wir.«

Der Ober kam und brachte die Getränke. »Sehr zum Wohle«, sagte er und wartete nun darauf, was die Herrschaften zu speisen wünschten.

»Bitte zweimal die Sechsunddreißig«, sagte Manfred. Dann nahm er sein Glas, schaute Renate tief in ihre Augen und sagte: »Sehr zum Wohle, du hast mir die bis jetzt schönste Stunde meines Lebens geschenkt, ich danke dir von ganzem Herzen. Von nun an bist du meine kleine Prinzessin.«

Renate war gerührt, sie konnte es nicht verbergen, eine Träne suchte ihren Weg. Schnell nahm Manfred die vor ihm liegende Serviette und tupfte sie ihr ab. Renate war sichtlich überwältigt, sie versuchte krampfhaft, die richtigen Worte zu finden. Dann sagte sie: »Ich kann mich nur wiederholen und dir noch einmal sagen, du bist ein Schatz, diesen Abend werde ich nie vergessen! Danke!«

Der Ober brachte die brennende Platte für zwei Personen und stellte sie auf dem Rechaud ab. Nun nahm er Renates Teller, anschließend Manfreds und legte vor. Hiernach wünschte er den beiden einen guten Appetit und entfernte sich diskret. Auch Renate und Manfred wünschten sich einen guten Appetit und begannen zu speisen. Ohne dass sie es bemerkten, verging die Zeit. Man sprach über den bis dahin erlebten Abend, man sprach über die Zukunft. Manfred hatte nur einen Gedanken: Wie kann ich diese Frau für immer gewinnen? Ich muss es langsam angehen, gut Ding braucht Weile. Schon viele Menschen hat das Schicksal positiv überrascht, warum nicht auch mich?

Renate schaute auf die Uhr: »Manfred, jetzt wird es aber für uns Zeit, dass wir aufbrechen, es ist schon zwölf Uhr durch.« Manfred gab dem Ober ein Zeichen, dass er zahlen möchte. Nachdem der Ober abgerechnet hatte, verließen beide das Restaurant. Im Auto wartete Renate noch einen Augenblick, dann sah sie ihn an und sagte: »Eines vorweg, der Abend war himmlisch schön, ich möchte auch keine Minute missen. Aber, Manfred, wenn ich vorher gewusst hätte, dass du dich so in Unkosten stürzt, ich weiß nicht, ob ich dann die Einladung angenommen hätte.«

Einen kleinen Moment zögerte Manfred, dann erwiderte er: »Ja, meine Liebe, wenn du etwas Besonderes haben willst, dann musst du auch mehr zahlen, das ist der Preis des Westens, daran wird man sich gewöhnen müssen. Für dich jedoch ist mir nichts zu teuer, auch ich werde diesen Abend nie vergessen.«

Renate ließ den Motor an, und sie fuhren zum Arbeitsamt, wo Manfred seinen Wagen stehen hatte. Um sich zu verabschieden, stieg Renate ebenfalls aus. Sie kam ums Auto herum, legte ihre Arme um seinen Hals und gab ihm einen ganz langen, innigen Kuss, dann flüsterte sie ganz leise: »Danke, danke, danke und komm gut nach Hause.«

Manfred war im Moment sprachlos, denn damit hatte er nicht gerechnet, er schnappte förmlich nach Luft, doch dann erwiderte er: »Glaube mir, auch für mich war es der Himmel auf Erden. Meine kleine Prinzessin, danke, danke, danke. Fahr du bitte voraus, ich folge dir. An deinem Haus bleibe ich unauffällig stehen, und wenn du die Tür von innen geschlossen hast, fahre ich weiter.«

Er nahm sie in seine Arme, drückte sie und gab ihr ebenfalls einen langen innigen Kuss. Anschließend setzte sich jeder in sein Auto und fuhr los. Auf der Fahrt machten sich beide so ihre Gedanken. Manfred fragte sich: Wie kann ich mein Prinzesschen ganz für mich gewinnen, nein, gewonnen habe ich sie bereits, was muss ich tun, damit sie zu mir kommt? Renate ließ alles an sich vorüberziehen, es war zu schön. Dann auf einmal stockte sie: Noch so einen Abend, ich könnte ihm nichts mehr verwehren, er hätte mich und ich ihn.

Sie waren angekommen, Renate stellte ihren Wagen ab. Manfred, der gesehen hatte, dass sie zu Hause war, machte schon vorher das Licht aus. Er fuhr mit seinem Wagen so nahe heran, dass er alles genau sehen konnte. Renate stieg aus und ging zum Haus, schloss die Tür auf und ging hinein. Sie ging in die Küche, machte das Licht an und das Fenster zur Straßenseite war hell erleuchtet. Jetzt wusste Manfred, sie ist heil angekommen, und auch er konnte die Heimreise antreten.

Am anderen Morgen schlief Renate etwas länger, sie hatte einen traumlosen Schlaf. Alexander öffnete die Tür des Schlafzimmers, bemerkte, dass seine Mutter noch schlief, und schlich wieder hinunter. Leise begab er sich in die Küche und begann, das Frühstück zu richten. In die Kaffeemaschine füllte er für drei Tassen Kaffee das Wasser ein, gab zwei gehäufte Löffel Kaffeemehl dazu und stellte die Maschine an. Der Kaffeegeruch ging durch das ganze Haus, auch in die obere Etage, und verfehlte seine Wirkung nicht. Es dauerte nicht lange und Renate wurde wach. Sie begab sich ins Badezimmer, duschte und verrichtete die Morgentoilette. Anschließend zog sie sich an und mit den Worten »Was duftet hier denn so schön« kam sie die Treppe hinunter. Alex sah, wie seine Mutter strahlte.

»Na, war es denn schön?«, fragte er.

Renate freute sich sehr über diese Geste des Jungen. »Alexander, du bist ein Schatz«, sagte sie und dachte dabei auch an den gestrigen Abend. Sie setzte sich an den gedeckten Tisch und beide frühstückten.

»Bis um halb zwölf bin ich aufgeblieben, dann wurde ich müde und bin ins Bett gegangen«, sagte Alex.

»Ich bin so gegen halb eins gekommen«, erwiderte Renate. Es war wie im Traum, dachte sie, das müsste man des Öfteren mal machen. Jetzt kommt aber erst einmal die Schule, da werde ich wohl noch einiges lernen müssen. Morgen habe ich meinen ersten Schultag und meine Sachen muss ich mir auch noch richten. Beschwingt glitt Renate durch ihre Wohnung, es ging ihr alles so leicht von der Hand.

Wenn Alex heute Nachmittag zum Sportplatz geht, muss ich unbedingt Heidi anrufen, die wird bestimmt schon auf meinen Anruf warten. Der gestrige Abend war immer noch in ihrem Kopf. Die schönen Augenblicke zogen an ihr vorüber, als wäre alles gerade erst geschehen. Ja, dachte sie, den Mann könnt ich lieben, ihm könnte ich meine körperliche Liebe schenken. – Mensch, Renate, schallt sie sich auf einmal, hast du denn total vergessen, dass der Mann verheiratet ist, du willst doch keine Ehe kaputt machen!

Am Nachmittag ging Alexander zum Sportplatz, das ließ er sich am Sonntag nicht nehmen.

So, dachte Renate, jetzt rufst du erst die Heidi an.

Sie nahm den Hörer ab, drückte auf die Wiederwahltaste und wartete. Es läutete einige Male und Renate dachte schon, dass Heidi nicht im Hause sei. Dann auf einmal am anderen Ende: »Ja bitte, Huber hier.«

Renate verschlug es die Stimme. Einige Sekunden konnte sie keinen Ton sagen, doch sie sammelte sich: »Entschuldige bitte, dass ich dich störe, Renate hier, aber ich wollte wegen morgen mit meiner Freundin telefonieren und mich mit ihr abstimmen.«

»Aber, Prinzesschen, du störst doch nicht, dich schickt mir der Himmel. Wie geht es dir, hat es dir gefallen, hast du gut geschlafen? Ich habe heute den ganzen Tag nur an dich gedacht. Ich habe mich doch, obschon ich es wegen deiner Familie nicht dürfte, maßlos in dich verliebt, so, jetzt ist es raus!«

Ihr Herz schien vor Freude zu zerspringen, dennoch, sie musste die Contenance wahren. Einige Sekunden war ein absolutes Schweigen zu vernehmen, dann flüsterte Renate: »Lass mir noch ein wenig Zeit, vielleicht hilft uns das Schicksal?«

Kapitel -23-

Viele Wochen waren inzwischen vergangen, ein einziges Mal schaffte es Walther, zu seiner Familie nach Leipzig zu fahren. Es war leider nur für ein Wochenende, zu mehr reichte die Zeit nicht. Er merkte, dass sich die Atmosphäre in seiner Familie verändert hatte. Liegt es an mir?, fragte er sich, liegt es daran, dass ich Gerda um mich habe. Oder habe ich mich so verändert? Wer weiß. Aber Gerda sehe ich doch kaum noch, ja, morgens, wenn sie mir die Post bringt, und dann heißt es auch schon wieder Walther hinten und Walther vorn, und Walther weiß nicht, wo er zuerst hingehen soll. So ging ihm einiges durch den Kopf. Im Betrieb hatte man ihn akzeptiert und uneingeschränkt anerkannt. Er war der Macher. Dr. Rainhardt war stolz auf seine Entscheidung, ihn genommen zu haben.

Es war an einem Montag, das Telefon läutete. Walther nahm den Hörer ab und meldete sich: »Walther.«

»Rainhardt, Herr Walther, kommen Sie doch bitte einmal zu mir, danke.«

Nanu, dachte Walther, so außer der Zeit, das macht er doch nie. Er erhob sich und ging hinüber. Als er eintrat, sah er, dass eine Flasche Sekt auf dem Tisch stand. Was soll denn das bloß bedeuten?

»Bitte, Herr Walther, setzen Sie sich.« Walther setzte sich und wartete auf die Dinge, die da kommen sollten. »Dann wollen wir mal das Kind beim Namen nennen«, fuhr Dr. Rainhardt fort: »Herr Walther, ich habe für morgen elf Uhr einen

Termin bei unserem Notar gemacht. Wir beide werden dort erwartet und ich werde ihnen die Prokura erteilen. Einen kleinen Schluck werden wir uns heute schon darauf genehmigen. Ich ruf nur noch Frau Schmidt. Es ist das erste Mal, dass Sie etwas früher wissen als sie. In Zukunft wird es bei wichtigen Dingen immer so sein, Sie sind jetzt der zweite Chef. Dass ich mit Ihrer Arbeit mehr als zufrieden bin, bedarf wohl keiner weiteren Erläuterung mehr.«

Frau Schmidt kam und schaute nicht schlecht, als sie die Flasche auf dem Tisch stehen sah: »Liebe Frau Schmidt, ich freue mich, Ihnen mitteilen zu dürfen, dass unser Herr Walther morgen die Prokura erteilt bekommt.« Dr. Rainhardt erhob sein Glas und sagte: »Auf Ihr Wohl, Herr Walther, und auf das

Wohl unseres Unternehmens, prost!«

Gerda sagte auch Prost und gab ihm einen dicken Kuss.

»So ist's richtig«, sagte der Chef.

Walther verschnaufte einen Augenblick, sein Glas Dr. Rainhardt zugewandt: »Herr Doktor, ich danke Ihnen für das mir entgegengebrachte Vertrauen.«

Plötzlich klopfte es an die Tür und Jung trat ein mit den Worten: »Chef, wir können fahren.« »Ja«, sagte er, »ich komme sofort.«

Er verabschiedete sich von den beiden und alle vier verließen das Büro.

»Kommst du noch mit zu mir?«, fragte Heinz und schaute Gerda an.

»Ja, ich komme mit.«

Sie ließen sich in die Sessel fallen. Das heißt, Heinz ließ sich in den Sessel fallen, Gerda kam auf seinen Schoß, gab ihm einen herzhaften Kuss und sagte ganz betrübt: »Hör mal, von dir habe ich doch gar nichts mehr, du bist nur noch bei der Arbeit.« Es liefen ihr einige Tränen die Wangen hinunter: »Hast du mich denn nicht mehr lieb?«, wollte sie jetzt wissen. »Du Dummerchen, du hast doch gesehen, was hier in den letzten Wochen los war, und was der Chef mit mir vorhat, weißt du auch. Ich hoffe, meine Feuertaufe bestanden zu haben.«

Heinz gab ihr ein Taschentuch und sie tupfte sich die Tränen von den Wangen.

»Hast du heute das Schreiben von der Firma Hademar Bankheimer aus Wien gelesen? Die haben uns eingeladen, auf ihrer großen Filialausstellung unsere Produkte zu präsentieren.«

»Ja«, sagte Gerda, »ich habe es gelesen und auch mit dem Chef darüber gesprochen. Der war aber nicht so sehr davon begeistert, er wollte erst einmal hören, was du dazu sagst, dann will er entscheiden.«

Klar, dachte Heinz, im Augenblick haben wir andere Sorgen. Wenn mal alles umstrukturiert ist, werden wir auch wieder Zeit für andere Dinge haben.

Dr. Rainhardt und Walther besprachen sich und tauschten ihre Meinungen darüber aus. Man kam überein, mit einem verlängerten Wochenende wäre die Geschichte machbar.

»Ich stelle mir vor«, sagte Walther, »am Freitag dort hinzufliegen und am Montag wieder zurückzukommen. Wir sollten uns bloß bald entscheiden.«

Gerda hatte so ihre eigenen Gedanken. Nachdem die beiden Chefs ihre Besprechung beendet hatten, kam sie in Walthers Büro. »Hast du noch etwas Dringendes zu tun?«, fragte sie ihn, »ich mache Schluss, ich bin hundemüde.«

»Für morgen Abend nimm dir bitte nichts vor«, sagte ihr Heinz, »ich lade dich ein, wir gehen mal wieder essen.«

In Wien ein paar Tage ausspannen täte ihm bestimmt gut, man sieht ihm die Anspannungen doch an, stellte sie fest. Ich müsste mal nachsehen, war ihr Gedanke, ob er überhaupt etwas im Kühlschrank hat, sonst fällt er mir noch vom Fleisch. Aber wie stell ich das an? Egal, ich fahre einfach bei ihm vorbei und bringe es ihm. Er wird schon nicht Nein sagen.

Für den heutigen Tag verabschiedeten sie sich und fuhren nach Hause. Gerda natürlich nicht, sie machte einen Umweg und ging noch einiges im Supermarkt einkaufen. Dann fuhr sie in seine neue Wohnung. Sie drückte einige Male auf die Klingel, es machte aber niemand auf. Dann öffnete sich die Tür der Nachbarin, eine Dame so um die fünfzig schaute heraus und sagte: »Als ich vorhin nach Hause kam, ging Herr Walther gerade ein bisschen spazieren, er bleibt meistens eine Stunde weg.«

Gerda: »Würden Sie so lieb sein und ihm diese Tragetasche geben, ich wäre Ihnen sehr dankbar.«

»Aber sicher«, sagte die Dame. Gerda bedankte sich nochmals, dann fuhr sie nach Hause.

Wenn Walther es nur irgendwie einrichten konnte, machte er abends seinen Spaziergang. So auch heute. Er kam bald wieder nach Hause und war gerade dabei, seine Wohnungstür aufzuschließen, als seine Nachbarin die Tür öffnete und sagte: »Herr Walther, eine sehr schöne junge Dame war hier, Sie waren gerade mal zehn Minuten weg. Sie bat mich, Ihnen doch diese Tragetasche zu geben, und ist dann sofort wieder gegangen.«

»Danke, Frau Schulte, das ist aber lieb von Ihnen«, sagte Walther, nahm die Tasche und ging in seine Wohnung. Im ersten Moment dachte er, seine Frau sei zu Besuch, dann aber sagte er sich, meine Frau hätte gewartet und wäre nicht gegangen. Er schaute in die Tragetasche und sah, dass die Sachen frisch eingekauft waren – das konnte nur Gerda sein.

Am anderen Morgen war Walther schon sehr früh in der Firma und richtete seine wichtigsten Arbeiten. Mit den einzelnen Abteilungsleitern sprach er nur kurz, sie kannten ihn mittlerweile und wussten genau, was er wollte. Die Kommunikation zwischen den Leuten im Betrieb und der Geschäftsleitung klappte von Woche zu Woche besser. Gegen neun Uhr kam auch Dr. Rainhardt in die Firma. Gerda hatte bereits die Post vorbereitet und sie den beiden Chefs auf den Tisch gelegt. Als Walther seinen Chef bemerkte, ging er gleich hinüber, um die wichtigsten Dinge noch vor der Fahrt mit ihm zu besprechen. Dr. Rainhardt sagte Herrn Jung, dass er gegen zehn Uhr fahren wolle. Nun sprach

Walther die Ausstellung in Wien an. Er erklärte dem Chef, wenn sie gleich die ersten Tage, und zwar von Freitag bis Montag nehmen würden, hätte das keine Auswirkungen auf den Betrieb. Dr. Rainhardt, der durch Herrn Walther immer mehr entlastet wurde, stimmte dem zu und meinte sogar: »Da kann ich ja auch meine Frau mitnehmen, Frau Schmidt müsste dann für Samstag Karten für die Staatsoper besorgen.« Also war die Sache besprochen. Frau Schmidt wurde beauftragt, die Zimmer und die Karten zu besorgen.

Es klopfte, Dr. Rainhardt sagte »Herein«, die Tür öffnete sich und Herr Jung stand in ihr: »Chef, es ist zehn Uhr, wir müssen fahren.«

»Ja, sofort, nur einen kleinen Moment«, war Rainhardts Antwort, dann packte er die Unterlagen zusammen. Zu Herrn Walther gewandt: »Dann kommen Sie, wir wollen nicht zu spät kommen.« Beide Herren gingen zum Auto. Auf dem Wege zum Notar unterhielten sie sich gerade darüber, ob man im Lager Wien auch alle Geräte vorrätig hatte, als Dr. Rainhardt das Gespräch unterbrach und zum Fahrer sagte: »Herr Jung, anschließend müssen wir noch zur Bank.«

»Okay, Chef«, war die Antwort.

Nach einigen Minuten hatten sie ihr Ziel erreicht. Umsichtig, wie Dr. Rainhardt war, hatte er alle Vorbereitungen bereits getroffen. Sie betraten die Kanzlei von Dr. Westermann und die am Empfang sitzende Dame begrüßte die beiden Herren mit den Worten: »Kommen Sie, meine Herren, Sie werden bereits von Dr. Westermann erwartet.« Sie eilte voraus und klopfte an die Tür des Notars, dieser bat einzutreten. Die Dame öffnete die Tür und sagte: »Bitte, meine Herren.«

Dr. Westermann sah die beiden Herren, stand auf und kam ihnen entgegen: »Hallo, Dr. Rainhardt, und wenn ich mich nicht irre, sind Sie Herr Diplom-Ingenieur Heinz Walther, na dann wollen wir uns mal setzen. Bitte, meine Herren, nehmen Sie Platz.«

Die Herren setzten sich an einen Tisch, an dem acht Personen Platz gehabt hätten. Dr. Westermann hatte die Urkunde vor sich liegen, als er sagte: »Manfred, ich habe die Urkunde genau so abgefasst, wie ich sie mit dir besprochen habe.« Manfred, das war der Vorname von Dr. Rainhardt. »Herr Walther, zu Ihrer Information, Herr Rainhardt und ich spielen gemeinsam Golf, daher das Du.« Walther nahm diese Information zur Kenntnis und damit war die Sache für ihn abgetan.

Dr. Westermann nahm nun die Urkunde zur Hand: »Bitte, meine Herren, hören Sie gut zu. Ich werde Ihnen die Urkunde jetzt vorlesen: »Vor mir, dem amtierenden Notar Dr. Heinz Westermann, sind heute erschienen: Herr Dr. Manfred Rainhardt, Inhaber der Rainhardt Metallbau GmbH, dem Notar bekannt, und Herr Diplom-Ingenieur Heinz Walther, ausgewiesen durch Personalausweis. Es wird Nachfolgendes beurkundet: Herr Dr. Manfred Rainhardt, in der Folge ›zu 1‹ genannt, erklärt, dass Herr Diplom-Ingenieur Heinz Walther, in der Folge ›zu 2‹ genannt, mit Wirkung vom heutigen Tage die Prokura erteilt wird.«

Mit den Worten »gelesen und eigenhändig unterschrieben« beendete Dr. Westermann seinen Vortrag. Dann legte er den Herren das Original zur Unterschrift vor. Hiernach wurde die Sekretärin beauftragt, umgehend eine Abschrift zu fertigen. Dr. Rainhardt wollte sie mit zur Bank nehmen. Der offizielle Teil war somit beendet. Dr. Westermann holte einen guten Cognac aus dem Schrank, schenkte ein und erhob sein Glas: »Meine Herren, möge diese Bindung lange Bestand haben, zum Wohle!« Es dauerte nicht mehr lange und die Sekretärin kam mit den Abschriften, eine beglaubigte Dr. Westermann und ließ sie gleich einbinden. Zu Dr. Rainhardt gewandt sagte er: »Die Eintragung ins Handelsregister erledige ich. Die Urkunden lasse ich euch durch einen Boten überbringen.«

Der erste Teil des Vorhabens war somit beendet. Sie nahmen die Urkunde und verabschiedeten sich. Jung stand schon mit dem Wagen auf dem Parkplatz, sie konnten gleich einsteigen und fuhren zur Bank. Auch hier wurden sie freundlichst empfangen. Die Firma Rainhardt hatte einen guten Namen. Der Filialleiter kam, begrüßte die Herren und übernahm die Urkunde: »Herr Walther, einen Moment noch, bitte, Sie müssen noch einige Vergleichsunterschriften leisten, dann ist alles in Ordnung.« Nachdem sie nun auch diese Hürde genommen hatten, ging es direkt nach Hause.

»Herr Walther, kommen Sie doch bitte gleich mit Frau Schmidt in mein Büro, ich habe mit euch bezüglich der Wiener Geschichte noch etwas zu besprechen.«

»Okay«, sagte Walther. Als frischgebackener Prokurist betrat er nun das Büro der Frau Schmidt. Er klopfte an und sie bat einzutreten.

»Darf man gratulieren?«, fragte sie, als er ihr Büro betrat.

»Ja«, sagte er.

Sie sprang auf, fiel ihm um den Hals und gab ihm einen innigen Kuss. »Ich gratuliere«, sagte sie und gab ihm noch einen.

»Komm, der Chef erwartet uns, er will über Wien mit uns sprechen.«

»Ja, Chef«, sagte sie, dann gingen sie zum Boss, der gerade telefonierte. Heinz und Gerda wollten gerade wieder umdrehen, als er sie zu sich winkte: »Bleiben Sie hier, ich spreche gerade mit meiner Frau, wegen Wien und heute Abend.« Die beiden setzten sich. Rainhardt kam nach dem Telefonat hinzu.

»Also, Herr Walther, Sie haben mich überzeugt, wir fliegen nach Wien. Sie haben doch bestimmt schon überprüfen lassen,

ob die auch alle Modelle am Lager haben.« Walther nickte.

»Gut, dann kann Frau Schmidt sich um ein Hotel kümmern und versuchen, Karten für die Staatsoper oder Volksoper zu bekommen.«

»Okay«, sagte Gerda, »ich werde gleich morgen alles in die Wege leiten.«

Rainhardt schaute beide an und lächelte. »Ja, und heute Abend sind Sie meine Gäste. Zu neunzehn Uhr habe ich einen Tisch im Golfklub reservieren lassen. Herr Jung holt zu achtzehn Uhr meine Frau hierher, sie freut sich schon, Sie kennenzulernen.«

Gerda lächelte: »Chef, erzählen Sie ihr nicht zu viel von ihm.«

Es war eine gelockerte Stimmung. »Nein, nein, ich will mich doch mit Ihnen nicht anlegen«, kam der Konter.

Das Telefon läutete und der Chef hob ab: »Ja, Herr Schick, was gibt es?«

»Ist Herr Walther bei Ihnen? Ich brauche ihn hier unten.«

»Er kommt sofort zu Ihnen.«

Walther hatte das Gespräch mitgehört und machte sich auf den Weg.

»Sie müssen noch einen Aushang schreiben, Frau Schmidt«, erinnerte der Chef. »schreiben Sie bitte: ›Der Belegschaft zu Kenntnisnahme. Sehr geehrte Mitarbeiterinnen und sehr geehrte Mitarbeiter, mit diesem Aushang teilen wir Ihnen mit, dass Herrn Diplom-Ingenieur Heinz Walther mit dem heutigen Tage die Prokura erteilt wurde. Frankfurt/Main, den 28. September 2000, gez. Dr. Rainhardt‹.«

Gerda brachte den Aushang am Schwarzen Brett an und erledigte in ihrem Büro weiter ihre Arbeiten, während Walther in der Technik seine Anweisungen gab und ebenfalls wieder in sein Büro ging. Zwischenzeitlich war es Viertel nach sechs, es klopfte bei Herrn Walther an der Tür und er bat einzutreten. Es war der Chef mit seiner Frau.

Walther ging den beiden entgegen und reichte der Gattin seines Chefs die Hand: »Gnädige Frau, es ist mir eine Ehre«, dann gab er ihr einen Handkuss. Er schaute hoch: »Ich freue mich, sie kennenzulernen.«

»Danke« sagte sie, »ich habe mich auch auf diesen Augenblick gefreut, nachdem mir mein Mann so viel von Ihnen erzählt hat.« Frau Rainhardt war bildschön, eine Frau um die vierzig mit einer Traumfigur, langen dunklen Haaren und einer umwerfenden Ausstrahlung.

Walther ging ans Telefon und bat Gerda, ebenfalls in sein Büro zu kommen. Sie kam und die beiden Frauen begrüßten sich mit einer Umarmung. Dann sagte Frau Rainhardt zu Gerda: »Meine Liebe, ich danke nochmals für den wunderschönen Blumenstrauß, er hat sich lange bei mir gehalten, nochmals danke.« Man plauderte drauflos, es war eine gelöste Atmosphäre. Frau Rainhardt schlug das Thema Wien an und bekundete, dass sie sich schon riesig darauf freue: »Hoffentlich bekommen wir Karten für die Oper oder auch für die Operette. Frau Schmidt«, sagte sie, »setzen Sie alle Hebel in Bewegung, ich baue auf Sie.«

»Ich glaube, wir müssen«, bemerkte Dr. Rainhardt. In diesem Augenblick klopfte es und Jung stand in der Tür.

»Wir können«, sagte er. Die Herrschaften gingen zum Fahrstuhl.

»Ich würde vorschlagen, jeder nimmt seinen Wagen, dann können wir gleich nach Hause fahren und niemand muss uns hier herbringen«, schlug Walther vor.

Mit dem Hinweis, man habe sich noch so viel zu erzählen, bat Frau Rainhardt, dass Gerda in ihr Auto einsteige. »Gut«, sagte ihr Mann, »dann fahr ich mit Herrn Walther.« Die beiden hatten auch noch einiges zu beraten. So sagte Walther dem Chef, dass er morgen die fehlenden Artikel per Express nach Wien schicken würde. »Die haben so noch genügend Zeit, alles aufzubauen.«

Auch die beiden Frauen schwätzen drauflos. Frau Rainhardt lobte die guten Manieren des Herrn Walther und schaute dabei Gerda an.

»Ja, ich mag ihn«, sagte Gerda.

»Mein Mann erzählte mir, er habe gleich am ersten Tag den Eindruck gehabt, dass Herr Walther Ihr Herz zum Leuchten gebracht hätte. Er sagte mir, so viele Kandidaten hätten sich bei uns vorgestellt oder kämen geschäftlich zu uns, nie sei einer dabei gewesen, der bei Ihnen auch nur die geringsten Gefühle hervorgerufen hätte, er als alter Hase hätte das gemerkt. Meine Liebe, ich glaube es ihm.«

»Ja, Walther hat etwas Besonderes an sich, das fühlt eine Frau. Frau Rainhardt, glauben Sie mir, ich bin in ihn bis über beide Ohren verliebt und ich kann mich auch nicht dagegen wehren. Es nützt auch nichts, wenn ich daran denke, dass er verheiratet ist und einen Sohn hat. Wenn ich des Nachts in meinem Bett liege, mich von einer Seite auf die andere Seite wälze, dann denke ich manchmal, ich werde verrückt. Ich habe noch nie mit jemandem darüber gesprochen, aber bei Ihnen durfte ich ja schon einmal mein Herz ausschütten. Damals hatte ich mir geschworen, nie mehr einen Mann anzuschauen, ja, und dann kam er.« Die Tränen liefen ihr wieder die Wangen hinunter.

»Gerda, wir kennen uns jetzt schon viele Jahre, komm, wir sagen Du, ich heiße Hannelore.«

Gerda, das Gesicht voller Tränen: »Und ich Gerda.«

»Hör mal, du darfst nicht leiden, folge deinem Herzen. Nutz die Gelegenheit, wenn wir nach Wien fliegen, im Grunde will er dich ja auch. Mein Mann meinte, dass er in seinem Inneren einen großen Kampf zu bestehen habe. Folge deinem Herzen und du kommst als glückliche Frau zurück. Herr Jung, bleiben sie bitte hundert Meter vor dem Parkplatz stehen, wir Frauen haben noch etwas zu richten.

»Aber, gnädige Frau, ich wäre doch ohnehin vorher stehen geblieben.«

Die beiden Männer hatten bereits das Klubhaus erreicht und standen auf dem Parkplatz.

»Wo bleiben denn unsere Damen? Warten wir, alleine können wir schlecht hineingehen«, sagte der Chef. Es dauerte nur ein paar Minuten und Jung kam mit seiner kostbaren Fracht.

»Warum kommt ihr denn jetzt erst?«, fragte Dr. Rainhardt.

»Wir hatten eine Panne«, sagte Jung und lächelte. »Na, dann lasst uns hineingehen«, hörte man nahezu im Chor.

»Herr Jung, kommen Sie uns bitte gegen halb zehn abholen, danke.«

»Okay, Chef«, sagte Jung und setzte sich in den Wagen.

Die Gesellschaft bewegte sich dem Eingang zu und ging hinein. Der Geschäftsführer kam ihnen entgegen: »Guten Abend, ich begrüße Sie in unserem Hause.« Zuerst wandte er sich »Gnädige Frau« an die Frau des Chefs, nahm ihre Hand und gab ihr einen Handkuss. Anschließend begrüßte er Frau Schmidt und gab auch ihr einen Handkuss. Nun zu den beiden Herren: »Herr Dr., es ist mir eine Ehre, Sie hier zu begrüßen.«

Dr. Rainhardt sagte: »Darf ich Ihnen vorstellen, Herr Diplom-Ingenieur Walther, der Prokurist unseres Hauses.«

»Sehr angenehm«, sagte der Geschäftsführer. »Darf ich die Herrschaften bitten?«

Er eilte voraus, zeigte ihnen den Tisch, zog den Stuhl der Damen ein wenig zurück und bat sie, sich zu setzen. Der Ober kam: »Einen guten Abend den Herrschaften, die Speisekarten darf ich Ihnen schon einmal geben, bitte sehr.«

»Können Sie uns heute etwas Besonderes empfehlen?«, fragte Dr. Rainhardt.

»Ja, wir empfehlen den Rehrücken, gespickt, mit Preiselbeeren, Rotkraut und Semmelknödel. Dazu würde ich Ihnen einen Rotwein kredenzen, Jahrgang 1987, eine Auslese vom Kaiserstuhl, und vorab einen Aperitif.«

»Den Aperitif können Sie uns auf jeden Fall schon mal bringen, was das Menü angeht, möchte ich mich mit meinen Gästen abstimmen«, sagte Dr. Rainhardt. Der Ober entfernte sich.

»Nun, was haltet ihr von diesem Vorschlag? Rehrücken, gespickt, gibt es nicht alle Tage, aber bitte, ich möchte keinen beeinflussen.«

Gerda und Heinz schauten sich an und nickten.

»Und du meine Liebe?«

Hannelore lächelte »Mir läuft schon das Wasser im Munde zusammen. Also okay.« Dann sagte sie: »Gerda, komm, die Herren entschuldigen uns.« Sie nahmen ihr Täschchen und gingen zur Toilette, das Make-up hatte gelitten. Die beiden Männer schauten sich an.

»Na endlich«, sagte Rainhardt, »das Du war schon lange fällig, die beiden kennen sich bereits eine kleine Ewigkeit.«

Der Ober brachte den Aperitif und wünschte: »Sehr zum Wohl.« Hannelore und Gerda kamen zurück.

»Toll schaut ihr aus!«, kam es wie aus einem Munde.

Als die Damen sich gesetzt hatten, kam der Ober zurück und fragte, wie die Herrschaften sich entschieden hätten. Dr. Rainhardt sagte zum Ober: »Sie haben uns überzeugt, also viermal den Rehrücken, gespickt.« Der Ober bedankte sich und zog sich diskret zurück.

Hannelore sah ihren Mann an und sagte: »Ich habe der Gerda das Du angeboten, wir kennen uns jetzt schon so lange.«

»Ist schon recht, mein Schatz, Gerda ist ja unser bestes Pferd im Stall.«

»Weißt du«, meinte sie weiter, »ich freue mich schon riesig auf Wien, mal wieder in die Oper gehen oder eine schöne Operette sehen. Hoffentlich hat Gerda Glück, dass wir noch Karten bekommen.«

Gerda schaltete sich ein und meinte: »Wenn ich so keine Chance habe, werde ich es über die Firma Bankheimer versuchen, die haben meistens ihre Quellen.«

Doch dann war es so weit, der Geschäftsführer und der Ober brachten die Platten mit den Kostbarkeiten, Rehrücken, gespickt, mit Preiselbeeren, Rotkohl, Semmelknödeln und einer pikanten Soße. Die beiden Herren legten vor, dann stellten sie die Platten aufs Rechaud. Eine Serviererin brachte den Wein, einen Rotwein vom Kaiserstuhl, Auslese, Jahrgang 1987. Der Geschäftsführer öffnete die Flasche, nahm die auf dem Tisch stehenden Gläser, ließ Dr. Rainhardt kosten, und nachdem dieser den Wein für gut befunden hatte, kredenzte er ihn den Gästen. Sie wünschten den Herrschaften einen guten Appetit und entfernten sich.

Dr. Rainhardt erhob sein Glas: »Meine verehrten Damen, mein verehrter Herr Walther, es ist mir eine ganz besondere Freude und auch Ehre, dass ich Sie alle am heutigen Abend hierher einladen durfte. In Ihnen, Herr Walther, habe ich den Mitarbeiter und Kämpfer an meiner Seite gefunden, den ich lange gesucht habe. Die Ihnen heute erteilte Prokura betrachten Sie bitte als Anerkennung und Dank für Ihre Arbeit. Möge diese Zusammenarbeit lange halten und Früchte tragen. Mein Glas erhebe ich auf die Schönheit unserer Damen, sehr zum Wohl! Ich wünsche allen einen guten Appetit.«

»Verehrte Damen, sehr geehrter Herr Dr. Rainhardt, ich mache es kurz. Danke, ich werde so weitermachen. Auch ich wünsche einen guten Appetit.«

Sie tranken und ließen es sich gut schmecken. »Den Koch muss ich loben«, sagte Hannelore und Gerda stimmte dem zu.

Im Laufe des Abends entwickelte sich ein lockeres Gespräch. Dr. Rainhardt bemängelte, dass er im letzten Jahr sein Handicap nicht verbessern konnte, es fehlte einfach die Zeit. Aber was nicht ist, könne ja noch werden: »Wenn bei uns demnächst alles geregelt ist, mein Schatz, werde ich auch mehr Zeit für uns haben, dann gehen wir auch wieder ins Theater.«

Hannelore lachte: »Dein Wort in Gottes Ohr, mein Schatz.«

Rainhardt schaute auf die Uhr. »Ach du lieber Gott, zehn Uhr, der Jung steht draußen und wartet auf uns.« Er schaute Walther an »Herr Walther, brauchen Sie ihn am Freitag?«

Walther schüttelte den Kopf: »Nein.«

»Dann soll er am Freitag zu Hause bleiben.«

Der Geschäftsführer kam und fragte, ob die Herrschaften zufrieden waren, was mit einem Ja beantwortet wurde. Die Rechnung wie immer? »Ja«, antwortete Dr. Rainhardt, dem Ober steckte er noch ein gebührendes Trinkgeld zu.

Sie verließen das Restaurant, Jung sah sie kommen und öffnete die Türen. Gerda und Heinz verabschiedeten sich in aller Form und sprachen nochmals ihren Dank aus. Hannelore nahm Gerda wieder in den Arm und drückte sie ganz fest. Nun setzten sich alle ins Auto und fuhren nach Hause.

Der Chef sagte zu Jung: »Am Freitag bleiben Sie zu Hause, das haben Sie sich redlich verdient … und keine Widerrede.«

Und Hannelore, noch von Walthers Erscheinung angetan, sagte: »Ich kann Gerda verstehen, der Mann hat wirklich das gewisse Etwas, und so einer wäre da drüben arbeitslos, kaum zu verstehen.«

Heinz und Gerda fuhren gemütlich, er hatte das Radio angemacht und Gerda genoss dieses Beisammensein. Heinz sagte mit einmal: »Du, ich fahr dich gleich nach Hause und nicht mehr zur Firma. Morgen früh hole ich dich um halb acht Uhr ab. Bist du einverstanden?«

»Ja«, sagte sie, »so habe ich dich noch ein paar Minuten länger. Unterwegs überlegte sie: Ob ich ihn mit nach oben nehme? Nein, kam es ihr, das will ich in allen Zügen auskosten und hebe es mir für Wien auf. Diese Nacht wird er dann auch nicht mehr vergessen. Also, Gerda, reiß dich zusammen. Mit einer langsamen Fahrt und schöner Musik erreichten sie Gerdas Zuhause. Sie standen auf dem Parkplatz.

»So, mein Schatz«, sagte Heinz, »ich wünsche dir eine gute Nacht, schlaf schön, träum was Schönes und freue dich auf Wien.« Er nahm sie in seine Arme und gab ihr einen leidenschaftlichen Kuss. Gerda stieg aus, sie war die glücklichste Frau der Welt. Gerda schloss die Haustür auf und ging die Treppen hinauf zu ihrer Wohnung. Plötzlich stockten ihre Gedanken: »Freue dich auf Wien«, wie meinte er das? Er hat doch gar nicht mit Hannelore gesprochen, zumindest nicht alleine, ist schon eigenartig. Sie ging ins Bad und richtete sich für die Nacht, sie zog sich aus und ging so, wie Gott sie geschaffen hatte, in ihr Schlafzimmer. Gerda schaute in den großen Spiegel und sah sich in voller Größe. Sie wäre keine Frau gewesen, wenn sie nicht überlegt hätte, was sie auf der Reise anziehen sollte. Zuerst zog sie die Schublade mit der Unterwäsche auf, holte verschiedene Dessous heraus und die dazu passenden Kleider, Blusen, Hosen und vor allem die Schuhe – na, wer könnte die vergessen. Sie merkte es gar nicht, dass sie eine perfekte

Modenschau ablaufen ließ, sie war im Rausch, sie hatte kein Zeitgefühl mehr. Durch Zufall schaute sie einmal auf die Uhr und sah, dass es bereits zwei Uhr in der Nacht war. Schnell zog sie sich aus und huschte ins Bett. Hoffentlich kann ich schlafen, dachte sie, in diesem Moment küsste sie auch schon der Schlaf … gute Nacht

Heinz hatte sein Gefährt heil nach Hause gebracht und dort abgestellt. In seiner Wohnung angekommen, zog er die Schuhe aus, hängte seine Jacke auf einen Bügel und holte sich dann aus dem Kühlschrank eine Flasche Bier. Ja, das war ein Genuss.

Er ließ den Tag an sich vorüberziehen, bei einigen markanten Punkten blieb er stehen, dachte noch mal darüber nach und ließ den Film dann weiterlaufen: Zugegeben, ich habe schon viel erreicht und anerkannt wurde es auch. Wenn ich das nun mit Leipzig vergleiche, dann habe ich innerhalb von vier Monaten in zwei verschiedenen Welten gelebt. Mein Gott, was hätten wir erreichen können, wenn nicht immer diese Nichtskönner von Parteigrößen uns ausgebremst hätten. Diese Leute haben dem Staat ein Vermögen gekostet. Wie gerne hätten wir Ost-Ingenieure denen im Westen eins ausgewischt. Das war Klassenkampf auf unsere Art. Heute arbeite ich nicht mehr für den Staat, heute arbeite ich für Geld und Anerkennung, und beides bekomme ich, also bin ich auch zufrieden.

Um halb sechs Uhr läutete der Wecker, Heinz wollte auf keinen Fall verschlafen. Er stand auf und ging ins Bad, um sich herzurichten. Die Morgentoilette musste schon ordentlich sein, denn schließlich arbeiteten im Betrieb auch einige Damen. Die Uhr zeigte sieben, und Heinz machte sich auf den Weg, um Gerda abzuholen. Um fünf Minuten vor halb acht stand er auf dem Parkplatz. Pünktlich wie die Maurer, dachte er, da ging auch schon die Haustür auf und Gerda kam. Heinz hielt ihr die Tür auf und sie stieg ein.

»Dann können wir«, sagte Heinz.

»Nein«, war die Antwort, »zuerst will ich einen Kuss von dir, dann können wir fahren.« Sie bekam ihren Kuss. Unterwegs sagte Gerda: »Wenn ich heute meine Post gesichtet und verteilt habe, werde ich mich zuerst um die Karten und die Hotelzimmer bemühen. Es wird Zeit, es sind noch gerade mal vierzehn Tage, die gehen schnell vorbei.«

»Ja«, sagte Heinz, »und ich kümmere mich zuerst um die fehlenden Artikel, die müssen pünktlich in Wien sein.«

Er fuhr mit dem Wagen in die Tiefgarage und ging gleich in den Versand.

»Herr Heinrich!«, rief er laut, »kommen Sie, ich muss Ihnen angeben, welche Artikel noch heute zum Versand nach Wien fertiggemacht werden müssen.«

Herr Heinrich kam und Walther erklärte es ihm. Dann bestätigte Heinrich die Anweisung mit den Worten: »Jawohl Chef, wird gemacht.«

Walther hielt sich oft und gerne in der technischen Abteilung auf und hatte mit Herrn Schick immer etwas zu besprechen. Überhaupt, in den letzten Wochen war sein erster Weg immer erst ins Technische Büro, auch heute wieder. »Guten Morgen, meine Damen und Herren«, ein kräftiges »Guten

Morgen, Chef« kam zurück. Walther ging wieder zu Herrn Schick gab ihm eine Diskette und sprach mit ihm einiges durch. Anschließend ging er in sein Büro. Gerda hatte ihm schon die Post hingelegt, obenauf ein Blatt mit einem Herz, auf dem stand: »Ich liebe dich.« Walther schaute sich die Post an und legte sie sich so hin, wie er sie bearbeiten wollte. Danach ging er hinüber zum Chef, es war halb zehn Uhr. Nachdem sie ihre Kurzbesprechung beendet hatten, sagte Walther dem Chef, dass er am Wochenende den einzelnen Abteilungen belegte Brötchen und Getränke, natürlich alkoholfrei, spendieren wollte. Das lasse er sich nicht nehmen.

»Ja«, sagte der Chef, »Gerda kann das organisieren.«

Das, was jeden Morgen zu erledigen war, hatte Gerda auch heute erledigt. »So«, sagte sie sich, »und jetzt heißt es Wien, Wien, nur du allein. Wir wollen doch mal sehen, ob wir nicht Karten bekommen.« Sie ging ins Internet und suchte sich die Vorverkaufsstellen der Staatsoper und der Volksoper Wien heraus, um mit denen zu telefonieren. Nach mehreren Versuchen gelang es ihr, für Sonntag zwei Logenplätze in der Volksoper zu bekommen. Auf dem Spielplan steht die »Csardasfürstin«. Es kann ja nicht schaden, die Firma Bankheimer auch noch zu kontaktieren und zu fragen, ob sie Karten besorgen können.

Gerda wählte und wartete, ob sich dort jemand meldet, dann eine Stimme: »Firma Hademar Bankheimer in Wien, habe die Ehre.«

»Ja, guten Tag, hier ist die Firma Rainhardt Metallbau GmbH aus Frankfurt am Main, Schmidt am Apparat. Hören Sie, am übernächsten Wochenende kommen wir zu Ihrer Ausstellung, wir sind vier Personen. Und jetzt unser Anliegen: Können Sie uns für den Sonnabend oder den Sonntag Karten für die Staatsoper oder die Volksoper besorgen? Für den Sonntag habe ich zwei Logenplätze in der Volksoper bekommen.«

»Das wird aber schwer, die beiden Häuser sind schon immer Wochen im Voraus ausverkauft. Aber bleiben Sie bitte am Apparat, ich werde in unserem Hause einmal nachhören.« Hoffentlich habe ich Glück, dachte Gerda. »Hallo, sind Sie noch am Apparat?« »Ja«, sagte Gerda.

»Sie haben großes Glück, für die Volksoper am Sonntag hätte ich zwei Karten, Parkett, zweite Reihe in der Mitte.«

»Ja, die nehmen wir. Hätten Sie auch die Möglichkeit, die Karten, die ich für uns habe zurücklegen lassen, abzuholen. Ich würde dort anrufen und Sie avisieren.«

»Das ist kein Problem, ich werde bei der Vorverkaufsstelle anrufen und danach melde ich mich bei Ihnen.«

Gerda rief sofort in Wien an und erklärte, dass die Firma Hademar Bankheimer die Karten abholen würde, sie sei bereits informiert.

»Das geht in Ordnung«, sagte die Dame.

Dann rief Gerda wieder Bankheimer an und bat darum, dass sie sich nun dort avisieren sollten. Außerdem benötige sie noch ein Einzelzimmer und zwei Doppelzimmer in einem guten Hotel in der Nähe der Volksoper.

»Ich werde es gleich für Sie in die Wege leiten, bei Vollzug rufe ich Sie an«, sagte die Dame. Gerda bedankte sich und beendete das Gespräch. Natürlich hatte sie jetzt nichts Eiligeres zu tun, als Hannelore anzurufen.

Hannelore ging ans Telefon: »Rainhardt hier.«

»Ja, Hannelore, ich bin es, Gerda, stell dir vor, ich habe Karten für die Volksoper am Sonntag, es wird die ›Csardasfürstin‹ gegeben.«

»Oh, klasse, dafür kauf ich mir noch ein neues Kleid, kommst du mit am Samstag?«

»Ja, ich komme mit. Ich hole dich um elf Uhr ab«, sagte Gerda. Das Gespräch hatte sie gerade beendet, da klingelte das Telefon schon wieder. Es war die Dame von der Firma Bankheimer.

»Frau Schmidt, ich habe alles nach Ihren Wünschen erledigt, die Karten bekommen wir alle vier und untergebracht habe ich Sie im Donau Hotel, ein Vier-Sterne-Haus.«

»Ich danke Ihnen tausendmal, wir freuen uns schon sehr. Auf Wiedersehen.«

Kaum hatte sie den Hörer aufgelegt, klopfte es an ihrer Tür. Es war Heinz.

»Komm rein«, sagte sie, »was hast du auf dem Herzen? Komm, mir kannst du alles sagen.« Sie lächelte.

»Mit dem Chef habe ich schon darüber gesprochen, und er meinte, ich soll die Organisation in deine Hände legen. Es handelt sich um meinen Einstand und um die erhaltene Prokura. Ich möchte hier oben ein kleines Büfett aufbauen für die Leute im Hause und im Betrieb für die Meister und

Abteilungsleiter. Gedacht hatte ich an verschiedene Platten mit belegten Brötchen und alkoholfreien Getränken. Würdest du das übernehmen?«

»Da fragst du noch, na klar. Ich werde dir da schon was hinzaubern. Zu wann soll das sein?«

»Ich dachte an Freitag in der Mittagspause.«

»Alles klar«, sagte Gerda, »ich kann dir aber auch etwas Schönes sagen, ich habe Karten für die Volksoper für Sonntag, die ›Csardasfürstin‹.«

»Da freue ich mich aber und am Samstag gehen wir zum Heurigen.«

»Oh ja«, freute sich jetzt Gerda.

Heinz verließ ihr Büro und Gerda huschte schnell zum Chef.

»Chef, mit ein paar Brötchen können wir das aber nicht bewenden lassen, das geht doch nicht.«

»Na, Mädchen, was glauben Sie, warum ich ihm gesagt habe, er soll es in Ihre Hände legen. Sie machen das schon richtig, ich vertraue Ihnen. Was ich noch fragen wollte, haben Sie Karten bekommen?«

»Ja«, strahlte Gerda, »für die Volksoper am Sonntag, die ›Csardasfürstin‹.«

»Na, sehen Sie, das ist doch was, und Samstag gehen wir zum Heurigen.«

»Danke, Chef, ich werde alles in die Wege leiten.«

Gerda verließ das Büro und dachte darüber nach, wie viel Zeit sie noch habe. Mein Gott, das waren ja nur noch drei Tage, da musste sie sich aber sputen. In ihrem Büro angekommen, setzte sie sich gleich mit dem Service in

Verbindung. Zum Glück organisierte sie so etwas nicht zum ersten Mal. Auch der Service kannte sich in der Firma aus, man konnte also schnell einen Plan erstellen. Gerda traf zusammen mit ihnen die Auswahl der Speisen und Getränke, so stand einem Gelingen nichts mehr im Wege.

Das Telefon läutete, es war der Chef: »Frau Schmidt, ich suche den Herrn Walther, wissen Sie, wo der ist?«

»Wenn der nicht in seinem Büro ist, dann gibt es nur zwei Möglichkeiten, entweder er ist bei Herrn Schick oder er ist in der Abteilung Landmaschinen.«

»Danke, ich werde es dort probieren.«

Gerda dachte nach: Was macht der dort bloß immer?

Walther hatte seinen Grund, warum er sich ständig in dieser Abteilung aufhielt, denn die nachfolgenden Tage bis zum Freitag vergingen sehr schnell.

Freitag herrschte schon am frühen Morgen ein reges Treiben. Die Service-Firma kam und brachte Partystehtische und auch Abfallbehälter für die gebrauchten Trinkbecher und Pappteller. Walther ging durch die einzelnen Abteilungen und lud die infrage kommenden Mitarbeiterinnen und Mitarbeiter ein.

Es war Freitag, die Mittagspause begann. Walther verschaffte sich Gehör, dann sagte er: »Sehr geehrter Herr Dr. Rainhardt, meine sehr verehrten Damen, sehr geehrte Herren, ich freue mich außerordentlich, Sie hier so zahlreich begrüßen zu dürfen. Mit diesem Büfett möchte ich Ihnen meinen Einstand geben. Greifen Sie zu und lassen Sie es sich gut schmecken. Das Büfett ist eröffnet!«

Herr Schick klopfte mit einem Löffel gegen ein Glas: »Sehr geehrter Herr Walther, ich bin überzeugt, jetzt im Namen aller hier Anwesenden zu sprechen, wenn ich Ihnen für diesen kulinarischen Leckerbissen unseren herzlichen Dank ausspreche. Ich weiß, wovon ich spreche, wenn ich sage, mögen Sie uns noch lange erhalten bleiben. Nochmals danke!«

Dr. Rainhardt fasste Frau Schmidt an die Hand und sagte: »So habe ich den Herrn Schick ja noch nie erlebt.«

Gerda staunte auch, dachte jedoch, das kann nur mit den ständigen Besuchen zu tun haben. Da muss ich doch mal mit meinem Schatz darüber sprechen. Sie nahm ihn zur Seite: »Sage mal, was hat das zu bedeuten, wenn Schick so über dich spricht?«

»Ich will den Dr. überraschen, lock ihn bitte unter irgendeinem Vorwand zu vierzehn Uhr in mein Büro.«

Walther ging zu Schick und zu Jungmeier und bat auch sie zu dieser Zeit in sein Büro.

Als die Zeit gekommen war, betrat Dr. Rainhardt als Letzter das Büro, ergriff aber gleich das Wort: »Nun sagt mir für alles in der Welt, was hat das hier zu bedeuten?«

Walther ergriff das Wort: »Bitte, liebe Gerda, meine Herren, nehmen Sie Platz. Als ich mich vor einigen Monaten hier vorgestellt habe, hatte ich diese Pläne schon in der Aktentasche. Bedingt durch die tatkräftige Mithilfe der Herren Schick und Jungmeier ist es uns gelungen, das auf dem Papier Stehende auch im praktischen Gebrauch zu beweisen. Heute Morgen haben wir den Durchbruch geschafft, Sie dürfen uns gratulieren.«

»Ja um Himmels willen, worum handelt es sich, was ist das?« Dr. Rainhardt war ganz aufgeregt.

»Ich will es Ihnen sagen, es ist ein neuartiges Krankenbett mit Funktionen, wie man sie auf der ganzen Welt noch nicht kennt. Dieses Bett wird die Krankenhäuser in einem neuen Licht erscheinen lassen. Es ist revolutionierend. Ich bitte Sie, folgen Sie mir, schauen wir uns unseren Prototypen an. Danach sprechen wir dann über neue Strategien und Konzeptionen.«

Der Erste, der nun das Büro verließ, war Dr. Rainhardt. Die Abteilung Landwirtschaft war jetzt gefragt. Dr. Rainhardt stand vor dem Bett, betrachtete es von allen Seiten, von oben und von unten, er betätigte alle Funktion, er stand immer wieder davor, ja, er staunte. Dann drehte er sich um, ging zu Jungmeier und Schick und bedankte sich. Mit der Bemerkung: »Der Einsatz wird sich auch für Sie lohnen«, ging er zu Walther und schaute ihn an: »Respekt vor dieser Leistung, zu mehr fehlen mir die Worte, danke.«

Gerda war das jetzt alles egal, sie ging hin, umarmte ihn und gab ihm einen heißen Kuss. Der Chef sah das und lachte: »Frau Schmidt, auch einen von mir«, was sich Gerda nicht zweimal sagen ließ.

»Chef«, sagte Walther, »jetzt haben wir für diese Abteilung ein lohnendes Produkt.«

Natürlich war es bis zur Serienreife noch ein weiter Weg. Zuerst wurde der Patentanwalt der Firma bemüht, sich das Krankenbett anzusehen und die patentrechtlichen Schritte einzuleiten. Dann wurde der TÜV beauftragt, es in jeder Hinsicht zu begutachten und auf eventuelle Mängel zu untersuchen. Eine Expertengruppe der vereinigten Krankenhäuser wurde ebenfalls gebeten, ihr Urteil abzugeben. Für die Firma hieß es jetzt, Geduld zu haben und abzuwarten, bis alles über die Bühne gegangen war. Fortan waren Walther und Schick ein Herz und eine Seele. Die Zusammenarbeit ließ keine Wünsche mehr offen.

In einem weiteren Gespräch, welches zwischen Dr. Rainhardt und Walther geführt wurde, erklärte Walther, welche Möglichkeiten an neuen Produkten sich aus seiner Konstruktion noch ergaben. Dr. Rainhardt sagte nur: »Ich bin beeindruckt, Respekt.«

Samstag in der Früh, es war halb elf, setzte Gerda sich ins Auto, um Hannelore abzuholen. Die beiden Frauen wollten shoppen gehen. Hannelore wollte sich ja ein Kleid kaufen. Gerda stellte vor dem Hause des Chefs ihren Wagen ab und läutete.

»Komm bitte noch einen Augenblick herein, ich bin gleich so weit.«

Gerda trat ein und setzte sich. Dr. Rainhardt kam und begrüßte sie: »Hallo, guten Morgen, so und ihr wollt shoppen gehen.«

Hannelore kam die Treppe herunter, sie sah toll aus.

»Hübsch siehst du aus«, sagte Gerda. »Dann können wir ja gehen, nein, besser fahren.«

»Na, dann sucht euch mal was Schönes aus. Die Rechnung wie immer, na, du weißt schon, und wenn ihr woanders seid, dann nimm die Karte«, sagte Dr. Rainhardt zum Abschied.

»Danke, mein Schatz«, sagte Hannelore. Sie nahm Gerda an die Hand: »Komm, was kostet die Welt.«

Die beiden Frauen hatten ja Traumfiguren, da würde es auch nicht schwer sein, das Richtige zu finden. Sie fuhren ins Einkaufszentrum und stellten dort ihren Wagen ab.

»So«, sagte Hannelore, »jetzt shoppen wir nach Herzenslust.«

Sie gingen von einer Boutique zur anderen, fanden aber nicht das, was sie für diesen Abend suchten.

»Komm«, sagte Hannelore, »wir gehen zu meiner, die hat immer etwas für mich und die wird auch etwas für uns haben.«

Die beiden Frauen machten sich auf den Weg. »Da, schau mal, das sind schöne Schuhe, komm, wir gehen rein.« Hannelore war nicht mehr zu bremsen.

Die Verkäuferin kam und fragte nach den Wünschen. Hannelore sofort: »Wir suchen Pumps fürs sehr gute Ausgehen, fürs Theater. Mitnehmen können wir sie aber noch nicht, wir müssen noch erst das Kleid kaufen, dann kommen wir wieder.« Sie suchte sich Schuhe aus und ließ sie sich zurücklegen. »Jetzt kaufen wir unsere Kleider.« Hannelore war außer sich vor Freude. Endlich hatten sie ihre Boutique erreicht.

»Frau Rainhardt, ich grüße Sie.«

Hannelore zeigte auf Gerda: »Frau Schmidt, meine Freundin.«

»Sehr angenehm«, sagte die Verkäuferin. »Was kann ich für Sie tun?«

»Wir fliegen am Freitag nach Wien und haben Karten für die Oper, so, und jetzt zeigen Sie uns etwas.«

Die beiden Frauen hatten die gleiche Figur, nun fingen sie an, die Kleider zu probieren. Jede probierte auch das Kleid der anderen an, so lange, bis jede das richtige gefunden hatte. Gerda dachte: Den Preis hätte ich schon gerne gesehen, der stand aber nirgendwo. Ich sehe es ja, wenn sie gleich bezahlt.

»Sie möchten jetzt bestimmt auch die passenden Dessous?«, fragte die Verkäuferin.

»Natürlich«, sagte Hannelore. Die Verkäuferin zeigte die Dessous, die zu den ausgesuchten Kleidern passten. Alles reine Seide und echte Spitze. Hannelore fragte nun Gerda: »Welche würden dir zu deinem Kleid gefallen?«

»Nun, diese zwei roten.«

»Okay, ich nehme diese zwei und dann packen Sie es uns bitte ein.«

»Und die Rechnung wie immer?«, fragte die Verkäuferin.

»Ja, wie immer«. Sie bedankte sich. Die beiden verließen die Boutique und gingen zurück zum Schuhgeschäft. Gerda nahm die Sandalette mit den Goldriemchen und Hannelore auch. Ihre Einkäufe hatten sie getätigt, jetzt gingen sie noch eine Tasse Kaffee trinken. Gegen fünf Uhr kamen die Damen wieder zurück. Es musste natürlich noch einmal alles anprobiert und begutachtet werden, man hatte ja alles zusammen.

Hannelore schaute sich Gerda an: »Ich bin überzeugt, du machst ihn verrückt. Dazu musst du noch die roten Dessous anziehen. Da kann kein Mann widerstehen.«

»Nur er«, sagte Gerda. »Jetzt sage mal, wie stellst du dir das vor, einkaufen und nicht bezahlen. Was bekommst du von mir?«

»Du hast doch gehört, was mein Mann gesagt hat, das muss doch genügen.«

»Danke, tausend Dank, mehr kann ich nicht sagen.«

Noch etwas müde bewegte sich Heinz am Samstagmorgen, er war gerade dabei, sich sein Frühstück zu richten. Das war schon eine turbulente Woche gewesen, erst die Prokura, dann das neue Produkt – was würde wohl aus ihm werden, würden sie es auf den Markt bringen können? – und noch viele andere Dinge begleiteten ihn beim Frühstück. Ja, und nächste Woche, da fliegen wir nach Wien, dort die Ausstellung und am Sonntag in die Oper. Plötzlich durchfuhr ihn ein Blitz: Welchen Anzug kann ich denn anziehen? Er ging zum Kleiderschrank und schaute nach: Eine große Auswahl hast du ja nicht, dachte er, als er vor dem Schrank stand, eigentlich gar keine. Schließlich bist du in Wien mit deinem Chef. Das geht nicht, da musst du Abhilfe schaffen, also zieh dich an und dann ab in die Stadt, das waren seine Gedanken. Nach dem Frühstück setzte er sich in sein Auto und stellte seinen Wagen im Einkaufszentrum ab.

Na, dann schauen wir mal, ging es ihm durch den Kopf. Er schlenderte von Schaufenster zu Schaufenster, plötzlich blieb er vor einem stehen; »Max Schneider«, las er, »die perfekte Maßkonfektion«. Heinz ging hinein und schaute sich um.

»Darf ich Ihnen behilflich sein«, hörte er eine Stimme. Heinz drehte sich zur Seite, der Verkäufer stand neben ihm.

»Ja, ich suche einen dunklen Anzug, den ich auch bei einem Opernabend anziehen kann«, sagte er.

»Kommen Sie bitte mit, ich zeige Ihnen einiges«, war die Antwort des Verkäufers. Heinz folgte ihm und bekam eine große Auswahl an Stoffen gezeigt. Ein Muster stach ihm gleich ins Auge, dunkelblau und in sich gestreift. Heinz nahm den Stoff in die Hand, befühlte ihn und sagte dem Verkäufer: »Den nehme ich, aber können sie ihn mir auch bis Mittwochabend liefern, ich fliege am Donnerstag nach Wien?«

»Das ist kein Problem«, erwiderte der Verkäufer. »Ich nehme jetzt Ihre Maße und dann geht der Anzug gleich in die Fertigung. Haben Sie sonst noch einen Wunsch?« »Nein, wann kann ich ihn abholen lassen?«

»Der Anzug hängt ab vierzehn Uhr dreißig auf der Büste. Wenn es geht, holen Sie ihn selbst ab, wir können dann noch einmal kontrollieren, ob alles in Ordnung ist. Bis zwanzig Uhr können Sie kommen.«

»Das ist also verbindlich?«, fragte Heinz. Der Verkäufer bestätigte es mit einem klaren Ja, »ein Drittel sollten Sie jedoch
anzahlen, den Rest, wenn Sie ihn abholen.«

Heinz zog seine Geldbörse und fragte: »Wie viel bekommen Sie?«

Der Verkäufer nahm seinen Rechner, dann sagte er: »Mit Weste sechshundert Deutsche Mark.«

Heinz nahm seine EC-Karte und reichte sie dem Verkäufer, der tippte den Betrag ein und Heinz musste mit seiner Geheimzahl bestätigen. Abschließend kam der Schneidermeister und nahm Maß. Der Kauf war damit getätigt. Jetzt muss ich zusehen, dass ich morgen Abend keine Termine habe, der Gerda muss ich es sagen, sie darf mir keine machen, ging es durch seinen Kopf. Anschließend bummelte er noch durch das Einkaufszentrum, schaute hier und schaute dort. Total in Gedanken versunken, erschrak er regelrecht, als er von einer Dame angesprochen wurde: »Hallo, Herr Walther, gehen Sie auch ein wenig shoppen?«, fragte sie.

Walther schaute zur Seite und sah, dass es eine Mitarbeiterin aus der Abteilung von Herrn Schick war. Unhöflich wollte er nicht sein. »Ja«, sagte er, »ich habe mir noch eine Kleinigkeit besorgt, ich kann sie aber erst am Mittwoch abholen.«

»Herr Walther, es ist Ihnen ja der ganz große Wurf gelungen, auch ich möchte sie beglückwünschen.«

»Danke, aber bis zum großen Wurf, das heißt bis zur Produktion, wird noch einige Zeit vergehen.«

»Ich wollte mir jetzt noch eine Tasse Kaffee trinken, es ist zwar nicht üblich, aber darf ich Sie einladen, bitte schlagen Sie mir das nicht ab.«

Wenn meine Gerda das sieht, die wird verrückt, wie komm ich nur aus dieser Nummer wieder raus, ging es durch seinen Kopf. Ich ruf Gerda einfach an. Das Telefon klingelte und klingelte, es nahm niemand ab und der Anrufbeantworter war auch ausgeschaltet. Dann bleibt mir ja nichts anderes übrig, als den Chef rauszukehren.

»Liebe Frau Stolz«, sagte Heinz, »ich muss es Ihnen tatsächlich abschlagen. Ich habe in einer Dreiviertelstunde eine Verabredung, es tut mir wirklich leid, aber es geht beim besten Willen nicht.« Er gab ihr die Hand und verließ das Einkaufszentrum, so schnell er konnte, setzte sich in sein Auto und ab nach Hause. Unterwegs dachte er, alleine gehe ich da nicht mehr hin, da kannst du ja in Teufels Küche kommen, ohne dass du etwas dazutust. Zu Hause angekommen, machte er sich erst einmal eine schöne Tasse Kaffee. Während der Kaffee durch die Maschine lief, suchte er in seinem Schrank nach etwas Essbarem. Da fiel ihm ein, es muss doch noch eine kleine Tüte mit Gebäck im Schrank sein, Gerda hatte doch eine in die Tragetasche getan. Die Tasse Kaffee mit etwas Gebäck tat ihm gut.

Kapitel -24-

Prinzesschen, ich werde dich nicht bedrängen. Wenn du mich aber brauchst, werde ich immer für dich da sein, und darauf gebe ich dir mein Wort.«

Renate wusste, diese Worte waren ehrlich und aufrichtig gemeint. »Manfred, glaube mir, ich habe an deinen Worten nicht gezweifelt. Ich weiß, dass du es ehrlich mit mir meinst. Sei mir bitte nicht böse, aber wir müssen jetzt Schluss machen, ich will noch mit der Heidi sprechen und mich für morgen mit ihr abstimmen. Ab morgen beginnt ein anderes Leben, dann muss ich lernen. Ich bin mal gespannt, wie mir das bekommt. Also, mein Schatz, mach's gut.«

Renate legte den Hörer auf. Manfred hatte das Gefühl, er träumte, er sei nicht ganz da. Hatte sie »mein Schatz« gesagt? Er konnte es nicht fassen. Die Frau will ich haben, koste es, was es wolle! Es war ihm jetzt auch egal, dass seine Frau einen anderen hatte und vor acht Monaten die Scheidung eingereicht hatte. Was soll es, das Schicksal hat es gut mit ihm gemeint und ihn seine Traumfrau finden lassen.

Renate hatte sich auch wieder gesammelt, jetzt rief sie Heidi an: »Ja hallo, Klein hier.«

»Hier auch Hallo, Renate am Apparat, wie geht es dir, hattest du auch so einen schönen Samstag wie ich?«

»Komm, erzähle«, wollte Heidi jetzt wissen, »wie war es? Ich höre und schweige.«

Heidi wird sich nie ändern, dachte Renate, immer einen Scherz auf den Lippen. »Heidi, es war ein himmlischer

Abend, anders kann ich ihn nicht beschreiben. Empfangen hat er mich mit einem Handkuss und einer roten Rose. Ich war baff. Im Theater saß ich in der Loge. Dazu kam dann noch die wunderschöne Musik. Ich habe jede Minute genossen und ausgekostet.

Nach dem Theater hat er mich ins Restaurant eingeladen, ich glaube, heute heißt es ›Zu den Messestuben‹, du kennst es bestimmt auch. Früher kamen da nur die Bonzen rein. Heute darf es jeder, aber nur die wenigsten können es bezahlen. Wir haben fürstlich gespeist, ›Stroganoff‹, am Tisch flambiert. Um halb eins war ich zu Hause. Er ist mit seinem Auto hinter mir hergefahren, ganz unauffällig, so konnte er auch sehen, ob ich gut nach Hause komme. Wir sind jetzt zwar per Du, aber sonst hat er sich sehr korrekt verhalten, es ist eben ein Gentleman. Noch so einen Abend und ich schmelze vor seinen Augen, ich könnte ihm nicht mehr widerstehen. Ich glaube, ich bin ihm verfallen.«

Es kehrte für einige Sekunden Stille ein, das musste Heidi erst einmal verarbeiten.

Dann sprach Renate weiter: »Sage mal, wie sollen wir es machen, soll ich dich abholen oder bringt dich dein Mann zur Schule?«

Heidi überlegte nicht lange und sagte gleich: »Du kannst mich abholen, wir haben bestimmt noch etwas zu besprechen. Tschüss dann, bis morgen, sei um halb acht hier.«

Sie beendeten ihr Gespräch. Es war etwa eine halbe Stunde vergangen, Alexander kam nach Hause.

»War es dir langweilig?«, fragte er.

»Könnte ich nicht sagen«, antwortete ihm Renate, »ich habe mit der Heidi gesprochen, wir haben uns für den morgigen Tag beraten. Ich habe doch den ersten Schultag, kannst mich mit einer Schultüte abholen«, lachte Renate.

»Du, Mama, ich habe auf dem Sportplatz den Jens aus meiner Klasse getroffen. Stell dir vor, dessen Vater hat schon vor längerer Zeit im Westen Arbeit gefunden, ich glaube in Aachen, und jetzt erzählt mir der Jens, dass sein Vater dort eine andere Frau kennengelernt hat, und jetzt will er sich scheiden lassen.«

Das ist das richtige Thema, dachte Renate. »Das ist zwar sehr bedauerlich, aber das gab es auch schon vor der Wende und zwar zuhauf. Weißt du, wenn sich zwei Menschen lange nicht sehen, dann lebt man sich auseinander, und das bringt große Gefahren mit sich. Man lernt einen anderen Menschen kennen und schon ist es passiert. Das hat nur bedingt etwas mit der Wende zu tun. Ich habe auch meine Bedenken, wenn sich unser Vati gar nicht meldet, so viel Arbeit kann er doch nicht haben. Wenn er anruft, dann heißt es immer nur Frau Schmidt und nochmals Frau Schmidt. Wer ist diese Frau Schmidt, ist sie hübsch, was hat sie mit Vati zu tun, mögen die beiden sich, geht er zu ihr oder kommt sie zu ihm? So gibt es tausend Fragen und von hier aus kannst du sie nicht beantworten.«

»Ja. Mama, du hast ja recht, ich bleibe aber bei dir.«

Für heute ist es genug, ging es Renate durch den Kopf. »Hör mal, Alex, wenn du aus der Schule kommst, mach dir eine

Schnitte Brot, warmes Essen mach ich, wenn ich aus der Schule komme. Ich denke, wir können zwischen sechs und sieben Uhr essen. Ich muss erst einmal sehen, wie es sich einpendelt, dann werden wir schon unseren Rhythmus finden.«

»Mama, da mach dir mal keine Sorgen, wir kommen schon klar.«

Finanzielle Sorgen hatten sie nicht, dafür sorgte schon Heinz.

Vierzehn Tage waren vergangen, Renate fuhr mit dem Auto zum Supermarkt. Sie hatte ihren Spickzettel und arbeitete Artikel für Artikel ab. Sie war schon fast fertig, als ihr Manfred eine Flasche Sekt in den Einkaufswagen legte. Erschrocken drehte sie sich zur Seite.

»Manfred, du?«, sagte sie.

»Ja, ich«, war die Antwort, »sag mal, Prinzesschen, können wir uns heute Abend sehen, sag, du gehst zur Klassenkameradin, Buchhaltung lernen, und wir machen uns einen schönen Abend.«

Renates Herz schien zu zerspringen. Was sollte sie tun? Sagte sie Ja, dann würde es passieren, sagte sie Nein, dann wäre er ihr vielleicht böse. Sie musste noch etwas Zeit gewinnen.

»Sei mir nicht böse, aber eine klare Antwort kann ich dir jetzt nicht geben. Ich werde versuchen zu kommen. Aber wenn ich nicht bis acht Uhr bei dir bin, dann komme ich nicht mehr, dann hat es nicht geklappt. Mach dir bitte keine Umstände, sonst bin ich dir sehr böse.«

»Einverstanden«, halb glücklich, halb traurig klang seine Antwort. Hoffentlich kommt sie, war sein innerer Wunsch. Für Renate war klar: Ja ich gehe hin, das muss ich aber mit Heidi abstimmen.

Nach Hause gekommen, Alex war noch nicht aus der Schule, rief sie sofort Heidi an.

»Klein hier.«

»Heidi, hör mal, ich bin heute Abend eingeladen, ruf mich bitte um halb sechs an. Wir gehen zu einer Kollegin und üben Buchhaltung, das kann lange dauern, hast du mich verstanden?«

»Na klar«, sagte Heidi, »du machst mich neidisch, doch ich gönne es dir.«

Es wurde Mittag, Alex kam aus der Schule, wie immer mit einem riesigen Hunger.

»Du, Mama«, sagte er, »hast du was dagegen, wenn ich heute zum Jens gehe, der hat von seinem Onkel ein Fußballprogramm bekommen, damit kann man gegeneinander spielen. Er hat seine Mutter gefragt, ich könnte auch bei ihm schlafen.«

»Von mir aus, ich habe nichts dagegen. Ich bin heute Abend auch nicht zu Hause, ich gehe mit der Hedi zu einer Mitschülerin, wir üben Buchhaltung. Bei mir kann es auch elf oder zwölf Uhr werden, nur damit du Bescheid weißt. Wenn es bei dir später wird, dann bleibe gleich beim Jens, dann weiß ich wenigstens, wo du bist.«

Alex lief gleich zum Telefon und teilte seinem Schulkameraden mit, dass er auch über Nacht bleiben dürfe.

Kurz nach fünf Uhr ging er zu seinem Freund. Renate huschte gleich nach oben und nahm sich ihre Kleider aus dem Schrank. Als das Telefon klingelte, lief sie schnell wieder hinunter, es war Heidi.

»Du, Heidi«, sagte Renate, »Alexander kam heute und fragte, ob er die Nacht bei seinem Freund bleiben dürfe, ich habe es ihm erlaubt, habe ihm aber auch gesagt, dass ich mit dir zum Lernen bin und auch nicht zu Hause sei.«

Hat die ein Glück, dachte sich Heidi. »Ja, dann ist wohl alles in Ordnung, ich wünsche dir einen schönen Abend.«

»Danke«, sagte Renate. Nun machte sie sich fertig. Im großen Spiegel begutachtete sie, ob auch alles okay sei. Und was ziehe ich nun an?, fragte sie sich. Ja, die dunkelblaue Hose mit dem türkisen T-Shirt, auf dem oben links in Dunkelblau die Buchstaben »R W« eingestickt waren. Die Hose und das TShirt ließen ihre Figur erstrahlen. So, jetzt aber ab durch die Mitte. Renate konnte nichts mehr halten. Sie zog ihre weiße Kunstfelljacke an, es war perfekt. Sie setzte sich in ihren Wagen und fuhr los. Sie kannte sich in Leipzig aus, sie konnte ohne zu suchen ihr Ziel anfahren. Zum Glück stand auf der Rückseite seiner Visitenkarte seine private Adresse. Ihren Wagen stellte sie vor seinem Haus ab und ging hinauf. Vor seiner Wohnungstür angekommen, bekam sie regelrecht Hitzewellen und ihr Herz schien zu zerspringen. Es war noch keine achtzehn Uhr und sie stand bereits vor seiner Tür. Sie drückte auf die Klingel.

Manfred erschrak. Schon wieder die Nachbarin, dachte er verärgert. Er öffnete die Tür, nun stand sie vor ihm, in ihrer ganzen Schönheit. Manfred war geschockt, im ersten Augenblick konnte er nicht einmal »Komm rein« sagen. Er sammelte sich, das Herz schlug wie verrückt, dann schnappte er sie sich, trug sie in seine Wohnung und küsste sie ganz heiß. Die Wohnungstür stand noch offen, das störte ihn aber nicht. Ganz behutsam setzte er sie ab, nahm ihre Jacke, hängte sie auf einen Bügel und machte die Tür zu.

Manfred hatte sich wieder gefangen, er nahm sie in den Arm und flüsterte ihr ins Ohr: »Komm, mein Schatz, machen wir es uns gemütlich. Aus Angst, du würdest gehen, wenn ich wirklich etwas vorbereitet hätte, habe ich wirklich nichts gemacht. Mein Prinzesschen, wir müssen aber doch etwas essen. Darf ich denn etwas beim Chinesen bestellen?«

Renate gab ihm einen Kuss: »Ja, mein Schatz, bestell uns bitte eine Ente süßsauer.«

Manfred sprang zum Telefon und bestellte zweimal Ente süßsauer. »Und nun, was darf ich dir zu trinken anbieten?«, fragte er, und Renate antwortete: »Wenn du es im Hause hast, bitte einen Orangensaft.« Manfred war so happy, er wusste gar nicht, was er ihr sonst noch alles anbieten sollte. Er ging zu seiner Stereoanlage und ganz leise erklangen die schönsten Arien. Renate saß auf seiner Couch, sie lehnte sich zurück und lauschte der Musik. Es klingelte, Manfred ging zur Tür, der Bote brachte die Ente süßsauer.

»Wo hast du die Teller«, fragte Renate.

»Dort im Schrank«, antwortete er und kam hinzu. Im Handumdrehen war der Tisch gedeckt. Auf einem Sideboard stand ein vierarmiger Kerzenleuchter, Renate holte ihn und steckte die Kerzen an. In der Zwischenzeit füllte Manfred die Teller und stellte sie auf den Tisch: »Mein Schatz, darf ich bitten, Platz zu nehmen.« Dann gab er ihr einen Kuss, sagte »Guten Appetit« und setzte sich. Zum Trinken hatte er eine Flasche Wein auf den Tisch gestellt, nun wollte er sie öffnen. »Bitte nicht für mich, ich möchte einen klaren Kopf behalten«, sagte sie ihm ganz verliebt. »Aber Prinzesschen, ich komme dir doch nicht zu nahe.«

Das weiß ich, du Dummerchen, dachte sie. Nach dem Essen setzten sich die beiden auf die Couch. Manfred nahm sie in den Arm, sie legte ihren Kopf an seine Brust und flüsterte: »Schatz, lass mich bitte jede Minute genießen, ich hatte mich so danach gesehnt.« Es dauerte nicht lange und sie rutschte mit ihrem Kopf immer weiter hinunter, bis sie auf seinem Schoß lag. Sie schloss ihre Augen und lauschte der wunderbaren Musik. Manfred ließ kein Auge mehr von ihr, er bewunderte ihre zarte Haut und streichelte ihre Wangen, ein Traum war diese Frau …

So verging über eine Stunde. Es war mäuschenstill, die CD war zu Ende und Renate lag immer noch mit dem Kopf auf seinem Schoß. In ihm regte sich alles, was sich in einem Mann nur regen kann. Renate hatte es auch gemerkt, sie öffnete ihre

Augen und fragte: »Wo ist deine Toilette?«

»Dort drüben ist das Bad.«

Renate richtete sich auf, gab ihm einen innigen Kuss und ging zur Toilette. Könnte ich diese Frau doch haben, dachte er, ich würde alles für sie geben. Die Tür vom Bad öffnete sich, Manfred schaute auf, er wollte ihre Schönheit sehen, doch was er jetzt sah, raubte ihm schier den Verstand. Renate hatte ihre Hose und ihr T-Shirt im Bad ausgezogen und stand nun dort, nur noch mit den türkisen Dessous und ihren Schuhen bekleidet. Manfred stand auf, ganz langsam ging sie auf ihn zu, legte ihre Arme um seinen Hals und gab ihm den Kuss der Liebe. Manfred wusste nicht, wie ihm geschah, mit allem hatte er gerechnet, aber nicht damit, er musste sich fangen. Renate löste ihre Arme und begann, ihm das Hemd zu öffnen, danach zog sie ihm die Hose aus. Mit einem Blick auf ihre restliche Bekleidung flüsterte sie ganz leise: »Dafür bist du zuständig.« Manfred nahm diese Aufforderung natürlich an und trug sie in sein Schlafzimmer. Jetzt waren sie beide wie entfesselt. Sie lebten die Liebe bis zur Erschöpfung.

Einige Stunden waren inzwischen vergangen, Manfred schaute auf die Uhr: »Schatz, es ist ein Uhr, musst du nicht …« Er kam nicht weiter. Renate sprang auf, legte sich auf ihn und sagte: »Schatz, bitte noch einmal dasselbe.«

So gegen fünf Uhr standen sie auf, Heinz machte einen starken Kaffee und brachte Renate danach nach Hause. Wie schon am Theaterabend fuhr er hinter ihr her und wartete, bis sie das Haus betreten hatte. Wenn Alex noch nicht zu Hause war, so hatten sie vereinbart, solle sie ihm ein Zeichen geben, indem sie mit den Händen ein T formt. Manfred sah das Zeichen und fuhr auch nach Hause. Renate ging hinauf ins Schlafzimmer, entledigte sich ihrer Kleider und legte sich ins Bett. Sie schloss ihre Augen und die Nacht zog wie im

Film an ihr vorüber. Als Alex von seinem Freund nach Hause kam, es war schon kurz vor elf Uhr, schlief sie immer noch.

Zu Hause angekommen, stellte Manfred seinen Wagen ab, ging hinauf und schloss die Wohnungstür auf. Er betrat sein Wohnzimmer, es fehlte etwas, ja, etwas, was Wärme gab, es fehlte seine Renate.

Kapitel -25-

Die Tage vergingen sehr schnell, ehe Heinz sich versah, war es bereits Mittwoch. Er sah auf seinen Terminkalender, fünfzehn Uhr: Zeit, den Anzug abzuholen. Es klopfte, Gerda kam herein und brachte die Post.

»Guten Morgen, mein Fremdgänger«, sagte sie.

Heinz erschrak. »Wieso Fremdgänger?«, fragte er.

»Nun ja«, erwiderte Gerda. »Frau Stolz aus der Technischen Abteilung hat unten am Empfang erzählt, dass sie mit dir am Samstag eine Tasse Kaffee getrunken und sich sehr nett mit dir unterhalten habe.«

»Dieses kleine Luder! Ja, ich habe sie am Samstag gesehen. Nachdem ich mir einen Anzug gekauft hatte, den muss ich übrigens heute ab drei Uhr abholen, bin ich noch von Schaufenster zu Schaufenster geschlendert. Plötzlich wurde ich angesprochen: ›Herr Walther, Sie gehen shoppen?‹ Unhöflich wollte ich nicht sein und habe geantwortet, ja, ich hätte mir eine Kleinigkeit gekauft. Sie sprach mich auf das Krankenbett an und meinte, ich hätte den großen Wurf gelandet und gratulierte mir. Dann sagte sie, es sei zwar nicht üblich, aber sie würde mich zu einer Tasse Kaffee einladen.

Um sie loszuwerden, habe ich in meiner Not dich angerufen, leider hat bei dir niemand abgenommen. Dann habe ich einfach den Chef rausgekehrt und habe ihr gesagt, ich hätte in einer Dreiviertelstunde einen Termin und müsse gehen, was ich dann auch getan habe. So, jetzt weißt du es.«

Gerda schmunzelte, sie wollte doch nur mal sehen, wie er darauf reagiert.

Heinz drehte nun den Spieß um und fragte: »Nun, mein Mädchen, und wo warst du?«

Wie aus der Pistole antwortete Gerda: »Ich war auch am Samstag im Einkaufszentrum, und zwar mit Hannelore, ich habe mir auch etwas gekauft.« Sie lächelte.

»Kommst du mit, wenn ich den Anzug hole? Eine Frau sieht doch mehr.«

»Natürlich komme ich mit, ich bin doch viel zu neugierig, ich will sehen, was du dir da gekauft hast.«

Es klingelte das Telefon, in der Kfz-Abteilung gab es Schwierigkeiten, Heinz musste sofort dort hin. Gerda ging zurück in ihr Büro, sie erwartete einen Anruf von der Lufthansa. Den Flug am Freitag zu zwölf Uhr dreißig hatte sie gebucht und wartete nun auf die Bestätigung. Es hatte eine halbe Stunde gedauert, bis die Bestätigung mit dem Hinweis kam, dass die Tickets am Lufthansa-Schalter abzuholen wären, und zwar bis spätestens eine Stunde vor dem Abflug.

Die Zeit nahte, Heinz ging zu Gerda ins Büro: »Komm bitte, wir müssen gehen, in gut einer Stunde sind wir wieder zurück.«

Als sie das Geschäft erreichten, sahen sie bereits die Anzugjacke mit der Weste, die der Büste übergestülpt war. Der Verkäufer sah die beiden und kam sofort: »Guten Tag, die Herrschaften, sehen Sie, pünktlich wie die Maurer. Dann wollen wir sie doch mal anprobieren.«

Heinz ging in die Umkleidekabine und zog die Hose an, sie passte wie angegossen. Er kam heraus, streifte die Weste über und dann probierte er die Jacke an. Auch diese Teile saßen korrekt. Mit einem Wort, der Anzug war eine Wucht. Gerda strahlte.

»Nun hätte ich noch dazu ein weißes Hemd und die passende Krawatte mit Ziertuch.«

»Bitte schauen Sie, diese Krawatte, reine Seide, etwas ganz Besonderes.«

»Und was bekommen Sie nun von mir?«, fragte Heinz.

Der Verkäufer rechnete alles zusammen, dann sagte er: »Mein Herr, eintausenddreihundertundvierzig Deutsche Mark.« Seine EC-Karte hatte Heinz schon in der Hand. Er gab sie dem Verkäufer, dann bestätigte er mit seiner Geheimnummer den Kauf. Heinz wollte schon gehen.

»Einen Moment«, sagte Gerda. Der Verkäufer schaute sie an. »Jetzt bekomme ich noch zu diesem Anzug ein Hemd in Rosenholz und dazu auch die passende Krawatte, bitte auch reine Seide. Heinz, bist du mal bitte so lieb und wartest einen Moment draußen.« Heinz ging hinaus.

»So«, sagte sie, »hierzu jetzt noch bitte zwei komplette Sätze Unterwäsche und dann möchte ich bezahlen. Der Verkäufer rechnete alles zusammen und sagte dann:

»Zweihundertzehn Deutsche Mark.« Gerda gab ihm ihre EC-Karte und bestätigte ebenfalls die Zahlung mit ihrer Geheimnummer. Als sie aus dem Geschäft kam, fragte Heinz: »Was hast du denn da noch gekauft, zeig mal her.« Er wollte schon in die Tragetasche schauen, doch Gerda hielt sie fest und sagte ihm: »Das gebe ich dir in Wien, den Augenblick musst du noch warten.

Der Donnerstag war ein ganz normaler Arbeitstag und ging relativ schnell vorüber. Am Abend packte Heinz seinen Koffer. Zum Glück sind es ja nur drei Tage, dachte er sich, eigentlich müsste ich mit meinem guten Anzug und dem neuen auskommen. Dazu drei Hemden, Krawatten, Unterwäsche und Socken, ja, das reicht. Die Kombination ziehe ich im Flugzeug an. Ach ja, ein Paar Schuhe brauche ich auch. Das bekomme ich bequem in meinen Koffer rein. Gerda hingegen hatte etwas größere Sorgen, alles in den Koffer zu packen. Die Sachen, die sie ihm gekauft hatte, müsste er morgen noch in seinen Koffer nehmen, sonst würde sie ihre Sachen nicht hineinbekommen. Absolut die gleichen Szenen spielten sich auch bei der Familie Rainhardt ab.

Am Freitagmorgen waren alle sehr früh in der Firma, es mussten die wichtigsten Dinge doch erledigt werden. Gerda sah die Post durch und ließ sie verteilen. Dem Chef und Heinz brachte sie sie selbst.

»Schau mal«, sagte sie, »hier ist ein Brief vom Patentamt in München.«

Heinz nahm den Brief heraus und las, dass das Patentamt den Eingang der Patentanmeldung mit diesem Schreiben bestätigte und dass die Patentanmeldung unter der Nummer 20001345 bearbeitet werde. Dr. Rainhardt kam in Walthers Büro und fragte: »Sollen wir mit dem Auto fahren oder sollen wir uns ein Großtaxi bestellen?« Walther meinte, ein Großtaxi wäre besser, man habe dann dort keinen Wagen herumstehen.

Es war neun Uhr, Gerda bestellte das Taxi zu zehn Uhr. Nun ging alles Schlag auf Schlag. Das Großtaxi stand vor der Tür, es wurden die Koffer eingeladen und gleich danach fuhr man zum Flughafen. Am Lufthansa-Schalter wurden die Tickets abgeholt und dann ging es für die Gepäckaufgabe zum Abfertigungsschalter. Als auch diese Prozedur überstanden war, hatte man die Abflughalle erreicht und wartete nun auf den Aufruf, die Maschine zu besteigen. Die noch verbleibende Dreiviertelstunde ging auch vorbei und man saß im Flugzeug. Walther war in seinem Leben noch nie geflogen, es war also etwas ganz Neues für ihn. Durch den Lautsprecher kam die Aufforderung, sich anzuschnallen und das Rauchen einzustellen. Die Maschine fuhr zur Startbahn und richtete sich aus. Kurz darauf heulten die Motoren mächtig auf und die Maschine, eine A 320, setzte sich in Bewegung. Sie wurde schneller, immer schneller, bis sie schließlich abhob. Walther wurde in den Sitz gedrückt, natürlich empfand er dies als Erstflieger viel stärker als die anderen, die schon oft geflogen waren. Er überstand aber auch diese Phase und genoss den Flug, als sie ihre Höhe erreicht hatten. Gerda beobachtete ihn und dachte, so wird es mir wohl auch ergangen sein, als ich zum ersten Mal geflogen bin. Sie hielt seine Hand, als wollte sie ihm sagen: Hab keine Angst, ich bin doch bei dir. Es war schon beeindruckend, als Walther aus dem Fenster schaute und unter sich den Großglockner erkannte, auch die Alpen hatte er noch nicht gesehen. Der Flug dauerte etwa zwei Stunden, dann hieß es schon wieder Anschnallen, man setze zur Landung an.

In Wien gelandet, holten sie zuerst ihre Koffer und begaben sich dann zum Ausgang. Sie riefen zwei Taxis, die sofort vorgefahren kamen. Die Fahrer verstauten die Koffer, dann fragten sie: »Bittschön, Herr Doktor, wohin möchten Sie?« »Zum Donau Hotel«, war die Antwort.

Vom Flughafen Schwechat bis zum Hotel war gut eine halbe Stunde zu fahren. Dort angekommen, bezahlten die Herren die Taxis und dann holten beide Fahrer die Koffer. Zwei Mitarbeiter des Hotels brachten diese ins Hotel. Nun betraten die Herrschaften das ehrwürdige Haus. Mit den Worten »Grüß Gott, habe die Ehre« begrüßte der Geschäftsführer seine Gäste, dann wandte er sich der Frau Rainhardt zu: »Gnädige Frau, habe die Ehre«, und gab ihr einen Handkuss. Auch Gerda erhielt mit den Worten »Gnädige Frau, habe die Ehre« einen Handkuss. Herrn Rainhardt zugewandt, sagte er: »Herr Doktor, habe die Ehre«, und auch noch einmal zu Herrn Walther.

Dann war diese Zeremonie zu Ende. Sie bekamen die Nr. 26 als Einzelzimmer sowie die Nr. 27 und 39 als Doppelzimmer.

Dr. Rainhardt und Frau nahmen Zimmer 39 in der dritten Etage. Die beiden Hoteldiener brachten die Koffer hinauf. Dr. Rainhardt schlug vor, dass man sich zum Abendessen um neunzehn Uhr im Hotelrestaurant einfinden sollte, das waren noch gut drei Stunden. Die Koffer musste man ja auch noch auspacken, schließlich sollte sich die Kleidung noch aushängen.

Die Herrschaften nahmen den Fahrstuhl und fuhren hinauf. Bevor Gerda ihr Zimmer betrat, sagte sie: »Was meinst du, sollen wir um fünf Uhr noch ein Stündchen spazieren gehen?«

»Ja gut, wer zuerst fertig ist, klopft beim anderen an die Tür.« Sie betraten ihre Zimmer. Gerda legte ihren Koffer auf die dafür vorgesehene Bank und öffnete ihn. Zuerst wurden die Kleider herausgenommen und ordentlich auf einen Bügel gehängt, danach nahm sie die Kleinteile heraus und zum Schluss ihre Hosen. Den leeren Koffer stellte sie ins Kofferfach. Ach ja, dachte sie, zwanzig Minuten kannst du noch ruhen und die Beine hochlegen. Heinz hatte die gleiche Tätigkeit zu verrichten. Auch er hängte zuerst seine beiden Anzüge auf, dann nahm er die Hemden, die Unterwäsche, Gerdas Tragetasche und den Schuhsack heraus. Der Koffer war jetzt leer und wurde ins Fach gestellt. Er setzte sich in einen der beiden Sessel und ließ die Blicke schweifen. Es war ein sehr schönes Zimmer, die Einrichtung Eiche massiv, mit einer riesigen Schrankwand und dem dazugehörenden Ankleidespiegel, der aber nur zum Vorschein kam, wenn die davor angebrachte Tür zur Seite geschoben wurde. Die

Wandbeleuchtung war dezent und hinter der Sesselgarnitur fand eine Stehlampe ihren Platz. Auf dem Sideboard ein Fernseher und an der Wand zwischen den beiden Fenstern stand ein kleiner Schreibtisch. Die schweren Vorhänge gaben dem Zimmer die besondere Note.

Zu siebzehn Uhr hatten sie vereinbart, einen Spaziergang zu machen. Heinz schaute auf die Uhr, es war zehn vor fünf. Er ging ins Bad und machte sich noch einmal frisch. Es war ein oder zwei Minuten vor fünf, da klopfte er an Gerdas Tür, die nur angelehnt war.

»Komm bitte herein«, rief sie und Heinz trat ein. »Einen Augenblick, ich bin gleich fertig.« Es dauerte keine zwei Minuten und sie stand vor ihm in ihrer ganzen Schönheit.

»Donnerwetter«, sprudelte es aus ihm heraus, »zum Anbeißen.«

Sie hatte eine dunkelblaue Hose mit einem cremefarbigen T-Shirt und eine roséfarbige Jacke an. Einfach toll sah diese Frau aus.

»Dann lass uns gehen«, sagte er und deutete auf die Tür.

Gerda schloss ihr Zimmer ab und beide verließen das Hotel. »Komm, wir gehen dort hinunter zur Donau, in den Auen kann man wunderbar spazieren gehen.« Heinz nahm Gerda an die Hand und beide gingen wie ein Pärchen in den Flitterwochen des Weges. Heinz erzählte, dass er eigentlich ein schlechtes Gewissen haben müsste, denn er hat schon vierzehn Tage nicht mehr zu Hause angerufen, und er glaube, dass seine Frau einen anderen habe, denn sie wäre auch sehr, sehr schön. Im ersten Augenblick versetzte es

Gerda einen Stich. Dann aber dachte sie wieder, er ist schon noch ein Stück von ihr entfernt. Morgen beim Heurigen, da gibt es die richtige Stimmung. Entweder er findet dann zu mir oder ich beneide diese Frau unendlich.

»Lass uns von was anderem sprechen«, sagte sie und nahm ihn in den Arm.

Über sein Gesicht kam ein Lächeln. Beide legten ihre Arme um die Taille des anderen und gingen langsam weiter. Einige Minuten herrschte absolute Stille, es war jeder mit sich beschäftigt. Gerda dachte: Den Mann oder keinen, wenn ich einem meine körperliche Liebe schenken könnte, dann nur ihm. Die Frau kann heute schon auf ihn stolz sein, so viele Gelegenheiten, wie er gehabt hat. Heinz hatte ähnliche Gedanken: Leicht macht sie es mir nicht. Egal, ob Küsschen oder in den Arm nehmen, alles Zärtlichkeiten, die im Rahmen einer Freundschaft zulässig sind, weiter geht sie aber nicht. Ich habe meine Gefühle bis jetzt immer im Zaum gehalten, auf die Dauer geht das aber nicht, man kann seine Gefühle nicht nur vergewaltigen, das macht krank und beeinträchtigt die Schaffenskraft. Bei der nächsten Gelegenheit zeige ich ihr meine Gefühle uneingeschränkt.

Sie schlenderten an der Donau entlang, als Gerda mit einem Mal sagte: »Du, Heinz, wir müssen umdrehen.« Heinz erschrak, nicht wegen des Umdrehens, sondern wie sie »Heinz« sagte, das klang so hart, so unversöhnlich, einfach nicht gut. Gerda hatte den Namen »Heinz« kaum ausgesprochen, da merkte auch sie, dass er so anders klang. Sie drückte ihn, gab ihm einen Kuss und sagte:

»Entschuldige, mein Schatz.« Sie drehten um und gingen Händchen haltend wieder zurück. Als sie wieder in ihrem Hotel ankamen, war es bereits sechs Uhr. Sie gingen auf ihre Zimmer und richteten sich für das Abendessen. Heinz dachte, jetzt geh ich aber noch unter die Dusche. Er kam ins Bad und vernahm, dass nebenan die Wasserleitung kaum hörbar rauschte. Das kann nur bei ihr sein, dachte er. Das Duschbad war nun ein richtiger Genuss, zwanzig Minuten ließ er das Wasser laufen. Es war ihm anzusehen, dass er Verlangen nach ihr hatte.

Als Heinz die Schranktür aufmachte, um sich Unterwäsche zu holen, sah er die Tragetasche, die er noch in seinem Koffer unterbringen musste. Heinz schaute hinein und sah, was Gerda gekauft hatte, er nahm sich einen Slip aus dieser Einkaufstasche heraus und zog ihn an. Gerda hatte diese Teile noch am Tag des Einkaufs gewaschen. Dann nahm er sich aus dem Schrank ein weißes Hemd und seinen guten Anzug, dieser war dunkelgrau mit leicht-blauen Nadelstreifen. Dazu hatte er eine hellblaue Krawatte. So war der Gentleman fertig.

Gerda benötigte da schon einige Zeit mehr. Sie duschte nicht nur, sie musste auch noch ihre Haare föhnen und schauen, ob die Fingernägel in Ordnung waren, dann erst konnte sie ans Anziehen denken, was sie dann in aller Ruhe machte. Ein paar Minuten vor sieben klopfte es an ihrer Tür. »Ja, bitte«, sagte Gerda.

»Ich bin es, Hannelore.«

Gerda machte die Tür auf und Hannelore trat ein. Gerda erzählte ihr gleich, dass sie mit Heinz noch ein Stück spazieren gewesen sei. Sie holte ihre cremefarbige Hose aus dem Schrank. »Schau mal, sie hat Ähnlichkeit mit deiner und so ein türkisfarbenes T-Shirt habe ich auch.«

»Oh ja«, sagte Hannelore, »dann kommen wir im Partnerlook, die Männer werden staunen. Wie sieht es denn bei euch aus, glaubst du daran, dass ihr euch jetzt näherkommt, ich meine, dass du den Durchbruch schaffst?«

»Hannelore, ich muss es heute Nacht schaffen, denn ich möchte die folgenden Tage genießen können.«

Heinz klopfte an die Tür, er wollte gerade etwas sagen, da machte Hannelore die Tür auf und sagte: »Herr Walther, gehen Sie doch schon einmal hinunter, mein Mann ist auch unten, wir Frauen kommen gleich.«

Nun denn, dachte Heinz und machte sich auf den Weg. Unten saß bereits Dr. Rainhardt und hatte einen schönen Tisch ausgesucht. »Herr Walther, kommen Sie«, forderte er ihn auf,

»die Damen werden wohl gleich erscheinen.«

Kaum saßen sie, wurde auch schon über das Geschäft gesprochen. Dr. Rainhardt meinte: »Wenn wir morgen, so gegen elf Uhr, beim Bankheimer auf der Ausstellung sind, ist das früh genug. Entspannen und erholen möchte ich mich in diesen Tagen auch. Wir haben in den letzten Monaten genug geschuftet. Noch eines, ich werde mich mehr und mehr zurückziehen und Ihnen das Handeln überlassen. Ich weiß, mein Freund, Sie sind so weit, ab dem ersten Januar sind Sie mein Geschäftsführer. Ich wäre glücklich, wenn Sie mir nicht widersprechen.«

Beide Herren schauten hoch, Hannelore und Gerda standen in der großen Eingangstür zum Restaurant. Natürlich standen die beiden Herren auf und gingen den Schönheiten ein Stück entgegen. Sie nahmen die Hand der Damen, es gab einen Handkuss, so führte jeder seine Herzdame zu Tisch, die Damen wirklich eine schöner als die andere.

Der Oberkellner kam und brachte die Speisekarten. Zuerst gab er sie den beiden Frauen: »Bitte sehr, meine Damen.« Anschließend überreichte er sie den Herren. Es dauerte eine Weile, bis der Erste etwas gefunden hatte. Heinz hatte sich für den »Ungarischen Spieß« entschieden, Gerda sagte: »Den nehme ich auch, dann sind wir beide feurig.« Hannelore wählte die Filetspitzen und der Chef vom Ganzen den Hausteller, eine Spezialität des Küchenchefs. Sowie sie die Speisekarten zur Seite gelegt hatten, kam der Ober: »Die Herrschaften haben gewählt, was darf ich aufnehmen?« Nun sagte jeder schön brav auf, was sie oder er sich ausgesucht hatte: »Was möchten die Herrschaften trinken?« Hannelore und Gerda bestellten ein stilles Wasser. »Und die Herren?«, fragte er weiter. »Wir bekommen jeder ein Pils.« Der Ober bedankte sich.

»Jetzt lassen wir uns nur noch überraschen«, schlussfolgerte Dr. Rainhardt.

Gerda fragte Hannelore, ob sie mit zur Toilette ginge, was diese bejahte. Die beiden Damen gingen und kamen an dem Eingang zur Bar vorbei.

»Da, hör mal«, sagte Hannelore, »Musik in der Bar, die besuchen wir heute auch noch.«

Sie gingen weiter zur Toilette, dort dann am Waschbecken stehend, sagte nun Gerda: »Die Musik kommt wie gerufen.«

Sie kamen beide von der Toilette zurück und strahlten. Der Ober hatte inzwischen die Getränke gebracht und den Damen eingeschenkt. Hannelore lächelte ihren Mann an, dann sagte sie: »Schatz, da drüben ist eine Bar und Musik ist auch vorhanden, da gehen wir gleich hin.«

»Natürlich gehen wir dort hin«, war die Antwort, »so können wir den Abend auch beschwingt abschließen.«

Eine Serviererin brachte den Beistelltisch und der Ober die Rechauds, ein Zeichen, dass die Speisen gleich kommen würden. Nach einigen Augenblicken kamen der Oberkellner und zwei Serviererinnen mit den Speisen. Sie stellten die Platten ab und legten vor. Zuerst bekamen die Damen und unmittelbar danach die Herren ihre Teller serviert. Der Ober und die Serviererinnen wünschten einen guten Appetit und entfernten sich diskret. Nun wünschte man sich auch am Tisch einen guten Appetit und begann zu speisen. Es sei köstlich, konnte man bei allen vernehmen. Als Nachtisch wurden dann noch heiße Himbeeren, flambiert, mit Vanilleeis serviert. Dr. Rainhardt gab dem Ober ein ganz diskretes Zeichen, dieser kam und Rainhardt bestellte zwei Cognac und zwei Eierlikör, die Damen tranken ihn so gerne. Mit den Worten »Sehr zum Wohle« servierte der Ober die Getränke.

Dr. Rainhardt hob sein Glas, dann sagte er: »Meine Lieben hier am Tisch, ich will nicht lange drum herumreden, zum ersten Januar wird Heinz zu meinem Geschäftsführer ernannt, ich habe es ihm schon gesagt. Jetzt ist es auch an der Zeit, ihm und auch dir, liebe Gerda, das Du anzubieten. Also, ich heiße

Manfred.«

Hannelore schloss sich an und sagte: »Und ich heiße Hannelore.«

Es wurde sich zugeprostet und mit den Damen der obligatorische Kuss ausgetauscht.

»Jetzt kommt bitte, wir gehen ins Maxim.«

An jedem Tisch standen vier Sessel, ein schönes Plätzchen hatte man schnell gefunden. Das Bar-Trio spielte einen Slowfox. Gerda sah Heinz bittend an, er verstand es und forderte sie auf zum Tanz. Gerda tanzte sehr gerne, dass Heinz ein hervorragender Tänzer war, wusste sie natürlich nicht, und war dann sehr überrascht, als sie in seinen Armen lag. Als Gerda und Heinz auf der Tanzfläche waren, sagte Hannelore zu ihrem Mann: »Wenn die heute Abend etwas früher gehen, sei bitte nicht böse. Gerdas ganzes Glück hängt an dieser Reise.«

»Ich war doch auch mal jung«, antwortete er, »an mir soll es nicht liegen.«

Manfred hatte eine Flasche Wein bestellt, die gefüllten Gläser standen bereits auf dem Tisch, als Gerda und Heinz von der Tanzfläche kamen. Sie stießen auf einen schönen Abend an.

Die beiden Paare hatten bereits einige Tänze hinter sich gebracht. Heinz wollte zur Toilette und Manfred ging hinterher. In der Toilette standen sie nebeneinander, Manfred sah Heinz an und gab ihm zu verstehen: »Wenn du mit ihr nach oben willst, nimm bitte auf uns keine Rücksicht. Ich mache dann mit Hannelore noch ein oder zwei Tänze und dann gehen wir auch.« Sie kamen zurück, als das Trio gerade spielte: »Hab ein blaues Himmelbett, darin träumt es sich so nett ...« Gerda und Heinz gingen auf die Tanzfläche. Sie legte ihre Arme um seinen Hals, sie klammerte sich regelrecht an ihn. Heinz summte die Melodie ganz leise, dann immer lauter, er kannte den Text und hatte außerdem eine wunderschöne Stimme, ja man hätte glauben können, er sei ein ausgebildeter Sänger. Schließlich sang er so laut, dass es alle hören konnten. Auf der Tanzfläche tanzte niemand mehr. Die Paare standen und hörten der schönen Stimme zu. Heinz aber sang nur für seine Gerda. Als das Stück zu Ende war, gab es einen riesigen Beifall, selbst das Hotelpersonal stand in der Eingangstür zur Bar und applaudierte. Heinz war ganz verlegen und Gerda war dahingeschmolzen, sie war einfach weg.

Manfred sagte: »Ich weiß, ihr wollt nach oben, aber eines musst du mir noch erklären, woher diese Stimme?«

»Ich wollte eigentlich nie mehr singen, das habe ich nur für Gerda getan.«

Dann fragte Hannelore: »Bitte, Heinz, woher?«

»Nun gut, ich habe in Leipzig in einem Chor gesungen, und als ich aus dem Stimmbruch kam, war ich kein schlechter

Tenor. Bis zum dritten Semester habe ich noch Gesangstunden genommen, dann ließ es das Studium nicht mehr zu.« Heinz bedankte sich für den Applaus und schaute Hannelore und Manfred fragend an.

»Bitte geht nur, wir wünschen eine angenehme Nacht.«

Heinz und Gerda standen auf und wünschten beiden ebenfalls eine angenehme Nacht. Er nahm sie an die Hand und ging mit ihr zum Fahrstuhl, sie fühlte sich, als sei sie im siebenten Himmel.

Beide schlossen ihre Zimmertüren auf, Gerda holte sich die Utensilien, die sie für die Morgentoilette benötigen würde, und brachte sie rüber. Heinz sah sich in ihrem Zimmer um, dann sagte er: »Komm, wir holen alles rüber, das geht schnell.« Er nahm ihre Kleider und alles, was sonst noch auf einem Bügel hing, Gerda holte ihre Unterwäsche und die Schuhe. Heinz kam noch einmal zurück, holte den Koffer und sah nach, ob noch irgendetwas vergessen worden war. Gerda wollte sich auch noch einmal vergewissern. Nachdem nun beide nichts mehr gefunden hatten, schlossen sie das Zimmer ab und ließen den Schlüssel stecken. Im Handumdrehen waren nun auch ihre Sachen an Ort und Stelle und beide standen sich mit einem verliebten Lächeln gegenüber.

»Hast du die Tür abgeschlossen?«, fragte Gerda.

»Ja, ich habe sie abgeschlossen«, war die Antwort.

Sie gingen aufeinander zu und umarmten sich ganz fest und innig. Heinz küsste Gerda mit einer Intensität, wie er sie noch nie geküsst hatte. Sie presste sich an ihn, sie wollte die Liebe spüren. Nach einigen Minuten lösten sie sich und jeder begann, dem anderen ein Kleidungsstück auszuziehen. Mit jedem Kleidungsstück, das ausgezogen wurde, stieg das Verlangen nach dem Partner. Schließlich standen sie sich gegenüber, wie Gott sie schuf. Heinz nahm seine Gerda, legte sie behutsam aufs Bett und machte das Licht aus. Sie erlebten eine Nacht der hemmungslosen Liebe. Zwei Mal wachten sie in der Nacht auf, um ihrer Liebe zu frönen, um vier Uhr zum letzten Mal, dann schliefen sie durch bis acht Uhr. Es war acht Uhr fünfzehn, als das Telefon klingelte. Heinz nahm den Hörer ab: »Ja, bitte.« »Guten Morgen, Heinz, Hannelore hier, ich wollte nur hören, ob ihr nicht verschlafen habt.«

Heinz gab Gerda den Hörer. »Guten Morgen, Hannelore, wir machen uns jetzt fertig, in einer Dreiviertelstunde sind wir unten.«

Beide standen auf und gingen unter die Dusche, sie war groß genug. Auch das Duschen war für die beiden ein Genuss. Um Viertel nach neun erschienen sie, mit einem Lächeln im Gesicht, zum Frühstück, wo Hannelore und Manfred bereits warteten.

»Guten Morgen«, grüßten sie und setzten sich ebenfalls an den Tisch.

»Wie sollen wir heute vorgehen?«, fragte Heinz und schaute Manfred an. »Ich schlage vor, wir bestellen uns zu halb elf Uhr ein Taxi und dann lassen wir alles auf uns zukommen. Wir sollen dort doch nur repräsentieren. Eigentlich will uns Bankheimer nur seine Größe zeigen. Gefragt sind auf dieser Ausstellung seine eigenen Filialleiter.«

Manfred ging zur Rezeption und bestellte zu zehn Uhr dreißig ein Taxi. Ein paar Minuten hatte man noch Zeit, es reichte, um ins Zimmer zu gehen und sich eine Jacke bzw. einen Anorak zu holen. Pünktlich stand das Taxi vor dem Hotel und sie stiegen ein, Heinz und die beiden Frauen hinten, Manfred vorne. Der Fahrer fragte: »Herr Doktor, wo soll's hingehen?«

»Bitte zur Firma Hademar Bankheimer in die Kärntner Straße«, sagte Manfred.

Die Fahrt dauerte gut zwanzig Minuten, dann hatten sie ihr Ziel erreicht. Manfred bezahlte das Taxi und ließ sich eine Quittung geben. Nun standen sie vor dem Bürogebäude. Vorne war ein Schild angebracht: »Zur Ausstellung über den Hof«. Ein Pfeil zeigte die Richtung an. Die Herrschaften traten ein, der Senior-Chef, Herr Hademar Bankheimer, sah sie kommen und ging ihnen entgegen: »Grüß Gott, die Herrschaften, habe die Ehre.« Er gab Hannelore einen Handkuss: »Gnädige Frau, ich freue mich, Sie begrüßen zu dürfen.« Dann wandte er sich Gerda zu: »Gnädige Frau, die rechte Hand des Chefs, immer dabei.« »Herr Doktor, ich freue mich, Ihnen unser Haus präsentieren zu dürfen.«

Nun ergriff Dr. Rainhardt das Wort: »Darf ich Ihnen meinen Prokuristen und späteren Geschäftsführer Herrn Diplom-Ingenieur Heinz Walther vorstellen.«

Bankheimer reichte ihm die Hand: »Herr Diplom-Ingenieur, es ist mir eine Ehre, seien Sie willkommen.« Bankheimer führte nun seine Gäste durch die Ausstellung und dokumentierte damit, wie umfangreich sein Programm ist.

Tatsächlich, man war beeindruckt von der Angebotspalette. Es waren noch weitere Zulieferer gekommen. Nach dem Rundgang wurden dann die Gäste gebeten, sich zum kalten Büfett zu begeben. Es war ein reichlich gedeckter Tisch, der kaum Wünsche offenließ. Eine Dame, so um die fünfzig, kam auf sie zu und fragte: »Kann ich Frau Schmidt bitte sprechen?«

Gerda schaute und lächelte, sie wusste, worum es sich handelte. »Ja«, sagte sie, »Sie kommen bestimmt wegen der Karten.«

»Ja«, antwortete die Dame. Dann bat sie Gerda, doch in ihr Büro zu kommen. Gerda folgte ihr, regelte die Angelegenheit mit den Karten und bezahlte sie auch gleich. Im Namen der Firma bedankte sie sich und kehrte dann zum Tisch zurück. »So«, sagte sie, »der Abend ist gerettet«, und lachte. Gegen siebzehn Uhr verabschiedeten sich die ersten Gäste. Auch Dr. Rainhardt machte Anstalten zu gehen und man folgte ihm. Rainhardt gab Bankheimer die Hand: »Herr Doktor, beeindruckt verlassen wir Ihre Ausstellung, ich danke Ihnen für die Gastfreundschaft und hoffe, auch weiterhin gute Geschäfte mit Ihnen zu tätigen.« Es verabschiedeten sich auch die Damen und als Letzter Heinz Walther mit den Worten: »Herr Doktor, es war mir eine Ehre, Sie kennen gelernt zu haben.«

Die Dame im Büro hatte schon das Taxi bestellt. Im Auto wurde nun darüber gesprochen, wie man den Abend gestalten möchte.

Heinz fragte in die Runde: »Wer hat noch Hunger?« Es meldete sich niemand. »Dann schlage ich vor, wir gehen auf unsere Zimmer, richten uns und fahren um zwanzig Uhr zum Heurigen.«

»Können Sie uns um diese Zeit abholen und uns ein gutes Lokal empfehlen?«, fragte Manfred.

Der Taxifahrer lächelte: »Das kann ich gewiss. Vertrauen Sie mir, Sie werden nicht enttäuscht sein.«

Sie gingen zur Rezeption und holten die Schlüssel.

»Brauchen Sie das Einzelzimmer nicht, es war ja nicht benutzt«, fragte die Dame.

»Nein, wir brauchen es nicht«, antwortete Gerda. »Also dann, in gut einer Stunde sind wir wieder hier unten.«

Gerda und Heinz hatten kaum die Tür hinter sich geschlossen, da schnappte sie sich ihn und hatte jetzt keine Scheu mehr, nach der Liebe zu greifen. Sie umarmte und küsste ihn, es dauerte schon einige Zeit, bis sie sich wieder löste. Hiernach suchten sie das Bad auf, um sich zu erfrischen. Gerda beschäftigte sich mit der Frage, was sie anziehen solle. Es stach ihr die hellblaue Hose mit einem dunkelblauen T-Shirt, das hellblau bestickt war, ins Auge. Oh ja, und dazu die hellblauen Dessous.

Hannelore, die sich ebenfalls Gedanken hinsichtlich der Kleidung gemacht hatte, kam zu dem Entschluss, eine dunkelblaue Hose mit einem hellblauen T-Shirt anzuziehen. Um zwanzig Uhr stand das Taxi vor dem Hotel und wartete auf seine Fahrgäste. Mit leichter Verspätung fanden sie sich unten im Foyer ein.

»Der Wagen steht bereits vor dem Hause«, sagte die Dame an der Rezeption.
Sie gingen hinaus und der Fahrer öffnete ihnen die Türen.
»Und wohin fahren wir nun?«, fragte Manfred.
»Vertrauen Sie mir, ich bringe Sie zu einem der schönsten, ja zum schönsten und besten Heurigen.« Über Funk und seiner Zentrale ließ er einen Tisch reservieren und avisierte das Kommen. »Wann darf ich die Herrschaften wieder abholen?«
Sie schauten sich alle vier an, keiner wollte etwas sagen. Da ergriff der Fahrer das Wort: »Ich schlage vor, null Uhr, plus eine halbe Stunde.«
Alle waren einverstanden. Der Wagen hielt vor dem Lokal, man wurde bereits erwartet. »Kommen Sie bitte mit«, sagte der Oberkellner und zeigte ihnen einen Tisch in einer wunderschönen Nische. Manfred bestellte eine Flasche Wein, aber bitte vom Besten. Es spielte eine tolle Kapelle, sie war mit fünf Musikern besetzt und machte Musik zum Genießen und zum Träumen. Es wurde auch das eine oder andere Tänzchen absolviert. Die Kapelle begann wieder zu spielen, Manfred stand auf, machte vor Gerda eine Verbeugung und sagte: »Darf ich bitten«, dem folgte Heinz und er forderte Hannelore auf. Wenn die Kapelle einen Titel spielte, den Heinz kannte, summte er immer mit, auch Hannelore fühlte sich wie im siebenten Himmel, sie legte sich voll in seine Arme. Auch Manfred war ein guter Tänzer, daher machte es auch Spaß, mit ihm zu tanzen.

Er schaute Gerda an, dann sagte er zu ihr: »Na, mein Mädchen, bist du jetzt auch wieder glücklich?«

»Ja«, sagte sie, »ich danke dir«, und gab ihm einen Kuss auf die Wange.

Der Tanz war zu Ende und man begab sich zu den Plätzen. Heinz erhob sein Glas und sagte: »Auf unseren heutigen Abend«, und dann tauschte man hinsichtlich des Tanzens die größten Komplimente aus. Es war schon zu fortgeschrittener Stunde, die Kapelle machte eine Pause und Manfred sprach mit dem Bandleader einige Worte. Er kam wieder zurück an den Tisch.

»Nun, wie gefällt es euch?«, fragte er in die Runde. Es kam ein einhelliges »Sehr gut«.

Die Kapelle spielte einen Tusch, dann sagte der Bandleader: »Meine sehr verehrten Damen und Herren, auf vielseitigen Wunsch zweier Damen ...« Zwei Musiker begaben sich an den Tisch der beiden Paare und fragten: »Was dürfen wir spielen?« Einen Moment dachte Heinz nach, nicht wieder dasselbe, dann sagte er: »Spielen Sie ›Ob blond, ob braun, ich liebe alle Frauen, mein Herz ist groß ...‹.« Das hatte er als zwanzig-, zweiundzwanzigjähriger Student gerne gesungen. Die Kapelle spielte und er schmetterte los. Er kannte sich selbst nicht wieder. Es gab einen riesigen Beifall. Heinz machte eine Verbeugung und bedankte sich bei den Musikern.

Donnerwetter, dachte Manfred, »das darfst du nicht noch einmal machen, sonst schießt du ein Eigentor. Dich engagieren sie vom Fleck weg.«

Eigenartig, nach der doch so gelungenen Gesangseinlage war es auf einmal so still, alle schauten Heinz an.

»Schatz, was ist mit dir?«, wollte Gerda wissen.

»Lass nur, es ist alles in Ordnung, ich war nur mit meinen Gedanken woanders.« Er stand auf und ging zur Toilette.

Dies gefiel nun Manfred gar nicht. Habe ich was falsch gemacht? fragte er sich und ging Heinz hinterher. Auf der Toilette wollte er wissen: »Sag, hab ich was falsch gemacht, warum bist du so nachdenklich?«

Heinz schaute zu ihm hin: »Du hast nichts falsch gemacht, ich wurde nur an etwas erinnert. Ich war zweiundzwanzig Jahre jung, wir kamen von einer feucht-fröhlichen Feier und hatten einen Verkehrsunfall, bei dem meine Freundin starb, wir wollten heiraten. Da habe ich mir geschworen, nie mehr zu singen. Selbst meine jetzige Frau hat mich nie gehört, ich habe nie mehr gesungen, bis Gerda kam. Gestern Abend hatte ich das erste Mal das Bedürfnis zu singen. Die Stimme kam, als hätte ich nie aufgehört.« Heinz schaute Manfred an, dann sagte er: »Mach du dir aber keine Sorgen, ich liebe meinen Beruf zu sehr, ich will kein Sänger werden. Der Weg wäre auch zu weit. Dieses hier soll auch eine einmalige Einlage bleiben.«

Die beiden Männer kamen zurück und setzten sich wieder an den Tisch.

»Ist wieder alles in Ordnung?«, fragten die Frauen.

»Ja, es ist wieder alles in Ordnung«, antwortete Manfred.

Auf die Uhr schauend, sagte Hannelore: »Ich glaube, wir müssen. Das Taxi wird bestimmt auf uns warten.«

Manfred gab dem Ober ein Zeichen, dieser kam und fragte: »Die Herrschaften möchten zahlen?« Manfred erledigte die Angelegenheit und anschließend gingen sie zum Taxi, das schon draußen wartete. Kurz vor 1:00 Uhr hatten sie ihr Hotel wieder erreicht, dann ging es auch gleich nach oben. Im Zimmer fragte Hannelore ihren Mann: »Sage mir bitte, was war mit dem Heinz?« Sie ließ nicht eher locker, bis er es ihr erzählte.

Als Gerda und Heinz aus dem Fahrstuhl ausgestiegen waren, schlenderten sie eng umschlungen den langen Flur entlang, bis sie ihr Zimmer erreicht hatten. Sie gingen hinein, er schloss die Tür ab und sie ging ins Bad. Während er seinen Anzug auf den Herrendiener ablegte, entkleidete sie sich im Bad und richtete sich für die Nacht. Es dauerte einige Minuten, Heinz hatte sich schon ausgezogen, da öffnete sich die Tür zum Bad. Sie erschien in ihren hellblauen Dessous, küsste ihn und griff nach der Liebe, dann sagte sie ihm ganz leise: »Den Rest bei mir musst du besorgen.« Heinz setzte sie aufs Bett und machte das Licht aus. Jetzt sah nur noch Amor zu, der aber genoss und schwieg. Auch in dieser Nacht wachten sie zweimal auf und frönten der Liebe.

Am anderen Morgen schliefen alle sehr, sehr lange, man hatte
ja keine Zeit ausgemacht und außerdem, es war Sonntag. Die Uhr zeigte elf Uhr fünfzehn, ungewollt kamen beide Paare zur gleichen Zeit herunter. Normalerweise gab es Frühstück bis zehn Uhr. Der Geschäftsführer sah sie, ging auf sie zu und fragte: »Wie kann ich Ihnen noch helfen?«

»Wenn es geht, hätten wir noch gerne ein kleines Frühstück.«
»Ich will mal sehen, was sich noch machen lässt«, sagte er und verschwand. Es dauerte gut fünf Minuten, dann brachte er mit einer Serviererin das Frühstück. Für jeden zwei Brötchen, Wurst, Käse und Konfitüre. Die Serviererin lief und holte noch eine große Kanne Kaffee. Nachdem sie gefrühstückt hatten, kam die Frage aller Fragen: Was machen wir jetzt? Gerda hatte eine Idee. »Schaut mal«, sagte sie, »was wir für ein herrliches Wetter haben, wir lassen uns ein Taxi kommen, fahren zur Staatsoper und machen von dort mit einem Fiaker eine Stadtrundfahrt, was haltet ihr davon?«
Alle stimmten zu. Der Geschäftsführer kam und erkundigte sich, ob alles so recht gewesen sei. Manfred bejahte es und bat ihn, doch ein Taxi zu bestellen. Danach fragte er, ob sie heute nach der Volksoper noch etwas zu essen bekommen würden.
»Aber gewiss«, sagte er, »darauf hat sich unsere Küche eingestellt. Sie werden aber keine Karten mehr bekommen, die Häuser sind schon Wochen im Voraus ausverkauft.
»Karten haben wir«, sagte Manfred.
»Ja, dann wünsche ich Ihnen einen schönen Abend. Bis zum Eintreffen des Taxis nehmen Sie doch bitte im Foyer Platz.«
Es lohnte sich nicht, sie wollten sich gerade setzen, da stand das Taxi auch schon vor der Tür. Der Fahrer öffnete die Türen, es war der gleiche wie am Vortage.
»Wohin darf ich die Herrschaften heute bringen?«
»Zur Staatsoper«, war die Antwort. Dort angekommen, suchten die beiden Frauen sich einen weißen Fiaker aus. Es

machte bei so einem schönen Wetter einen riesigen Spaß, das Thermometer zeigte gut fünfundzwanzig Grad an. Sie stiegen ein und die Fahrt konnte beginnen. Von der Staatsoper ging es in Richtung Hofburg, vorbei am Bundeskanzleramt, bis hin zum ehrwürdigen Burgtheater, die nächsten Stationen waren Universität, Rathaus und das Parlament, das naturhistorische Museum, vorbei am Volkstheater und der Kunstakademie ging es wieder zurück zur Staatsoper. Es war ein schöner Nachmittag, man konnte die Seele so richtig baumeln lassen. Mit einem Taxi ging es dann wieder zurück zum Hotel. Dort nahm man noch einen Kaffee und ein Stück Sachertorte zu sich, schließlich sollte in der Oper keinem der Magen knurren. In der Folgezeit konnte sich noch ein jeder ausruhen oder ein Stück spazieren gehen, um sich dann für die Oper zu richten. Heinz stellte den Wecker zu siebzehn Uhr dreißig, zog seine Hose aus und legte sich aufs Bett. Die frische Luft machte doch müde. Als Gerda das sah, machte sie es ihm nach und keine fünf Minuten später schliefen beide. Hannelore und Manfred zogen es vor, längst der Donau einen Spaziergang zu machen. Bei dieser Gelegenheit bemerkte er, dass die anderen beiden wohl sehr abgeschlafft sein müssen.

»Ich glaube, Gerda hat die fünf Jahre nachgeholt.«

»Nun lass die beiden doch in Ruhe«, erwiderte Hannelore, »morgen nach Hause gekommen, beginnt wieder der Alltag.«

»So etwas kann aber auch die Leistung steigern«, bemerkte Manfred.

»Mir macht viel mehr Kopfzerbrechen, wie er es mit seiner Familie auf die Reihe bringen will«, äußerte Hannelore besorgt.

»Man sollte zusehen, dass er mal über ein verlängertes Wochenende nach Hause fährt. Er wird einiges zu klären haben. Egal, wie es auch kommt und ausgeht, Gerda wird es verkraften müssen.«

Einige Minuten gingen sie schweigend des Weges, man dachte über das soeben Gesprochene nach. Dann sagte Hannelore: »Gerda erzählte mir, Heinz vermutet, dass seine Frau einen anderen hat. Sie hätten kaum noch Kontakt.«

»Ihn möchte ich aber auf keinen Fall verlieren, das kann ich mir nicht leisten. Ich werde meinen Teil dazu beitragen, dass wir uns, wenn alles geklärt ist, noch in die Augen sehen können. Klarheit muss auf jeden Fall geschaffen werden.

Eine zerstrittene Familie kann nicht unser Ziel sein«, erwiderte Manfred.

Gegen siebzehn Uhr dreißig waren sie von ihrem Spaziergang wieder zurück. Auch bei Heinz und Gerda klingelte der Wecker, es war Zeit, aufzustehen. Sie gingen ins Bad und unter die Dusche. Heinz war als Erster fertig und ging hinaus, um sich anzuziehen.

»Schatz«, rief Gerda, »gib mir doch bitte aus dem Schrank das rote Dessous, ich habe es vergessen.«

Heinz holte es aus dem Schrank, natürlich warf er einen Blick darauf. Donnerwetter, dachte er, das Weib wird auch immer doller. Er gab es ihr, dann holte er seinen neuen Anzug aus dem Schrank, nahm sich die neue Unterwäsche und wollte gerade beginnen, sich anzuziehen, da stand sie vor ihm.

»Na, gefall ich dir so?«, wollte Gerda jetzt wissen.

»Toll schaust du aus, zum Anbeißen.«

Genau das wollte Gerda hören. Auch Heinz war jetzt mit dem Anziehen so weit, er ging noch mal ins Bad, noch ein bisschen Eau de Toilette, fertig. Nun setzte Gerda zum Endspurt an. Sie holte das neue Kleid – lang, bis etwa fünf Zentimeter über den Boden, in einem leuchtenden Rot – und zog es an. Eine Frau wie sie, blond, schlank und mit langem Haar, konnte so etwas hervorragend tragen.

»Machst du mir bitte den Reißverschluss zu?«, fragte sie. »Ja natürlich, komm her.«

Heinz zog den Reißverschluss ganz behutsam von unten nach oben. Eigens für den heutigen Abend hatte sie ihren besonderen Schmuck, ein Geschenk ihres Vaters, angelegt. Ein Rubincollier, dazu passende Ohrringe, ein wunderschönes Armband und einen Ring, bei dem der Rubin von Diamanten umgeben war.

»Nun, wie gefall ich dir?«, fragte sie stolz.

Da schnappte er sie sich und drehte sie zweimal im Kreise.

»Eine Frau zum Verlieben, einfach toll schaust du aus«, war sein Kommentar. Sie vernahm es mit einem strahlenden Gesicht.

»Du stehst mir aber in nichts nach«, stellte Gerda nun fest, als sie ihn ansah. Heinz hatte den dunkelblauen Anzug mit einem ganz feinen Nadelstreifen an. Dazu ein weißes Hemd mit einer rot gemusterten Krawatte, die Brusttasche war mit einem roten Ziertuch geschmückt.

»Dich lasse ich aber auch nicht alleine gehen«, ließ Gerda verlauten, »du musst mich schon mitnehmen.« Sie ging zum Schrank, holte ein weißes Bolerojäckchen und zog es an. »So, mein Schatz«, sagte sie, »jetzt können wir gehen.«

Hannelore und Manfred hatten sich in der Zwischenzeit ebenfalls fürs Theater chic gemacht. Auch Hannelore trug ihr neues Kleid, ebenfalls lang, bis etwa fünf Zentimeter über den Boden, sie hatte sich für ein hellblaues, mit allem, was dazugehört, entschieden. Dazu noch das weiße Bolerojäckchen, es ließ das Gesamtbild erstrahlen. Hannelore mit ihren langen brünetten Haaren war eine sehr, sehr schöne Frau. Manfred trug einen dunkelblauen Anzug, dazu ein weißes Hemd mit einer hellblauen Fliege und in der Brusttasche ein hellblaues Ziertuch. Es klingelte das Telefon, Hannelore nahm den Hörer ab und meldete sich: »Ja bitte«, weiter kam sie nicht.

»Gerda hier, wie weit seid ihr?«, fragte sie. »Ich würde vorschlagen, wir treffen uns um halb sieben unten im Foyer.« Pünktlich erschienen beide Paare im Foyer. Manfred hatte die Karten an sich genommen und fragte nun: »Wer nimmt die Logenplätze und wer Parkett?«

Hannelore schaltete sich ein: »Gib den beiden die Logenplätze und wir nehmen Parkett.«

Das Taxi wartete bereits. Es ist schon etwas Besonderes, in Wien eines der drei großen Häuser zu besuchen. Egal, ob es das Burgtheater, die Staatsoper oder die Volksoper ist, jedes Haus hat ein besonderes Flair.

Es wurde für alle ein wunderschöner Abend. Gerda und Hannelore summten nach der Vorstellung »Tanzen möcht' ich, jauchzen möcht' ich«. Beschwingt traten sie die Rückreise zum Hotel an. Inzwischen hatte jeder einen kräftigen Hunger. Man ließ es sich munden und nach dem Essen wurde noch ein wenig geplaudert. Heinz und Manfred gingen zusammen zur Toilette. Sie standen nebeneinander und jeder hatte so seine Gedanken. Der eine dachte: Soll ich es ansprechen? Der andere dachte: Soll ich es ihm sagen? Egal, dachte Heinz, ich bin hier als Mann gefragt. Er drehte sich zur Seite und sah Manfred an.

»Manfred«, sagte er, »ich muss einige Dinge klarstellen. Wie du wohl schon selbst bemerkt haben wirst, hat sich zwischen Gerda und mir etwas angebahnt, was den Status einer Freundschaft nun doch überschritten hat. Und zwar erst hier in Wien. Zugegeben, ich habe es genossen, ja, in vollen Zügen. Andererseits wurde es mir ja auch verdammt leicht gemacht. Sie hängt ja wie eine Klette an mir. Komisch ist nur, ich konnte sie auch nicht abschütteln und wollte es auch nicht. Ich muss deshalb unbedingt von Mann zu Mann mit dir darüber sprechen, und zwar unter vier Augen, gleich morgen.«

Manfred hörte sich seine Beichte an, ohne ihn zu unterbrechen, dann sagte er: »Ja, mein Junge, schließlich bin ich über zwanzig Jahre älter als du. Komm morgen Abend zu mir, bei einer guten Flasche Wein können wir darüber reden.

Du kannst bei mir im Gästezimmer schlafen, so sind wir keinem Stress ausgesetzt. Ich würde dir aber raten, genieß es heute noch und lass dir nichts anmerken, man kann schnell etwas kaputt machen.«

»Ich weiß«, sagte Heinz, »sie liebt mich aus tiefstem Herzen. Ich möchte auch keine Minute missen, die ich mit ihr verbracht habe, auch ohne dass sich etwas abgespielt hat.«

»Habt ihr einen kleinen Ausflug gemacht?«, fragte Hannelore. »Ich würde vorschlagen, wenn unsere Gläser leer sind, gehen wir hoch.«

»Ja«, sagte Manfred, »und morgen früh um neun Uhr frühstücken wir in aller Ruhe. Um zwölf fahren wir dann zum Flughafen, das reicht. Es ist Mitternacht vorbei, lasst uns gehen.«

Sie gingen zum Fahrstuhl und wünschten sich gegenseitig eine angenehme Nacht. Gerda hakte sich ein, und als seien sie im siebenten Himmel, schlenderten sie verliebt den Flur entlang. In ihrem Zimmer, Heinz hatte es abgeschlossen, standen sie sich wieder gegenüber. Gerda legte ihre Arme um seinen Hals und küsste ihn mit einer Leidenschaft, als sei es für eine sehr lange Zeit der letzte Kuss. Sie presste sich an ihn, alles wollte sie fühlen und spüren. Leise flüsterte sie ihm zu: »Ich liebe dich so unendlich. Alles habe ich dir nun gegeben und bin bereit, dir auch noch mehr zu geben. Aber bitte, bitte verstoße mich nicht. Lass mich für immer in deinem Herzen wohnen.« Sie gab ihm noch einen ganz heißen Kuss, dann bat sie: »Mach mir doch bitte das Kleid auf.« Heinz kam diesem Wunsche nach, sie streifte die schmalen Träger herunter und ließ das Kleid auf den Boden fallen. Gerda war bereit, ihm auch das Letzte zu geben, er sollte diese Nacht nie mehr vergessen. Es dauerte nur ein paar Sekunden und sie standen sich entkleidet gegenüber. »Lege dich aufs Bett«, sagte sie, »heute mache ich das Licht aus.« Und wieder schwang Amor das Zepter …

Der nächste Morgen kam und wie vereinbart saßen sie um zehn Uhr gemeinsam am Frühstückstisch. Man wollte es ja in aller Ruhe genießen.

»Ach«, sagte Manfred, »ehe ich es vergesse, Heinz, ich muss dich heute noch unbedingt sprechen, die beste Lösung dürfte sein, wenn du heute noch zu mir kommen würdest. Es ist doch machbar, oder?«

Heinz sagte gleich zu. Er wusste ja, warum Manfred ihn sehen wollte.

»Ich schlage vor«, warf Hannelore ein, »wir gehen noch ein Stück längs der Donau spazieren. Wir haben noch ausreichend Zeit.«

Manfred war inzwischen zur Rezeption gegangen und hatte die finanzielle Seite in Ordnung gebracht und gleichzeitig für zwölf Uhr das Taxi bestellt. Sie gingen ein Stück und Gerda summte: »Tanzen möcht' ich, jauchzen möcht' ich …«, sie war so beschwingt. Heinz hingegen lächelte sie an, war aber mit seinen Gedanken ganz woanders. Ihm ging vieles durch den Kopf: Bis vor drei Tagen war ja noch alles ganz anders, ich habe mich auf meinen Beruf konzentriert und die Annehmlichkeit genossen, neben und mit Gerda zu arbeiten. Ja, es war wie im Traum. Er fragte sich: Warum hast du es zugelassen, diesen Weg zu gehen, bevor du mit deiner Frau gesprochen hast? Es lief ihm kalter Schweiß den Rücken hinunter. Dann dachte er wieder: Ob Renate bei einem sehr schönen Mann ist? Egal, da musst du jetzt durch!

Manfred hingegen sah die Geschichte aus der Sicht seiner Firma, und das wollte er auch am Abend zur Sprache bringen.

Gerda merkte, dass Heinz so ruhig war. Sie legte ihre Arme um seine Taille und drückte ihn.

»Schatz, was ist mit dir?«, fragte sie.

»Ach«, war seine Antwort, »ich habe meine Gedanken kreisen lassen und dabei festgestellt, das Leben hat doch viele Ecken und Kanten. Es ist auch nicht immer leicht, sie abzurunden.« Natürlich, so wie man bisher gelebt hatte, konnte es nicht weitergehen. Daran werden alle zugrunde gehen. Warum haben wir uns diese Bürde auferlegt? fragte er sich, jetzt ist doch alles viel schwerer.

Aus der jauchzenden Gerda wurde mit einem Schlag eine ganz ernste, wenn auch liebende Frau. »Hör mir doch bitte einmal zu«, ihre Worte hatten einen so eigenartigen Klang. »Ich bedränge dich doch nicht. Was ich dir in den vergangenen Nächten gegeben habe, hättest du doch schon vor ein paar Wochen von mir haben können. Doch jetzt hatte ich den Eindruck, du wolltest es auch, sage mir bitte, möchtest du sie wieder hergeben? Gib mir bitte eine ehrliche Antwort!«

»Siehst du, genau hier liegt das Problem. Wieder hergeben? Nein, für kein Geld der Welt, ich liebe dich doch, mein

Schatz, aber ich habe einen Sohn, und den liebe ich auch. Schau, das sind die Ecken und Kanten im Leben. Ihn habe ich in den letzten Wochen sehr vernachlässigt, ich muss bei ihm einiges wiedergutmachen und sollte bald damit beginnen.«

Jetzt standen sie wieder vor ihrem Hotel, der Spaziergang war beendet.

»Eine halbe Stunde haben wir noch Zeit«, warf Manfred ein, »für eine Tasse Kaffee reicht es noch.«

Um zwölf Uhr stand das Taxi vor der Tür, ein Großtaxi, es war derselbe Fahrer wie in den vorherigen Tagen. Jeder schnappte sich seinen Koffer und man verabschiedete sich mit »Servus« und »Auf Wiedersehen«, dann ging es ab zum Flughafen. Pünktlich um dreizehn Uhr fünfzehn hob die Maschine ab.

In Frankfurt gelandet, hielt man sofort Ausschau nach einem Großtaxi. Die Koffer packten sie gleich ins Auto und dann ließen sich zur Firma bringen. Dort angekommen, begab sich jeder in sein Büro. Gerda schaute die Post durch und ließ sie verteilen, den beiden Chefs brachte sie sie persönlich. Innerbetrieblich wurden einige Gespräche geführt und Anweisungen gegeben. Es nahte der Feierabend. Jeder setzte sich mit seinem Koffer in seinen Wagen und wollte nach Hause. In der Tiefgarage ermahnte Manfred noch einmal Heinz, er möge den Termin nicht vergessen, worauf dieser antwortete, er sei um neunzehn Uhr bei ihm.

Zu Hause angekommen, rief Hannelore gleich den Party Service an und ließ zu halb acht drei Essen kommen. Gerda, jetzt zu Hause, nahm ihren Koffer, legte ihn aufs Bett und

240

begann auszupacken. Jedes Stück Kleidung, das sie in Wien getragen hatte, nahm sie einzeln in die Hand und ließ die dortigen Augenblicke wieder an sich vorüberziehen. Ihre Gedanken bewegten sich zwischen höchster Lust und ausgelassener Fröhlichkeit, zwischen Liebe und der Angst, ja, Angst vor der Zukunft. Was war das doch für ein schönes Gefühl, als sie ihre Modenschau aufgeführt und dann ihren Koffer gepackt hatte. Nun ist wieder alles so ernst und so nüchtern, es kam ihr eine Träne.

Gegen halb sieben setzte sich Heinz in seinen Wagen und fuhr los. Auch der Party-Service war pünktlich, so konnte man sich an den Tisch setzen und speisen.

»Hör mal«, sagte Manfred zu seiner Frau, »wir Männer setzen uns jetzt ins Herrenzimmer. Ich habe mit Heinz etwas zu besprechen.«

»Ich weiß Bescheid«, antwortete Hannelore.

Manfred holte eine Flasche Wein, dann prosteten sie sich zu.

»Nun erzähle mir, was du auf dem Herzen hast«, wollte Manfred nun wissen.

»Du darfst es mir glauben, bis Freitag hatte sich zwischen uns sexuell nichts abgespielt und darüber war ich auch sehr froh. Das soll aber nicht heißen, dass ich Gerda nicht mag, genau das Gegenteil ist der Fall. Eben weil sie in ihrer Art so ehrlich, offen und edel ist, möchte ich ihr doch nicht wehtun. Ich liebe sie doch. Aber Tatsache ist, dass ich verheiratet bin und einen Sohn habe, den ich sehr liebe. Den Jungen habe ich in den letzten Wochen sehr vernachlässigt. Ihm gegenüber habe ich einiges wiedergutzumachen. Ich möchte ihn in den Herbstferien gerne für ein paar Tage hierher holen. All die Dinge gehen aber nur, wenn ich mich mit meiner Frau ausgesprochen habe. Wir haben jetzt schon einige Wochen nichts mehr voneinander gehört, auch sie hat nicht angerufen. Das hat mir zu denken gegeben. Was glaubst du, wie kann ich die Kuh vom Eis kriegen?«

»In so einem Fall«, war nun Manfreds Antwort, »sollen sich Außenstehende raushalten, was die Ehe angeht, und das werde ich auch. Aber als ein Mann und Freund, der es ehrlich mit dir meint, kann ich dir nur raten, sei offen und ehrlich deiner Frau gegenüber. Das bist du schon deinem Sohn schuldig. Fahr nach Hause, sprich mit allen Beteiligten. Selbst wenn es hart wird, die Wogen glätten sich auch wieder. Wenn deine Frau einverstanden ist und der Junge will, bringst du ihn mit. Wir werden ihn hier schon beschäftigen und Gerda lernt er auch zwangsläufig kennen. Im Augenblick sind Herbstferien, also pack deine Sachen, melde dich aber zu Hause fürs Wochenende an, setz dich am Freitag in den Wagen und fahr los. Regele alles und wenn es eine Woche dauert. Gerda muss da durch, sie schafft es, weil sie dich liebt.«

Kapitel -26-

Alexander schaute sich in der Wohnung um. Ist denn die Mama immer noch nicht da?, dachte er. Aber der Wagen steht doch vor der Tür, also muss sie auch zu Hause sein. Ganz leise machte er die Schlafzimmertür auf, da lag sie. Jetzt mache ich uns wieder einen Kaffee, dann wird sie schon wach werden. Gesagt, getan, er machte einen Kaffee und wie beim letzten Mal öffnete er die Schlafzimmertür. Der Erfolg ließ nicht lange auf sich warten, es dauerte nur ein paar Minuten und Renate stand in der Küche.

»Na«, sagte Alex, »war es denn schön?«

»Himmlisch«, antwortete sie, »ich meine schön, wir haben einiges geschafft. Wenn es einzurichten ist, werden wir es wiederholen, es hat uns doch sehr viel gebracht. Und wie war es bei dir? Ist doch gut, dass du nicht mehr in der Nacht nach Hause gekommen bist.« Renate ärgerte sich, fast zu viel gesagt zu haben. Na ja, dachte sie, ist noch mal gut gegangen. »Alex, was hältst du davon, wenn wir heute zum Chinesen gehen und Ente süßsauer essen?«

Alex horchte auf. »Hast du jetzt immer so gute Ideen«, fragte er. »Ich bin dabei, dann essen wir aber jetzt nur eine Scheibe Brot.«

Zu sechs Uhr machten sie sich fertig und gingen los, es war bloß drei Straßen weiter. Sie suchten sich in einer Nische einen sehr schönen Tisch und setzten sich. Die Serviererin kam und fragte, was es denn sein sollte. Renate bestellte zweimal Ente süßsauer und je eine Cola.

Alex gefiel es. »Wir müssten öfter mal gehen, dann kommst du auch auf andere Gedanken. Aber sag mir, was ist mit Vati los, warum ruft er nicht an? Ich hätte doch so gerne mal wieder mit ihm gesprochen. Enttäuscht bin ich schon. Was ist, wenn ich ihn einfach anrufe in der Firma?«

Alex und Renate hatten noch einen schönen Abend. Während der Woche verging die Zeit sehr schnell, dafür sorgte schon die Umschulung. Jeden Tag die Schulbank drücken und abends noch lernen, das kostete auch Kraft. Am Samstag war Renate immer froh, wenn sie einkaufen gehen konnte.

Als er in den nächsten Tagen aus der Schule kam, fiel Alexander ein, dass er noch Schulhefte brauchte. Die hole ich mir im Supermarkt, dachte er. Er schlenderte so von Regal zu Regal. Doch plötzlich blieb er stehen, am anderen Ende, das war doch gerade die Mama. Er ging zwei Schritte zurück, ja, das ist sie. Er wollte schon zu ihr hinlaufen, da sah er, wie ein Mann kam und ihr einen Kuss gab. Nee!, dachte er, da gehst du jetzt nicht hin. Er nahm sich zwei Schulhefte und ging zur Kasse. Anschließend setzte er sich auf sein Fahrrad und fuhr nach Hause. Eigentlich wollte er lernen, es wollte ihm aber nicht gelingen. Immer wieder ging es ihm durch den Kopf, was das wohl zu bedeuten hatte. Nächsten Samstag gehe ich wieder in den Supermarkt, mal sehen, ob dieser Mann wieder da ist. Sollte er sich wieder mit ihr treffen, dann gehe ich einfach hin. Mal sehen, was passiert, dann muss sie ihn mir vorstellen.

Mit der Heidi telefonierte Renate jetzt kaum noch, man sah sich doch jeden Tag. Dennoch, die Zeit verging und das nächste Wochenende stand vor der Tür. Alex beeilte sich, so schnell wie möglich zum Supermarkt zu kommen. Er stellte sein Fahrrad ab, dann brachte er sein Schloss an und ging hinein. Hoffentlich habe ich Glück und ich finde sie überhaupt, das ist ja hier so groß, musste er sich eingestehen. Durch alle Gänge schlenderte er, er wollte schon wieder gehen, als sein Blick in Richtung Wursttheke ging. Da steht sie doch, dachte Alex, aber alleine, na, umso besser. Renate hatte Alex noch nicht gesehen, als er auf dem Wege zu ihr war. Da war ja wieder dieser Mann. Einige Teile legte er doch der Mama in den Einkaufswagen. Nun ging Alex direkt auf sie zu: »Hallo, Mama, kann ich dir helfen?«, fragte er. Renate und Manfred erschraken, sie standen, den Einkaufswagen an der Hand, wie versteinert da. In den nächsten zwanzig Sekunden konnte keiner einen Ton von sich geben. Alex sah, dass sie beide nicht wussten, was sie sagen sollten. Er ergriff das Wort: »So, Sie helfen meiner Mutter beim Einkaufen, das ist aber schön.« Alex wurde in drei Monaten vierzehn Jahre, ein X für ein U konnte man ihm nicht mehr vormachen.

»Alexander«, sagte Renate, »darf ich dir Herrn Huber vorstellen, das ist der nette Herr vom Arbeitsamt«, und Huber zugewandt: »Herr Huber, das ist mein Sohn Alexander.«

Alexander hielt es nun für angebracht, sich zu entfernen. Kurz und bündig sagte er: »Mama, ich muss gehen, draußen wartet mein Freund, Herr Huber, bitte entschuldigen Sie, wenn ich gestört habe.« Er gab ihm die Hand und machte einen Diener, dann verschwand er.

Beide hatten einen Puls von einhundertachtzig. Gut, dass der Junge die Situation gerettet hat, dachte Renate. Sie konnte es nicht wissen, dass gerade er der Übeltäter war und sie in diese Verlegenheit gebracht hatte.

»Hör mal«, wandte sich Manfred nun an Renate, »dein Sohn wird mit Sicherheit einige Fragen an dich haben, sage ihm, wie es um uns steht. Du musst ihm ja nicht alles sagen, aber was du ihm sagst, muss wahr sein. Nur so kann er für dein Verhalten auch den nötigen Verstand aufbringen. Er ist doch auch so traurig darüber, dass sein Vater sich nicht meldet, und macht sich so seine Gedanken darüber.«

»Du hast recht«, sagte Renate, »ich werde mit ihm darüber sprechen, und zwar von mir aus.« »Ich werde nicht warten, bis dass er mich anspricht.«

Renate kam heim, sie packte ihre Einkaufstaschen aus und wollte gerade damit beginnen, das Mittagessen aufzusetzen, als Alexander aus seinem Zimmer kam. Ihn sofort ansprechen kann kein Fehler sein, dachte sie. »Alex«, begann sie, »würdest du mir ein paar Minuten zuhören. Ich habe dir etwas zu sagen, und ich glaube, du hast auch ein Recht darauf, es zu erfahren. Vor ein paar Wochen war ich sehr traurig, weil Vati sich nicht meldete. An diese Zeit erinnerst du dich sicherlich. Durch einen Zufall hat mich Herr Huber im Kaufhaus gesehen und mich angesprochen, er mochte mich schon immer, auch das weißt du. Er hat auch im Arbeitsamt viel für mich getan. Dass ich die Umschulung bekam, ist sein Verdienst. Also, warum sollte ich ihn stehen lassen, als er mich so nett ansprach. Im Kaufhaus-Restaurant haben wir dann eine Tasse Kaffee getrunken und geplaudert. Er merkte sofort, dass ich Kummer hatte, und fragte mich, ob er mir helfen könnte. Ich fand das so nett, habe ihm aber gesagt, dass mir meinen Kummer nur Vati nehmen könne. Er hat auch nicht weiter gefragt. Danach habe ich ihn hin und wieder beim Einkaufen im Supermarkt gesehen. Eines Tages hatte er den Mut und hat mich ins Theater eingeladen, ja, ich habe dich angelogen, es war nicht die Heidi. Aber glaube mir, es war mir noch nie so unwohl wie vor diesem Abend. Ich bin aber als ein ganz anderer Mensch nach Hause gekommen und seitdem haben wir uns angefreundet.

So, mein Junge, jetzt kennst du die Wahrheit.«

»Und was ist, wenn Vati jetzt kommt?«, fragte er besorgt.

»Diese Frage kann ich dir jetzt nicht beantworten, ich werde es aber tun, wenn Vati uns besuchen kommt.«

Alexander sagte weiter keinen Ton. Das jetzt Vernommene musste er erst einmal verarbeiten. Er zog sich zurück. In seinem Zimmer legte er sich aufs Bett und ließ seinen Gedanken freien Lauf. Er fragte sich, warum macht die Mama das und schafft sich einen Freund an, doch nur, weil Vati sich nicht meldet, und wenn doch, dann fällt sehr oft der Name »Frau Schmidt«. Die Mama hat recht, sie mussten wissen, wer diese Frau Schmidt ist? Egal, ich rufe Vati morgen in der Firma an, für mich wird er wohl Zeit haben.

Am anderen Morgen kam Alex schon um zwölf Uhr aus der Schule. Seine Schultasche brachte er auf sein Zimmer, dann ging er ins Wohnzimmer, nahm den Hörer ab und wählte. Es meldete sich die Dame in der Telefonzentrale mit den Worten: »Rainhardt GmbH, was kann ich für Sie tun?« Im ersten Moment stockte Alex, dann sammelte er sich und sagte: »Guten Tag, mein Name ist Alexander Walther, kann ich bitte meinen Vater sprechen.«

»Ja«, sagte die Dame, »einen Augenblick, ich verbinde.«

Alex wartete nun, dass sich sein Vater melden würde, er hörte aber nichts. Es meldete sich wieder die Dame aus der Zentrale: »Es tut mir leid, aber in seinem Büro ist niemand, es nimmt keiner ab.« Dann hörte Alex, wie die Dame jemanden fragte, ob man wisse, wo der Chef sei. Ja, sagte die Person, der ist bei Frau Schmidt, und nun stellte sie durch. Gerda nahm den Hörer ab und meldete sich: »Schmidt hier, was kann ich für Sie tun?«

»Hier ist Alexander Walther, ich habe gehört, mein Vater soll bei Ihnen sein, kann ich ihn bitte einmal sprechen?«

Jetzt stockte Gerda, dann sagte sie: »Heinz, hier nimm bitte, dein Sohn ist am Telefon.« In Frankfurt kam man von einer Verlegenheit in die andere. Heinz nahm nun den Hörer: »Hallo, mein Junge, das ist aber schön, dass du mich anrufst. Wie geht's es euch?«

»Wenn ich ehrlich bin, geht es uns ganz gut, aber von dir bin ich sehr enttäuscht, ich hätte so gerne mal mit dir gesprochen, aber bei dir hat man, wenn du mal angerufen hast, nur ⊕Frau Schmidt‹ gehört.«

»Alex, mein Junge, ich kann dich verstehen, ja, wir müssen reden. Sei doch bitte so lieb und sage der Mama, dass ich am

Wochenende komme, mit dem Auto, es braucht also niemand zum Bahnhof kommen.«

»Ist gut«, sagte Alex und legte einfach den Hörer auf. Heinz schluckte, das war doch starker Tobak, den er da verkraften musste.

Gerda hakte gleich ein. »Was ist?«, fragte sie. »Der Junge war doch ziemlich selbstsicher. Ganz der Vater«, war nun ihr Kommentar.

»Es wird allerhöchste Zeit, dass ich nach Hause komme und alles kläre, was zu klären ist.«

Am späten Nachmittag kam Renate von der Schule, sie war abgeschlafft. Wenn man älter wird, strengt die Schule doch mehr an. Sie setzte sich erst einmal in den Sessel, um zu verschnaufen. Alex hörte, dass sie zu Hause war. Er kam aus seinem Zimmer und schoss gleich los: »Ich habe heute Vati angerufen, erst hieß es, da nimmt keiner ab, dann hörte ich, wie jemand sagte, der Chef ist bei Frau Schmidt. Sie hat dann auch den Hörer abgenommen. Ich habe aber gleich nach Vati gefragt und ihm gesagt, dass ich sehr enttäuscht von ihm bin. Er hat mir gesagt, dass er am Wochenende kommt, es braucht niemand zum Bahnhof zu kommen, er kommt mit dem Auto. Ich habe nur gesagt, gut, und habe den Hörer aufgelegt. Der kann ruhig sauer sein.«

»Hast du ihm gesagt, dass ich einen Freund habe?«, wollte Renate jetzt wissen.

»Nein, das macht bitte unter euch aus. Bei dem stimmt auch nicht alles. Sie sagte so eigenartig ›Da nimm, dein Sohn ist am Telefon‹. Und wieso ›Chef‹, und wenn, dann kommt er doch nicht zurück zu uns.« Dem Jungen war anzumerken, dass sein Gleichgewicht zerstört war.

»Sage mal, hättest du etwas dagegen, wenn ich heute Abend für zwei Stunden weg bin? Ich werde auf keinen Fall länger bleiben.« »Ja, ist schon in Ordnung, fahr du nur«, war die Antwort.

Renate war durch diese Diskussion auch ziemlich aufgewühlt. Dennoch setzte sie sich in ihren Wagen und fuhr zu Manfred. Als sie vor seiner Wohnungstür stand, zitterte sie regelrecht. Sie klingelte zwei Mal. Manfred kam und machte die Tür auf. »Prinzesschen, was ist, du bist ja ganz durcheinander, du zitterst ja. Komm erst mal rein.« Er nahm ihre Hand, gab ihr einen Kuss und führte sie ins Wohnzimmer. »Nun erzähle erst einmal, was ist geschehen?«

Sie legte ihre Arme um seinen Hals, ein paar Tränen kullerten die Wangen hinunter, dann sagte sie: »Alex weiß es nun, der macht uns aber keine Probleme. Er hat heute mit seinem Vater gesprochen und ihm große Vorhaltungen gemacht, und dann hat er einfach den Hörer aufgelegt. Er sagte, es ist ihm

egal, ob der Vater sauer ist oder nicht.«

»Hat er ihm denn etwas von uns erzählt?«

»Alex sagte, nein, das sollen wir, Heinz und ich, unter uns ausmachen.«

Manfred wischte ihr die Tränen ab. Dann sprach Renate weiter: »Sag mir ehrlich, hast du mich noch lieb, auch wenn er dieses Wochenende zu Hause ist. Er wird kommen, hat er zum Alex gesagt?«

»Aber, Prinzesschen, wie kannst du auch nur die geringsten Zweifel haben, du müsstest es doch wissen, ich liebe dich doch über alles auf der Welt. Komm, setz dich erst einmal hin. Ich mache uns schnell einen Kaffee, dann geht es dir besser.«

»Ich habe dem Alex versprochen, in zwei Stunden wieder zurück zu sein, und das möchte ich halten. Er weiß, dass ich zu dir gefahren bin. Deshalb möchte ich ihn auch nicht enttäuschen. Für uns bleibt ja immer noch ein Stündchen.«

»Mein Schatz«, sagte Manfred, »das werden wir nach dem Kaffee nutzen.«

Renate und Manfred kosteten diese zwei Stunden voll aus. Als Renate ging, machte sie die Bemerkung: »In Zukunft wird es leichter sein, zu dir zu kommen, Schatz, ich liebe dich, ich habe mich für dich entschieden, komme, was da wolle.«

Kapitel -27-

Doch sehr stark beeindruckt, legte Heinz den Hörer beiseite. Sein Sohn, den er doch über alles liebte, versetzte ihm solch einen Schlag. »Das muss ich erst einmal verarbeiten«, sagte er leise vor sich hin.

»Was ist denn geschehen?«, fragte Gerda, die neben ihm stand.

»Stell dir vor, er hat mir gesagt, dass er von mir sehr enttäuscht sei, und hat den Hörer einfach aufgelegt.« Heinz kam nicht zum weiteren Nachdenken, es klingelte das Telefon, es war Herr Schick, der bat, Walther möge doch einmal zu ihm kommen. Er verließ Gerdas Büro und ging hinunter.

Am Nachmittag saß Heinz noch an seinem Schreibtisch und beschäftigte sich mit einem Auftrag. Was er auch machte, immer musste er daran denken, was ihm der Junge gesagt hatte. Recht hat er, ich hätte mich des Öfteren melden müssen, sagte er sich. Aber es war ja nicht nur der Junge, es stand noch ein ganz anderes Problem auf der Tagesordnung, die Trennung von seiner Frau. In seinem Unterbewusstsein stellte er sich die Frage: Warum gehe ich eigentlich, warum verlasse ich sie und den Sohn? Nein, den Sohn verlasse ich nie, für ihn werde ich immer da sein. Er konnte vielleicht nicht immer bei mir sein, aber deswegen habe ich ihn noch lange nicht verlassen. Ich muss einfach abwarten, was mich in Leipzig erwartet, und gehen muss ich diesen Weg alleine, als Mann, als Mensch und auch als Ehemann und Vater.

Es klopfte an seiner Tür, Gerda betrat sein Büro: »Du bist ja noch immer hier, willst du denn gar keinen Feierabend machen, die anderen sind doch schon alle nach Hause.«

Heinz schaute hoch, dann sagte er: »Hast du in deiner Kanne noch einen Kaffee? Wenn ja, dann sei bitte so lieb und hole ihn.«

Gerda ging, holte den Kaffee und brachte gleich zwei Tassen mit. »Komm bitte«, sagte sie, »setz dich in den Sessel, ich bringe den Kaffee und dann komme ich auch.« Sie setzte sich und schaute ihn an: »Schatz, so gefällst du mir gar nicht, man sieht dir an, dass dich das Telefonat mitgenommen hat. Aber bitte, denke nicht mehr darüber nach. Was kommen soll, wird kommen. Das haben schon viele erfahren müssen, im Negativen wie im Positiven, ich auch. Es sind noch ein paar Tage, schone deine Nerven, du kannst sie bei der Fahrt gebrauchen.«

Es kam der Freitag, Gerda hatte am Vormittag Herrn Jung damit beauftragt, den Wagen von Heinz zu waschen, Öl, Luft und Wasser zu überprüfen und aufzutanken. Um zwölf Uhr ging Heinz in Manfreds Büro.

»So, es ist so weit, ich werde fahren.«

Manfred stand auf, klopfte ihm auf die Schulter und sagte: »Ich wünsche dir eine gute Fahrt und komm gesund wieder zurück. Bei deinem Unterfangen wünsche ich dir viel Erfolg. Kläre es zu unserer aller Zufriedenheit. Du hast von mir jede Unterstützung. Ich möchte, dass du glücklich bist und keine Sorgen hast. Nur so kannst du hier deine Leistung bringen. Und, wenn du kannst, bring den Jungen mit.«

Heinz ging in sein Büro, um den Koffer zu holen. Als er eintrat, stand Gerda dort und wartete auf ihn. »Mein innig geliebter Schatz, ich möchte mich hier von dir, an der Stelle deines Glücks, verabschieden. Ich wünsche dir eine gute Fahrt und komm mir gesund wieder zurück. Möge dein Zuhause, nach dieser Reise hier und bei mir sein. Ich liebe dich!«

Heinz fuhr hinunter, setzte sich in seinen Wagen und ließ ihn langsam vom Hof rollen. Gerda stand, wie vor einigen Monaten am Bahnsteig, am Fenster mit einem Taschentuch, und winkte ihm hinterher.

Dreizehn Uhr, dachte Heinz, wenn alles gut geht und ich keinen Stau habe, müsste ich gegen achtzehn Uhr in Leipzig sein. Um Abwechslung zu haben, machte er das Radio an. Es war kaum eingeschaltet, da hörte er auch schon die erste Staumeldung von der A7 bei Kassel. Das ist ja nicht meine Strecke, überlegte er. Ich nehme die A5, dann die A4 und vom Kreuz Hermsdorf die A9 nach Leipzig. Na ja, und wenn ich eine Stunde später komme, geht die Welt auch nicht unter. Die Fahrt konnte man als normal bezeichnen, zumindest bis zum Hermsdorfer Kreuz. Hier gab es einen Stau, der eine halbe Stunde Verzögerung brachte. Es war siebzehn Uhr dreißig, als Heinz in Leipzig die Autobahn verließ. Jetzt noch eine halbe Stunde und ich bin am Ziel, dachte er. Die Stunde der Wahrheit rückte immer näher, nun hatte er auch die ihm vertrauten Straßen erreicht. Vor seinem Haus angekommen, der Golf stand vor der Tür, stellt er seinen Mercedes 230 ab. Heinz stieg aus, niemand kam ihm entgegen. Er holte seinen Koffer heraus. Es war immer noch niemand draußen. Die Situation war schon eigenartig. Egal, hinein in die Höhle des Löwen. Heinz stand vor der Tür und wollte sie gerade aufschließen, als sie sich von alleine öffnete. Renate stand vor ihm, er setzte seinen Koffer ab, beide waren sie unfähig, das erste Wort auszusprechen. Sie schauten sich in die Augen, und jeder wusste, der andere hatte ihm etwas zu sagen. Doch dann fing sich Heinz als Erster.

»Guten Tag, Renate, wie geht es dir?« Er gab ihr einen Kuss, den sie reglos entgegennahm.

»Komm rein«, sagte sie.

Er ging durch ins Wohnzimmer und setzte sich in seinen Sessel.

»Darf ich dir einen Kaffee machen?«, fragte sie ihn. »Ja bitte, wenn du so nett sein willst.«

Sie wollte gerade in die Küche gehen, als er fragte: »Wo ist Alexander?«

»Der ist in seinem Zimmer und hat mir gesagt, dass er erst kommt, wenn wir miteinander gesprochen haben.«

»Haben wir denn etwas miteinander zu besprechen«, fragte Heinz und ärgerte sich gleichzeitig darüber, diesen Satz ausgesprochen zu haben.

Nun begann Renate: »Der Fairness wegen musst du beginnen, denn du hast mich mit meinem Verlangen nach Liebe, Glück und Zweisamkeit ohne Rücksicht sitzen lassen. Nun beginne und lass hören, was du mir zu sagen hast. Sage mir schonungslos die Wahrheit, ich kann sie vertragen, denn du wirst sie auch vertragen müssen.«

Nach dieser Standpauke begann zunächst das große Schweigen. Renate ging in die Küche, holte die Tassen und brachte den Kaffee. Einen Teller mit Gebäck stellte sie ebenfalls auf den Tisch. Heinz trank seinen Kaffee, in seinem Inneren zog vieles aus seinem Leben an ihm vorüber. Er sah den Tod seiner ersten Liebe, nach dem er nicht mehr singen wollte und konnte, er sah seine Renate, die Geburt seines Sohnes, das Ende seines Studiums, und dann sah er Gerda, eine Frau, die ihm das Schicksal, geboren aus der Wiedervereinigung, an die Seite gestellt hatte. Eine Frau, von der er eigentlich gar nichts wollte und von der er doch von Tag zu Tag mehr angezogen wurde. Sie hatte ihn nie verführt und trotzdem ihre Liebe gestanden. Doch als auch er es wollte, hatte sie ihm alles gegeben, ihr Körper war seiner. Jeder andere Mann hätte doch nicht bis Wien gewartet, wenn er es viel früher hätte bekommen können. Diese Frau ist mein Leben!

Zu Renate gewandt sagte er: »Meine liebe Renate, hör mir jetzt bitte zu. Was ich dir nun erzähle, es könnte ein Märchen sein oder aus einem schlechten Roman stammen, es ist aber die reine Wahrheit. Als ich bei der Firma Rainhardt um einen Vorstellungstermin nachsuchte, sprach ich das erste Mal mit Frau Schmidt. Weil der Chef verhindert war, musste ich auch bei meiner dann folgenden Vorstellung die ersten Gespräche mit ihr führen. Diese Tatbestände sind dir ja bekannt. Das Eigenartige war, immer wenn sie mit mir sprach oder zufällig mit mir Tuchkontakt hatte, war es in mir, als habe ich an eine Stromleitung gefasst. Es ging durch meinen ganzen Körper. Mir selbst wurde es schon unheimlich. Die gleichen Empfindungen, so ihre Darstellung, vernahm sie aber auch. Obwohl sie mir dann später ihre Liebe eingestanden hat, hat sie mich niemals verführt. Es waren andere Kräfte, ich kann sie nicht beschreiben. Wie hätte es sonst sein können, dass wir unser erstes körperliches Zusammensein erst am vergangenen Wochenende hatten. Ich sage es dir ehrlich, ja, ich liebe diese Frau und möchte auch zu ihr. Das ist die reine Wahrheit! Jetzt, mein Schatz, bist du dran.«

Renate hatte die ganze Zeit gut zugehört. Komisch, dachte sie, so groß ist der Unterschied zu meinem Erlebnis auch nicht. »Nun«, sagte sie, »ich bin eine Frau und werde mein Liebesleben nicht vor dir ausbreiten. Nur so viel, ja, ich habe auch einen Freund und ich liebe ihn, sehr sogar.«

»Darf ich denn auch erfahren, wer es bei dir ist?«, fragte Heinz.

»Das darfst du. Es ist ein Mann, der mich vom ersten Tage an verehrt hat, Manfred Huber, der Mann vom Arbeitsamt.«

Ach, dachte Heinz, das ist doch der Mann, der die Augen verdrehte, wenn er sie sah. »Wie stellst du dir denn unser weiteres Leben vor?«, wollte er wissen. »Ich bin davon überzeugt, dass du mir zustimmst, wenn ich sage, an erster Stelle steht Alex.«

»Ja, unsere Türen müssen ihm immer offen stehen«, antwortete Renate, und Heinz fügte hinzu: »Wenn ich mich jetzt nicht irre, ist unser Haus noch mit einer Hypothek von ungefähr fünfzehn- bis achtzehntausend D-Mark belastet.

Bevor wir nun über andere Dinge und Modalitäten sprechen, mache ich dir vorab folgenden Vorschlag. Ich bezahle das, was noch auf diesem Haus zu bezahlen ist, und wir beide überschreiben dem Alexander dann das Haus. Damit ist der Junge, was seine Bleibe angeht, für immer abgesichert. Was er dann später mit diesem Haus macht, ist seine Sache.«

»Damit wäre ich auch einverstanden«, erklärte Renate.

Danach Heinz: »Nun habe ich aber noch einen großen Wunsch.«

»Wenn ich ihn erfüllen kann, sprich.«

»Durch unsere Trennung darf Alexander keinen Schaden davontragen. Ich reiche dir die Hand und sage, lasst uns für immer Freunde bleiben. Egal, zu wem Alex auch später kommt oder geht, er muss sich immer wie zu Hause fühlen.«

»Das ist auch mein Wunsch«, antwortete Renate sofort.

»Ich würde dich bitten, besprich du mit deinem Freund, was du zu besprechen hast. In vierzehn Tagen oder vielleicht schon früher kommen wir wieder zusammen und finden einen gemeinsamen Nenner. So, nun lass mich bitte in Frankfurt anrufen, die wollen doch wissen, ob ich auch angekommen bin.«

Renate sagte: »Ja bitte.«

Heinz wählte Gerdas Nummer. Die letzte Zahl hatte er gerade betätigt, da nahm sie auch schon ab: »Ja hallo, Schmidt hier.«

»Ja und hier bin ich, Heinz, hallo, mein Schatz, ich bin gut angekommen und mit Renate habe ich auch schon gesprochen. Sei so lieb und ruf Manfred an, damit auch er

Bescheid weiß. Alles Weitere erzähle ich, wenn ich nach Hause komme. Für heute, würde ich sagen, tschüss, gute Nacht und schlaf schön.«

Zu Renate gewandt, fragte er: »Hast du etwas dagegen, wenn ich jetzt hochgehe und mit Alexander spreche?«

»Geh nur, es ist immer noch unser gemeinsames Haus.«

Besser hätte es nicht laufen können, zumindest bis hierher, dachte Heinz, aber nun sei Mann und Vater, der Junge verlangt es von dir. Er stand vor seiner Tür, sein Herz schien zu zerspringen. Dann klopfte er an ... es rührte sich nichts. Einen Augenblick wartete Heinz noch, dann klopfte er wieder an die Tür, jetzt etwas lauter. Ein »Ja« war zu hören, sonst nichts. Heinz nahm allen Mut, den er besaß, zusammen und ging hinein: »Hallo, Alexander, mein Junge, wie geht es dir? Bist du immer noch so böse auf mich?«

Alex saß an seinem Schreibtisch, noch nicht bereit, ihm eine Antwort zu geben. Mit seiner Hand zeigte er nur aufs Bett, als wollte er sagen: Da, setz dich hin. Als Vater war Heinz sich darüber im Klaren, dass er dem Jungen etwas sagen musste, was Hand und Fuß hatte.

»Alex, mein Junge, hör mir bitte einen Moment zu, unsere Probleme können wir nur lösen, wenn wir offen miteinander reden und ehrlich zueinander sind. Schau, mit der Mama habe ich schon gesprochen.«

»Die hat es ja nicht besser gemacht wie du«, fauchte dieser ihn an. »Habt ihr auch mal fünf Minuten an mich gedacht oder war euch das scheißegal?«

»Alex, das besprechen wir gleich, wenn die Mama dabei ist. Bist du damit einverstanden? Ich möchte mit dir über den Punkt sprechen, der nur mich betrifft. Ich gebe dir voll und ganz recht, wenn du sagst, ich hätte mich des Öfteren melden sollen. Aber wenn du meine Vergangenheit in dieser Firma miterlebt hättest, ich bin überzeugt, du würdest nicht mehr so hart urteilen. Ich habe geschuftet wie ein Ackergaul, um das zu erreichen, was ich bis heute erreicht habe. Damit du siehst, dass dies keine leeren Worte sind, lade ich dich ein, jetzt in den Ferien für eine Woche mit mir nach Frankfurt zu kommen. Natürlich unter der Voraussetzung, die Mama ist damit einverstanden.«

»Das muss ich mir noch überlegen«, war Alexanders Reaktion.

»So, komm bitte mit nach unten, dort sprechen wir dann auch mit der Mama über den Scheißegal-Punkt. Einverstanden?«

Sachlich ist der Alte ja, dachte Alexander, dann höre ich mir doch das einmal an, was die mir zu sagen haben. Mit einem mürrischen Gesicht raffte er sich auf und ging mit dem Vater hinunter ins Wohnzimmer. Dort saßen sie nun, jeder hatte seinen angestammten Platz eingenommen. Renate kam mit einem Teller voller Schnittchen, stellte ihn auf den Tisch und dann ging sie für jeden etwas zu trinken holen.

»Lasst uns erst etwas essen, ihr habt doch bestimmt alle einen großen Hunger. Ich wünsche einen guten Appetit.«

Solange man sich stärkte, war es im Zimmer mäuschenstill. Nach dem Abendessen unterbrach Alexander diese Stille.

»Nun hört ihr mir bitte einmal zu«, sagte er und fuhr fort: »Mama, mit dir habe ich gesprochen, dabei hast du mir deinen Standpunkt dargelegt. Vati, mit dir habe ich nun auch gesprochen, und du hast mir deine Sicht erläutert. Was mich aber traurig macht, ist die Tatsache, dass ich bei keinem von euch auch nur einmal meinen Namen gehört habe. Zähle ich schon gar nicht mehr oder wie soll ich dieses Verhalten verstehen? So und jetzt seid ihr an der Reihe.«

»Mein lieber Sohn«, sagte nun Heinz, »dass du das Bedürfnis hattest, einmal richtig Dampf abzulassen, ist das Normalste von der Welt. Weder die Mama noch ich sind dir deshalb böse. Wie ich dir schon heute Abend sagte, habe ich bereits mit der Mama gesprochen. In diesem Gespräch gab es aber nur einen Mittelpunkt, und zwar dich. Die Mama und ich, wir haben uns das Versprechen gegeben, auf immer Freunde zu bleiben. Es ist unser Ziel, dass du, egal bei wem du gerade bist, immer sagen kannst, hier bin ich zu Hause. Ich würde mich auch sehr freuen, wenn du jetzt in den Ferien mit mir für eine Woche mit nach Frankfurt kommen würdest. Ich gehe mal davon aus, dass die Mama nichts dagegen haben wird.«

»Und was sagst du dazu?« Alexander schaute zur Mutter hinüber.

»Nun, dass ich mich mit Vati als Ehepaar auseinandergelebt habe und wir jeder einen neuen Partner gefunden haben, ist eine Tatsache. Bei all den anderen Punkten kann ich mich nur Vatis Ausführungen anschließen. Ich hätte nichts dagegen, wenn du mit Vati mitfahren würdest. Dann lernst du auch seine neue Partnerin kennen.«

»Ja, gut, ihn kenne ich schon, dann lerne ich sie auch kennen.«

Es ist nur zu gut zu verstehen, wenn der Junge bockig ist, ging es Heinz durch den Kopf.

»Renate«, sagte er, »hättest du für mich eine Flasche Bier?«

»Aber ja«, antwortete sie und ging eine holen.

Alexander ging so einiges durch den Kopf. Hatte ihm doch sein Freund erzählt, wie er darunter leiden muss, wenn seine Eltern sich in die Haare kriegen. Weder Mutter noch Vater wären dann ansprechbar und er müsse sehen, wo er bleibe. Es scheint tatsächlich so, dachte Alex, als sei unsere Lösung von den schlechten noch die bessere. Trotzdem, einige Fragen hätte ich schon noch. »Was wird aus unserem Haus?«, wollte er jetzt wissen. »Kommt es unter den Hammer oder habt ihr soweit noch gar nicht gedacht?«

Renate schaute Heinz an: »Sag du es ihm.«

»Also mein Junge, ich habe der Mama folgenden Vorschlag gemacht. Ich werde bei der Bank vorsprechen und mir den genauen Saldo per dreißigsten Oktober geben lassen. Diesen Betrag werde ich einzahlen, dann gehört das Haus uns. Anschließend werden wir es dir überschreiben, damit du deine Bleibe für immer abgesichert hast. Was du mit dem Haus später einmal machen wirst, ist deine Sache. Die Mama sollte aber ein Wohnrecht bekommen, für den Fall, dass sie mal alleine ist. Wie du nun siehst, haben wir uns schon unsere Gedanken gemacht.«

Alexander hörte aufmerksam zu. Nachdem der Vater mit seinen Ausführungen am Ende war, stellte er fest: »Das Haus kann dann also nicht mehr verkauft werden?«

»Ja, mein Junge, so ist es.«

Die Stimmung lockerte sich, nun begann man, auch über andere Dinge zu reden. Jeder erzählte, was er so in den vergangenen Monaten erlebt hatte. Alexander berichtete über die Schule, vom Schach und von seinem Freund mit dem tollen Fußballprogramm. Renate sprach über ihre Umschulung. Nahezu wie aus einem Munde fragten nun Renate und Alexander: »Und wie ist es bei dir gelaufen?«

Heinz hatte sich bereits die Flasche Bier geöffnet und nahm einen kräftigen Schluck. Seine Kehle war trocken. »Nun, wie soll es bei mir gewesen sein? Zuerst dachte ich, das Paradies habe man mir zu Füßen gelegt. Aber genau dieses Verhalten ließ mich aufhorchen. Ich war mir darüber im Klaren, das dicke Ende würde noch kommen. Der Chef wusste genau, was er wollte, und hatte sein Vorgehen genau festgelegt. Er wollte nicht noch einmal von einem Menschen enttäuscht werden. Nur Frau Schmidt war in alles eingeweiht, sie hatte aber die strengste Auflage, über sein Vorgehen zu schweigen. Den ersten Test musste ich bestehen, als ich an meinem ersten Arbeitstag in einer Konferenz, bei der es um die Verbesserung der Produktion ging, vom Chef aufgefordert wurde, nun meinen Diskussionsbeitrag zu leisten. Ich bin aufgestanden und habe gesagt: ›Meine Herren, leider kann ich Ihnen zu diesem Thema nichts sagen, mir fehlen die internen Kenntnisse. Fragen Sie mich bitte, wenn ich mich hier eingearbeitet habe.‹ Der Chef sagte nur, eine andere Antwort hätte er auch nicht erwartet. Nun ging es Schlag auf Schlag. Zuerst hatten wir große Umstellungen in der Produktion. Ich bin bis in die Nacht hinein im Betrieb gewesen. Als diese Umstellungen geschafft waren, saß ich so manchen Abend zu Hause bis zwölf Uhr und länger an meinem PC und habe meine damals angefangene Konstruktion der Einkaufswagen weiterentwickelt bis zu einem neuen tollen Produkt.«

»Was ist es denn?«, fragte Alex.

»Es ist ein neuartiges Krankenbett, mit Funktionen, wie man sie bisher noch nicht kannte. Wir haben auch sofort unseren Anwalt mit der Patentanmeldung beauftragt. Einen Prototyp haben wir bereits gefertigt, dieser wird nun von allen möglichen Seiten geprüft und getestet. Eine Gruppe von Ärzten der umliegenden Krankenhäuser hat diesen Prototyp bereits begutachtet und für gut befunden. Im Augenblick muss er den strengen Richtlinien des TÜV standhalten. Diese Konstruktion hat mir im Betrieb und auch beim Chef größte Anerkennung eingebracht. Wenn sich mit dieser Konstruktion alles weiterhin positiv entwickelt, werden wir unsere Abteilung für Landmaschinen auflösen und an deren Stelle eine Abteilung für medizinische Geräte aufbauen. Es wird unser neues Standbein werden.«

Alexander hörte wohl zu, dennoch merkte man, wie seine Augen immer kleiner wurden; er war müde. »Seid mir bitte nicht böse«, sagte er, »ich bin müde und gehe ins Bett. Gute Nacht.«

Heinz schaute auf die Uhr, der Zeiger hatte die Zwölf überschritten. »Ja, geh du nur ins Bett, gute Nacht«, sagte er. Alex stand auf und ging hinauf in sein Zimmer. Es vergingen einige Minuten, jeder hatte so seine Gedanken. Gekommen war der Augenblick, vor dem jeder wohl die größte Angst hatte.

Renate ergriff zuerst die Initiative und sagte: »Ich gehe mal davon aus, dass du nicht auf der Couch schlafen willst, daher gehe du bitte zuerst ins Bad und dein Bett kennst du ja. Ich komme später.«

Kapitel -28-

Zwei wunderschöne Herbsttage waren vergangen, die Sonne schien und ließ die Natur in ihrem goldenen Kleid erstrahlen. Für Gerda waren es Tage der Ungewissheit und wahnsinnig lange Nächte, die sie hinter sich bringen musste. In ihren Gedanken war sie in jeder Minute bei ihm. Bis zur Nachtruhe ging es ja noch, da hatte sie Ablenkung, tagsüber konnte sie einen Spaziergang machen und am Abend durch das Fernsehen an etwas anderes denken. Doch dann kam noch eine Nacht, die wieder nicht enden wollte. Um sich zu beruhigen, dachte sie wieder an das Telefongespräch von Freitagnachmittag. Er hatte gesagt, dass er mit ihr schon gesprochen hätte. Ja, aber was besprochen? Kommt er wieder, liebt er mich wirklich so wie ich ihn? Ihr Herz schien zerspringen zu wollen, im Kopf drehte sich alles, ja sie glaubte, den Verstand zu verlieren. Auf ihrem Nachttisch stand sein Bild. Ohne es richtig wahrzunehmen, kniete sie mit einem Mal davor und betete: »Bitte, bitte, lieber Gott, gib ihn mir wieder, ich will ihm alles geben, was ich zu vergeben habe.« Die Nacht wollte schier kein Ende nehmen, immer und immer wieder diese quälenden Gedanken. Gerda schaute zum Fenster hinaus, der Himmel war sternenklar, ein Stern leuchtete schöner und heller als der andere, sie hatten so eine beruhigende Ausstrahlung. Mit seinem Bild im Arm schlief sie ein. Ein tiefer traumloser Schlaf folgte. Plötzlich, in der Früh, schreckte sie auf, es war jemand an ihrer Tür. Gerda hatte nur einen Gedanken: Heinz, wie von einer Wespe gestochen sprang sie auf und rannte zur Tür.

… Es war nicht Heinz, Hannelore stand vor ihr: »Schatz, was ist mit dir?«

Gerda schaute sie noch halb schlafend an, einen Ton brachte sie nicht heraus.

»Es ist gleich elf Uhr«, sagte Hannelore, »wir haben uns große Sorgen gemacht, bist du krank? Manfred hat mich zu dir geschickt, er war ganz außer sich.«

Nun kam Gerda langsam wieder zu sich. »Komm bitte herein«, sagte sie.

Hannelore sah die Tränen in ihrem Gesicht. »Nun weine nicht, er kommt zurück«, tröstete sie. »Manfred ist davon überzeugt, dass er uns und seine Konstruktion nicht im Stich lässt. Er sagt, du sollst ins Büro kommen, Arbeit ist die beste Ablenkung. Nun geh und mach dich fertig, ich warte.«

Oh Gott! dachte Gerda, als sie sich nun im Spiegel sah, hier musst du aber noch einiges tun.

Nach gut eineinhalb Stunden war es dann so weit, Gerda stellte sich hin, schaute Hannelore an und sagte: »Komm, mein Schatz, wir können gehen, noch besser, fahren.«

Der Arbeit wegen hätte sie auch zu Hause bleiben können. Es war bereits vierzehn Uhr, als sie den Betrieb erreichten. Schnell huschte Gerda in ihr Büro und nahm sich die liegen gebliebene Post vor. Hannelore ging zu ihrem Mann.

»Und, was war mit ihr?«, fragte er.

»Was du vermutet hattest«, erwiderte Hannelore. »Ich habe sie aber wiederaufgerichtet. Du kannst ja auch noch mit ihr sprechen, das kann auf keinen Fall verkehrt sein.« Sie verabschiedete sich und fuhr wieder nach Hause.

Zwischenzeitlich hatte Gerda die Post durchgesehen und ließ sie verteilen. Dem Chef brachte sie natürlich selbst die Post. »Wo soll ich sie hinlegen?«, fragte sie.

»Komm, gib sie mir und dann setz dich bitte hin, ich muss mit dir reden.«

Sie gab ihm die Post, und dann setzte sie sich in einen Sessel, weiß wie der Kalk an der Wand, und wartete auf die kommende Standpauke. Sie hatte Angst, denn sie wusste, der Chef kann auch anders sein. Manfred schaute sich die ersten drei obenliegenden Eingänge an, dann legte er die Post zur Seite. Aus dem Kühlschrank holte er zwei Piccolos und aus der Bar zwei Gläser. Ein leichtes Lächeln konnte man erkennen, als er den Sekt einschenkte. Er hob sein Glas, schaute Gerda an und sagte: »Auf die Zukunft, mein Mädchen, hast du ihn denn so lieb?«

»Ja, vom ersten Tage an.«

»Nun hör mir bitte einmal gut zu, Heinz ist ein Mann mit festen Grundsätzen, der läuft nicht so einfach weg, der steht zu dem, was er sagt, und mir hat er gesagt, dass er spätestens in einer Woche wieder hier ist. Heute Morgen hat er mich von seinem Handy aus angerufen und gesagt, dass er den Jungen mitbringen wird, dass es mit seiner Frau so ist, wie er vermutet hat, und dass sie zu der neuen Partnerschaft steht. Er will noch heute zur Bank, um einige Dinge zu regeln. Dich wird er bestimmt noch am Abend anrufen. Seine ganze Aufmerksamkeit ist aber jetzt dem Jungen zugewandt, das

musst du verstehen. Ich vertraue ihm, tu du es auch.«
Manfred prostete ihr noch einmal zu: »Heute Nacht wirst du
besser schlafen.«

Es muss wohl so sein, wenn sie auch dachte, dass Heinz
heute zurückkommen würde.

Kapitel -29-

Es war Samstagmorgen, die Familie hatte gerade gefrühstückt.

»Alex, hättest du Lust, mit mir in die Stadt zu fahren? In Frankfurt hatte ich nicht mehr die Zeit, dir etwas zu kaufen. Außerdem sollte es dir Freude bereiten und Spaß machen. Such dir etwas aus, wenn es im Rahmen meiner Möglichkeiten liegt, bekommst du es.«

Alexander überlegte hin und her. So recht wollte ihm da nichts einfallen.

»Was sagst du zu einem guten Schachcomputer, einem ›Mephisto‹?«, fragte Heinz.

»Nee, das ist nicht so mein Fall, ich spiele lieber gegen Menschen, das ist realer.«

Es schaltete sich Renate ein mit den Worten: »Ich wüsste, was ihm Spaß macht, dieses Fußballprogramm. Ich weiß nicht, wie es heißt, aber sein Freund hat es schon. Alex weiß, wie es heißt, oder?«

»›Werde Meister in der Bundesliga‹, ja, da hätte ich Spaß dran, das ist aber teuer. Das kostet über einhundert D-Mark.«

»Fahrt ihr nur, ich muss noch meinen Einkauf fürs Wochenende tätigen, das dauert auch seine Zeit«, sagte Renate.

Vater und Sohn setzten sich in den Mercedes und fuhren in die Stadt. Unterwegs begutachtete Alex den Wagen. »Ist schon ein toller Schlitten, wie viel Stundenkilometer schafft er denn?«, wollte er wissen.

»Laut Papieren zweihundertzwanzig«, antwortete ihm der Vater. »Sage mal, ist das neue Parkhaus schon fertig?«

»Ja«, antwortete Alex. Ohne Umschweife steuerte Heinz dorthin. Sie fuhren in die dritte Etage, von dort konnte man direkt ins Kaufhaus gehen und weiter zur Einkaufspassage. Sie hatten Glück, gerade als sie die dritte Etage erreichten, fuhr ein Wagen aus einer Parklücke. Heinz fuhr hinein und stellte den Wagen ab.

»Jetzt gehen wir shoppen und niemand kann uns stören«, sagte er und nahm Alex in den Arm. Sie schlenderten durch das Kaufhaus, blieben hier und dort mal stehen und schauten sich das eine oder das andere an. Der Weg führte sie in die Einkaufspassage. Vor einem Elektronikfachgeschäft blieben sie stehen.

»Komm, hier gehen wir rein und schauen mal, was die anzubieten haben.« Ehe Heinz sich versah, war Alexander schon bei den Spielen. Er hingegen legte sein Augenmerk auf ein gutes Notebook. Es dauerte auch nicht lange und er hatte das, was er suchte, gefunden. Mit 655 D-Mark war der Preis auch noch im Rahmen des Machbaren. Alex hingegen kam etwas bedrückt zurück.

»Was ist?«, fragte Heinz.

»Das Spiel kostet 135 Mark«, sagte Alex enttäuscht.

»Na komm, an hundert D-Mark lassen wir es doch nicht scheitern«, war die Antwort des Vaters. »Geh nur hin und hole es dir, und dann komm bitte wieder hierher.«

Es dauerte keine zwei Minuten und Alexander stand mit einem überaus glücklichen Lächeln vor ihm.

»Dieses Notebook nehmen wir auch mit, es hat eine Festplatte mit vierzig GB Speicher. Auf deinem Rechner hast du nicht die erforderliche Kapazität.«

Jeder nahm einen Artikel und dann ging es ab zur Kasse. Alexander konnte das Einkaufscenter nicht schnell genug verlassen, er hatte nur ein Ziel: nach Hause. Dort angekommen, merkten sie gar nicht, dass Renate vom Einkaufen noch nicht zurückgekommen war. Gleich ging es hoch in Alexanders Zimmer, es wurde ausgepackt und anschließend gleich angeschlossen. Alex war überaus glücklich, er umarmte seinen Vater und ganz leise fragte er: »Bleibt ihr denn wirklich Freunde?«

»Ja, mein Junge, mein Wort hast du, und ich bin auch davon überzeugt, dass die Mama es genauso ehrlich meint. Du musst aber auch deinen Teil dazu beitragen, dann können wir uns immer in die Augen sehen.«

Es bedurfte keiner Frage mehr, der Samstag und auch der Sonntag waren verplant. Der Computer und »Werde Meister in der Bundesliga« waren das Maß aller Dinge.

Kapitel -30-

Auch ein Mann kann unter der Liebe leiden. Manfred, ein ruhiger Vertreter seiner Zunft, lief in seiner Wohnung hin und her. Mal dachte er, ich ruf sie einfach an. Dann dachte er wieder, nein, das kannst du nicht machen, sie in Schwierigkeiten bringen. Er wusste nicht mehr, was er machen sollte. Einkaufen musste er auch, doch das hatte noch Zeit, die Geschäfte hatten ja bis vierzehn Uhr auf. Es klingelte, der Briefträger brachte ein Einschreiben, in dem ihm mitgeteilt wurde, dass er nun geschieden sei. Jetzt hatte er die Urkunde in der Hand. Es klingelte wieder. Nanu, dachte er, hat der etwas vergessen? Langsam schritt er zur Tür, die Urkunde in der Hand, und las. Mit der anderen Hand öffnete er die Tür und fragte so ganz beiläufig: »Haben Sie noch was vergessen?«

»Ja«, antwortete Renate, fiel ihm um den Hals und gab ihm einen dicken Kuss. Vor Schreck wäre Manfred fast umgefallen. Er sagte nur: »Prinzesschen, was ist mit dir? Komm, erzähle, ich möchte mich mit dir freuen.«

»Heinz und Alex sind in die Stadt gefahren, er will dem Jungen etwas kaufen. Ich musste einkaufen, und da dachte ich, jetzt überraschst du ihn und fährst vorbei.«

»Das ist dir gelungen, mein Schatz, zu hundert Prozent. Nun sage mir, was ist geschehen.«

»Wir hatten gestern unsere große Aussprache. Auch er hat in Frankfurt eine Partnerin, außerdem ist er dort so gebunden, dass an ein Zurück nach Leipzig nicht mehr zu denken ist.

Am kommenden Montag wollen wir zur Bank, um einmal abzuklären, wie viel wir noch auf unser Haus zu bezahlen haben. Heinz will dann den Betrag einzahlen und anschließend wollen wir das Haus dem Jungen überschreiben. Schon dem Alex zuliebe haben wir uns eine ewige Freundschaft zugesichert. Egal, wo und bei wem der Junge sein wird, er soll sich immer wie zu Hause fühlen. Kannst du das auch unterschreiben?«

»Aber, Prinzesschen, hast du auch nur eine Sekunde daran gezweifelt? Was in meinen Kräften steht, werde ich tun, das verspreche ich dir.«

»Was hast du denn da in der Hand?«, fragte Renate.

»Die Urkunde über meine Scheidung, ja endlich, nach fast einem Jahr. Ich bin frei, du kannst mich haben.«

»Sei mir bitte nicht böse, aber für mich wird es jetzt Zeit, dass ich zum Einkaufen komme. Wie ist es bei dir, hast du schon deine Einkäufe getätigt, wenn nein, dann komm mit, wir können uns ja noch im Supermarkt unterhalten.«

Kapitel -31-

Am Montagmorgen fuhren Renate und Heinz zur Bank. Heinz erklärte dem zuständigen Sachbearbeiter sein Vorhaben und ließ sich den zu zahlenden Betrag nennen. Wenn der Betrag bis zum einunddreißigsten Oktober eingezahlt würde, wären es 16 812 D-Mark. Renate und Heinz bedankten sich und verließen die Bank. Auf der Heimfahrt herrschte Stille, es war wohl jeder mit sich selbst beschäftigt. Heinz hatte das Bestreben, dem Betrieb nicht allzu lange fernzubleiben.

»Ist es möglich«, sagte er zu Renate, als sie nach Hause kamen, »dass ich morgen mit dem Jungen fahren kann, am Montag käme ich dann wieder zurück und würde gleich den Betrag bei der Bank einzahlen. Vorab hättest du die Zeit, alles mit deinem Partner zu besprechen, und ich auch. Anschließend könnten wir dann gemeinsam die weiteren notwendigen Schritte in die Wege leiten.«

Renate überlegte einen Augenblick, dann sagte sie: »Ja, ich müsste nur dem Jungen seinen Koffer packen. Hoffentlich ist er damit einverstanden.«

»Den Computer kann er ja mitnehmen, dann kann ich es mir schon vorstellen, dass er nichts dagegen hat«, erwiderte Heinz.

»Alexander«, rief Renate und ging die Treppe hinauf. Er war in seinem Zimmer. Wie nicht anders zu erwarten, beschäftigte er sich mit dem neuen Computer. Die Tür war einen Spalt geöffnet, Renate klopfte an und sagte: »Alex, kommst du bitte ins Wohnzimmer, wir möchten mit dir etwas besprechen.«

»Ja, ich komme gleich, fünf Minuten.« Er kam die Treppe hinunter. »Nun, was habt ihr mit mir zu besprechen?«, wollte er wissen.

»Vati möchte schon morgen früh fahren, deinen Laptop kannst du ja mitnehmen. In einer Woche, das heißt nächsten Montag, bringt er dich wieder zurück. Bist du damit einverstanden?«

»Von mir aus«, sagte er und verschwand wieder nach oben. Renate packte für den Jungen den Koffer und stellte ihn unten hin. Heinz telefonierte mit seiner Firma, er sprach mit seinem Chef und anschließend mit Gerda.

»Hallo, mein Schatz, wie geht es dir? Bald hat das Warten ein Ende. Morgen früh, ich schätze so gegen zehn Uhr, fahren wir los. In Frankfurt werden wir so gegen siebzehn Uhr sein. Sei bitte so lieb und kauf noch etwas ein, mein Kühlschrank ist leer und hungern möchten wir nicht. Also tschüss, mein Schatz. Ich liebe dich!«

Alexander ließ sich durch nichts stören, er hatte seinen Computer und sein Fußballspiel. Renate und Heinz verbrachten eigentlich einen ruhigen Abend. Gemütlich bei einem Glas Wein saßen sie im Wohnzimmer und plauderten. Man sprach über die seit der Wende vergangene Zeit, wie schwer es war, doch alles in den Griff zu bekommen, und wie das Schicksal seine Hände im Spiel hatte. Nervlich gelöst erzählte plötzlich Renate, wie sie das erste Mal Empfindungen für einen anderen Mann hatte: »Sehnsüchtig habe ich auf dich gewartet, habe gehofft, dass du dein Versprechen hältst und am Wochenende nach Hause kommst. Vergeblich, du sagtest mir nur, du hättest Arbeit. Du musstest doch nicht jeden Sonntag arbeiten, oder? Genau an dem Wochenende hat mich Manfred, mit dem ich sonst nur im Supermarkt einige Worte gewechselt hatte, ins Theater eingeladen. Auf dem Spielplan stand auch noch ›Die lustige Witwe‹. Es war ein wunderschöner Abend. Er brachte mich nach Hause, unberührt. Dennoch, an dem Abend habe ich das erste Mal vergessen, dass ich verheiratet bin. Ich glaube, wenn er es gewollt hätte, er hätte alles von mir bekommen. Ich war im siebenten Himmel.«

Heinz hörte aufmerksam zu. In seinem Inneren sagte eine Stimme: Ja, du hättest fahren sollen, aber du konntest nicht. Bis vor einer Woche in Wien hättest du ihr ja auch noch in die Augen schauen können. Schicksal, was machst du mit uns? Schicksal, lass mich mit ihr in Freundschaft leben, zum Wohle unseres Sohnes.

»Was ist mit dir?«, fragte Renate.

Heinz schreckte auf, er war so in sich gegangen, dass er nicht fähig war, eine Antwort zu geben. Nach einigen Augenblicken sagte er: »Es musste wohl so sein«, mehr bekam er nicht heraus. Renate nahm ihr Glas, schaute ihn an und prostete ihm zu. Heinz, in der Zwischenzeit wieder gelockert, nahm ebenfalls sein Glas und sagte: »Renate, ich danke dir, dass wir uns in einer so ruhigen, lockeren, freundschaftlichen und fairen Atmosphäre haben aussprechen können.«

Die Zeit nahte, ins Bett zu gehen. »Es ist gleich halb elf«, sagte Renate, »ich glaube, wir gehen ins Bett, morgen ist ein harter Tag.«

Heinz nahm sich seinen Koffer noch einmal vor und schaute, ob er auch nichts vergessen hatte. Alles okay, sagte er sich und machte den Koffer zu.

»Soll ich wieder zuerst ins Bad gehen?«, fragte er Renate, die mit einem »Ja« antwortete.

Alexander war schon eingeschlafen, es macht doch müde, wenn man so lange am Computer sitzt. Renate hatte sich in die Küche begeben, um schon einiges für das Frühstück am nächsten Morgen zu richten, danach wollte sie gerade ins Bad gehen, da öffnete sich die Tür, Heinz kam heraus. Nun standen sie sich wieder wie in früheren Zeiten gegenüber. Ohne auch nur einen Ton zu sagen, schauten sie sich beide in die Augen.

»Warte hier auf mich, in unserer letzten Nacht möchte ich gemeinsam mit dir dieses Zimmer betreten.«

Es dauerte gut fünf Minuten, die Tür öffnete sich und Renate stand, wie Gott sie schuf, vor ihm, sie war eben ein Fisch. Ganz leise sagte sie: »Unsere Partner werden davon nicht sterben.« Auch ihm konnte man es nun ansehen, dass er nicht abgeneigt war. Renate legte ihre Arme um seinen Hals und er trug sie ins Schafzimmer. Sie hatten noch einmal eine berauschende Nacht. Sie wollten es so, es sollte das letzte Mal sein. Am anderen Morgen, der anstrengende Schlaf war ihnen anzumerken, richtete Renate wie früher das Frühstück. Heinz schaute, ob sein Koffer in Ordnung war, und Alex, nun, der bummelte so vor sich hin.

»Das Frühstück ist fertig«, rief Renate und ihre Männer setzten sich an den Tisch.

»Das ist ja wie früher«, rutschte es dem Alexander heraus. Es folgten einige Minuten des Schweigens, dann schüttete Renate den Kaffee ein und man begann zu frühstücken.

»Was glaubst du, wie lange werden wir fahren?«, wollte Alex nun wissen.

»Nun, wenn wir keinen Stau bekommen, rechne ich mit viereinhalb bis fünf Stunden. Deinen Computer, hast du den zusammengepackt?«, fragte jetzt der Vater.

»Jawohl, mein Herr«, erwiderte Alex.

»Ich werde gleich Heidi anrufen und ihr sagen, dass ich heute nicht zu Schule komme«, mischte sich nun Renate in das Gespräch ein. »Ich werde es gleich tun, dann habe ich es hinter mir.« Sie nahm den Hörer und wählte.

»Ja, Klein hier, guten Morgen.«

»Ja und hier ist Renate, guten Morgen, du Heidi, ich komme heute nicht zur Schule, meine beiden Männer fahren gleich nach Frankfurt. Tschüss, bis morgen.«

Die Zeit verging, mittlerweile war es zwanzig Minuten vor zehn. »Jetzt müssen wir so langsam«, unterbrach Heinz das Gespräch am Frühstückstisch. »Wir bringen unsere Sachen schon mal ins Auto und tanken muss ich auch noch. Auf der Autobahn ist es so teuer, und ich sehe nicht ein, dass ich denen das Geld in den Hals werfe.« Die beiden Männer gingen hinaus, Heinz öffnete den Kofferraum und legte beide Koffer hinein. »Was ist mit dir?«, fragte er nun Alexander.

»Ich setz mich hinten hin, da kann ich mit dem Computer spielen.«

»Na gut, mir ist das egal.«

Beide gingen noch einmal hinein und verabschiedeten sich. Alexander drückte und umarmte seine Mutter. Dann gab er ihr einen Kuss und sagte: »Tschüss, Mama, bis nächste Woche.«

Nun war Heinz an der Reihe. Er nahm Renate in den Arm und küsste sie ganz innig, was auch sie in gleicher Stärke erwiderte. Sie hatte Tränen in den Augen und konnte sie auch nicht mehr halten. Einem Sturzbach gleichend, liefen die Tränen an ihren Wangen hinunter. In einem weinenden Ton sagte sie nur noch: »Bringe mir den Jungen gesund wieder und grüße sie von mir. Ich wünsche euch Glück.« Sie konnte nicht mehr »Nun fahrt doch endlich«, sagte sie nur noch.

Heinz und Alex setzten sich ins Auto und die Reise begann. Auf dem Wege zur Autobahn, vorbei an seiner alten Firma, lag eine große Tankstelle. Heinz fuhr mit seinem Wagen zur nächsten freien Zapfsäule und tankte den Wagen voll. Er machte sich noch einmal die Scheiben sauber, dann ging er zur Kasse. Er traute seinen Augen nicht, an der Kasse stand Rück, sein ehemaliger Betriebsleiter. »Na, was machst du denn hier, ich dachte, du seiest der Boss im neuen Betrieb, stattdessen stehst du hier an einer Tankstellenkasse. Das musst du mir kurz erzählen. Warte, ich stelle nur eben meinen Wagen zur Seite.«

Rück beobachtete, wie Walther zu seinem Wagen ging. Er kriegte den Mund nicht mehr zu.

»Komm, ich muss weiter nach Frankfurt zu meiner Firma, ich habe nicht viel Zeit, erzähle.«

Zuerst druckste Rück herum, dann sagte er: »Wollen wir bei der Wahrheit bleiben, zu DDR-Zeiten rettete mich das Parteibuch und trotzdem, wenn ich Schachtner nicht gehabt hätte und wir zusammen nicht dich, wäre damals schon alles schiefgelaufen und die hätten mich abgesetzt. Du hast mir oft den Ausweg gezeigt. Heute leitet Schachtner den Betrieb. Mir sagte er, dich kann ich nicht mit durchziehen, und hat dafür gesorgt, dass ich entlassen wurde. Heute bin ich froh, diesen Job zu haben. Wie läuft es denn bei dir?«

»Gut, ich bin Betriebsleiter in einer Frankfurter Firma mit sechshundertfünfzig Beschäftigten. Der Mercedes ist mein Firmenwagen. Du, ich muss los, wenn ich das nächste Mal komme, habe ich mehr Zeit. Tschüss und auf Wiedersehen.«

»Gute Fahrt«, sagte Rück.

Heinz setzte sich in seinen Wagen, jetzt ab zur Autobahn, dachte er. Das Gespräch mit Rück hatte zehn Minuten gedauert. Alex hatte sich inzwischen nach vorne gesetzt. »Ich lasse den Laptop lieber in der Verpackung, wir können uns dann auch besser unterhalten.«

Eine halbe Stunde war vergangen, die Autobahn-Auffahrt in Richtung Nürnberg lag vor ihnen. Heinz fuhr hinauf und ab ging die Post. Bis zum Kreuz Hermsdorf war es gut zu fahren, es gab keinen Stau. Als sie das Kreuz erreichten, wurde der Verkehr zähflüssig, aber man konnte noch fahren, wenn auch langsam. In gut fünfzehn Minuten hatten sie das Kreuz hinter sich gelassen und waren nun auf der A4 in Richtung Kirchheimer Dreieck.

»Du Vati, muss ich Gerda mit Sie ansprechen?«, fragte Alex, es ging ihm schon so einiges durch den Kopf.

»Nein, das brauchst du nicht, Gerda ist eine ganz liebe Frau. Ich bin überzeugt, du wirst sie eines Tages mögen, und solange es deine Mutter gibt, wird es dafür keinen Ersatz geben.«

»Gehen wir denn auch mal durch den Betrieb, es würde mich schon interessieren, immerhin werde ich bald vierzehn.«

»Man wird dir alles zeigen.«

»Auch dein neues Krankenbett?«, wollte er wissen.

»Natürlich auch das. Herr Rainhardt freut sich schon auf dich. Er wird einiges mit dir anstellen. Du musst wissen, er hat keine Kinder.«

Heinz sah ein Hinweisschild, dass es nach Bad Hersfeld noch 25 Kilometer seien. Noch fünfzehn Minuten und wir sind am Kirchheimer Dreieck, ging es ihm durch den Kopf. Als sie dann das Dreieck erreichten, gab es auch schon den ersten richtigen Stau, Heinz schaute Alexander an und sagte: »Wenn sich dieser Stau aufgelöst hat, dann etwa noch zwei Stunden und wir haben unser Ziel erreicht. Hier auf der A5 ist auch wesentlich mehr Verkehr, da wird es etwas langsamer vorangehen.« Plötzlich löste sich der Stau auf und man konnte wieder normal fahren. Dem Verkehr angepasst kamen sie zügig voran. »Die nächste Abfahrt ist schon Gelnhausen«, sagte Heinz, als sie einen sehr schnell fahrenden Brummi überholten.

Da, plötzlich – in der Kurve vor ihnen – ein Stau, ein Stillstand. Heinz brachte seinen Wagen gerade noch zum Stehen, was den nachfolgenden Fahrzeugen auch gelang. Der Stau musste wohl dort schon länger vorhanden sein, denn der größte Teil der Insassen war schon ausgestiegen und stand neben den Fahrzeugen. Heinz stand mit seinem Wagen auf der rechten Fahrbahn. Auch er und Alex waren ausgestiegen. Heinz wollte, dass sie sich ein Stück seitlich der Fahrbahn stellten. Schaute man zur linken Seite der Autobahn, war zu sehen, wie ein großer Pulk von Fahrzeugen mit hoher Geschwindigkeit angerauscht kam, auch ein Brummi. Alex sah es auch, doch er dachte nur noch an seinen Computer. Schnell rannte er zum Auto und wollte ihn holen. Heinz, der Alex laufen sah, wollte den Jungen zurückholen und schrie nur: »Alex! Alex!« – zu spät! Der große Pulk raste in das Stauende, Fahrzeuge und Ladegüter flogen durch die Luft, es war ein Bibbern und ein Beben, Menschen schrien, viele stöhnten nur noch und von einigen hörte man gar nichts mehr. Hier und da explodierte noch ein Auto. Es herrschte eine Totenstille.

Kapitel -32-

In der Firma war es ein Arbeitstag wie jeder andere. Gerda war voller Freude, den Geliebten bald in die Arme nehmen zu können. Sie machte sich auf den Weg und fuhr zum Supermarkt einkaufen. Unterwegs machte sie das Radio an und lauschte der wunderbaren Musik, auch die Barckarole war zu hören. Gerda summte mit und erfreute sich der herrlichen Melodien. Dann unterbrach der Sender die Musik: »Und hier nun ein wichtiger Verkehrshinweis. Auf der A5 40 Kilometer Stau in beiden Richtungen, den Grund stellt ein Massenauffahrunfall in Richtung Frankfurt dar.«

Oh, dachte Gerda, dann wird er bestimmt später kommen, so ein Unfall kann Stunden dauern. Wenn es aber nach ihm war, wird er gleich hier sein, ich muss mich beeilen. Gerda kaufte das Notwendigste ein und fuhr gleich wieder zurück zur Firma. Mit ihrer Einkaufstasche lief sie gleich zum Chef und erzählte, was sie im Radio gehört hatte.

»Nun sei mal ganz ruhig«, sagte er zu ihr, »der wird sich bestimmt gleich melden.«

Die Zeit verging, sie schien unendlich zu sein, nach zwei Stunden hatte sich noch niemand gemeldet.

Renate hatte sich damit beschäftigt, ihre Wohnung wieder auf Vordermann zu bringen und danach noch ein paar Teile eingekauft. Wieder zu Hause angekommen, rief sie Manfred im Arbeitsamt an.

»Arbeitsamt Leipzig, Huber hier, was kann ich für Sie tun?«

»Ja, Manfred, ich bin es, Renate, würdest du bitte, wenn du Feierabend hast, gleich zu mir kommen, ich muss etwas mit dir besprechen. Ich kann nicht weg, Alex will mich anrufen, wenn er angekommen ist.«

»Natürlich, so wie ich hier wegkann, komme ich.«

Alles, was nicht dringend war, ließ Manfred liegen und machte sich auf den Weg. Blumen musst du ihr aber überreichen, dachte er und kaufte einen großen Strauß rote Rosen. Es war noch keine halb vier, als er bei ihr klingelte. Renate öffnete und sah nur die roten Rosen, die er vor sein Gesicht hielt.

»Hallo, mein Schatz, ich bin es, der Mann vom Arbeitsamt.«

Renate war einerseits überwältigt und musste andererseits lachen.

»Komm herein«, sagte sie und gab ihm einen herzhaften Kuss. Dann nahm sie die wunderbaren dunkelroten Rosen und stellte sie in eine Vase auf den Wohnzimmertisch.

Kapitel -33-

Alexander kam wieder zu sich, er konnte den Kopf bewegen, schaute hoch und sah seinen Vater neben sich liegen.

»Vati! Vati!«, rief er, aber der Vater bewegte sich nicht. Alexander weinte bittere Tränen. Wie viel Zeit inzwischen vergangen war, wusste er nicht, er hörte nur laute Motorengeräusche, es waren Hubschrauber. Mit einem Mal sah er Männer und Frauen in roten Westen, die sich um ihn und um Vati kümmerten, dann wurde er sehr müde und schlief ein. Polizei und Rettungsdienste versuchten, die Toten und Verletzten zu identifizieren. Zum Glück hatte Heinz in seiner Jacke seinen Personalausweis und die Autopapiere. Zuerst fand die Polizei seine Leipziger Telefonnummer und rief dort an.

Das Telefon klingelte, Renate nahm den Hörer ab und sagte: »Na, seid ihr gut angekommen?«

Am anderen Ende, ein Schweigen, dann eine Stimme: »Guten Tag, hier spricht die Autobahnpolizei Frankfurt, mein Name ist Polizeiobermeister Schneider, ich muss ihnen leider eine schlechte Nachricht überbringen. Ihr Mann und ihr Sohn hatten einen schweren Unfall. Dem Sohn geht es den Umständen entsprechend gut, Ihr Mann hingegen liegt im Koma. Sie wurden beide per Hubschrauber in die Uniklinik nach Frankfurt gebracht. Dort bekommen Sie auch weitere Informationen.«

Renate ließ den Hörer fallen und sackte in sich zusammen. Manfred, der neben ihr stand, fing sie auf und legte sie auf die Couch. Schnell lief er, um ein Glas Wasser zu holen, und machte ihr die Stirne nass. Langsam kam Renate wieder zu sich, sie stammelte nur noch: »Unfall, Unfall.« Manfred hielt ihr die Beine hoch, damit das Blut leichter in den Kopf fließen konnte. So wurde es mit ihr von Minute zu Minute besser.

Nachdem sie sich ein bisschen gefangen hatte, sagte sie: »Die beiden hatten einen Unfall, dem Jungen geht es den Umständen entsprechend gut, Heinz liegt im Koma.«

Manfred schaltete sofort: »Du, wir müssen die Firma anrufen, die können sich doch am besten um Alex und Heinz kümmern.«

»Dort liegt die Nummer, gib Sie mir bitte.«

Renate nahm den Hörer und wählte, es meldete sich die Telefonzentrale.

»Walther hier, verbinden Sie mich bitte mit Herrn Dr. Rainhardt, danke.«

Der Chef saß an seinem Schreibtisch und diktierte Gerda gerade einen Brief. Er nahm den Hörer und meldete sich: »Ja, Rainhardt hier, Frau Walther, was kann ich für Sie tun?«

Rainhardt stellte das Telefon auf Mithören und mit tränenerstickter Stimme sagte Renate: »Sie hatten einen Unfall, dem Jungen geht es den Umständen entsprechend gut, aber mein Mann liegt im Koma. Sie wurden mit dem Hubschrauber in die Uniklinik Frankfurt gebracht. Bitte kümmern Sie sich um die beiden. Auf Wiedersehen.«

Nun sah Dr. Rainhardt, wie Gerda zusammenbrach. Schnell nahm er sein Riechfläschchen aus der Tasche und hielt es ihr unter die Nase. Es dauerte nicht lange und die Wirkung zeigte sich. Langsam kam sie wieder zu sich.

»Nun komm«, sagte er, »hol tief Luft und setz dich erst einmal hin. Wir dürfen jetzt nichts überstürzen. Zu ihm kannst du jetzt ohnehin nicht, der wird jetzt auf Herz und Nieren untersucht.« Gleich griff er zum Telefon und beauftragte die Dame an der Telefonzentrale, sofort ein Gespräch mit Prof. Dr. Schäfer in der Uniklinik herzustellen. Es dauerte nicht lange und es klingelte das Telefon: »Ja, Rainhardt hier, Hans, hör zu, du hast heute zwei Verletzte von der Autobahn bekommen, Heinz Walther und Sohn Alexander. Das ist mein Prokurist mit Sohn, lege sie bitte privat, bei den Kosten trete ich in Vorlage. Was kannst du mir bisher sagen?«

Er stellte das Telefon wieder auf Mithören: »Nun, dem Jungen geht es schon ganz gut, er hat ein paar starke Prellungen, den kannst du in ein paar Tagen abholen. Dem Vater geht es wesentlich schlechter, er liegt noch im Koma, wir wollen ihn aber auch dort halten, das ist wegen der Schmerzen besser. Im Augenblick liegt er noch auf der Kippe. Morgen früh kann ich dir mehr sagen. Entschuldige bitte, aber mehr Zeit habe ich nicht. Ich werde wie gewünscht, alles veranlassen. Tschüss und Gruß an die Frau Gemahlin.«

»Jetzt wissen wir wenigstens, woran wir sind«, sagte er. Wir setzen uns gleich ins Auto und fahren hin. Vorher rufen wir aber noch seine Frau an.«

Renate saß zu Hause wie auf heißen Kohlen. Wie mag es ihnen gehen? dachte sie, als das Telefon klingelte. »Ja, Walther hier, wie geht es den beiden?«, war gleich ihre Frage. »Liebe Frau Walther, wenn nichts dazwischenkommt, so sagte mir der Professor, ein Freund von mir, können wir Alexander in ein paar Tagen abholen. Bis jetzt konnte man nur ein paar starke Prellungen feststellen. Bei Ihrem Mann sieht es leider schlechter aus, er liegt noch im Koma und soll auch dort wegen der Schmerzen gehalten werden. Ich habe sie beide auf meiner Privatstation legen lassen. Wegen der Kosten machen Sie sich bitte keine Sorgen. Ich gehe einmal davon aus, dass Sie zu ihnen wollen. Bitte rufen Sie mich an, wenn Sie kommen. Ich lasse Sie in Frankfurt abholen. Sie brauchen sich um nichts kümmern. Es ist für alles gesorgt, auch das Fahrgeld bekommen Sie erstattet.«

»Ich komme morgen mit dem gleichen Zug, mit dem auch mein Mann kam. Das heißt, ich fahre hier um fünf Uhr achtunddreißig in Leipzig ab.«

»Alles in Ordnung, unser Herr Jung holt Sie in Frankfurt ab. Er wird Sie finden. Nun wünsche ich Ihnen eine gute Nacht. Wir wollen noch zum Krankenhaus.«

Gerda stand schon fertig angezogen im Büro und Jung wartete schon auf dem Parkplatz. Als sie kamen, öffnete er die Türen, sodass sie gleich einsteigen konnten. Dann fuhr er sofort los. In der Klinik fragten sie nach der Privatstation von Prof. Schäfer. Einen Augenblick sollten sie sich setzen, sagte man ihnen. Keine fünf Minuten und es kam jemand sie abholen.

»Guten Abend, mein Name ist Dr. Häußler, ich bin der Oberarzt auf der Privatstation von Prof. Dr. Schäfer. Wenn Sie mir bitte folgen wollen.«

Gerdas Herz schien zu zerspringen, sie zitterte am ganzen Körper. Manfred, der das merkte, sagte zu ihr: »Mädchen, jetzt sei tapfer.«

Dr. Häußler ging voraus. Leise betraten sie das Zimmer, Gerda und Manfred waren erstaunt über die vielen Schläuche und die daran angeschlossenen Geräte.

»Sind Sie bitte ganz vorsichtig«, sagte Dr. Häußler, als er sah, dass Gerda Heinz die Wange streicheln wollte. Eine Träne fiel auf die Bettdecke. Dann kam es wie aus einem Munde: »Und wo ist der Junge?«

»Er liegt im Zimmer nebenan«, erwiderte Dr. Häußler. Gerda und Dr. Rainhardt folgten ihm. Um die Schulter hatte Alexander einen Verband. Schwester Hildegard war gerade bei ihm und schaute nach dem Rechten. Alexander schlief noch.

»Darf ich zu ihm?«, fragte Gerda.

»Sind Sie die Mutter?«, fragte die Schwester.

»Nein«, antwortete Dr. Rainhardt, »aber Prof. Schäfer weiß, dass wir hier sind.«

Gerda ging zu dem Jungen, ganz der Vater, dachte sie. Sie streichelte ihm mehrere Male die Wangen. Leise sagte sie vor sich hin: »Ich habe mir das Kennenlernen anders vorgestellt.« Sie streichelte ihm noch einmal die Wange. »Ich komme gleich wieder«, flüsterte sie.

Sie hatten das Zimmer des Jungen verlassen und standen auf dem Flur, als Prof. Schäfer noch einmal nach seinen Schützlingen schauen wollte.

»Hallo«, sagte er, als er seinen Freund Dr. Rainhardt sah. »Grüße dich, ich glaube, wir haben noch mal Glück gehabt. Ich habe mir jetzt alle Ergebnisse angeschaut.« »Wird er durchkommen?«, fragte Gerda.

»Ich glaube, ja«, war die Antwort des Arztes. »Manfred, sage mal, was habe ich gehört, ihr habt einen neuen Typ Krankenbett entwickelt?«

»Ja, aber nicht ich, dein Patient da drinnen, mach ihn mir bloß wieder gesund.«

Während die Freunde sich noch unterhielten, ging Gerda wieder zu Walther. Sie nahm sich einen Stuhl, setzte sich ans Krankenbett und betete. Eine halbe Stunde mag wohl vergangen sein, da kam Dr. Rainhardt wieder ins Zimmer.

»Du kommst wohl nicht mit, ich werde dann nach Hause fahren und mich noch

einmal mit seiner Frau in Verbindung setzen.«

»Ja, sei so lieb.«

Dr. Rainhardt ließ sich noch einmal zum Betrieb bringen, um mit Frau Walther zu sprechen. »Hallo, Frau Walther, ich bin es noch einmal, Rainhardt. Prof. Schäfer sagte mir heute, wir haben noch einmal Glück gehabt. Er glaubt an ein gutes Ende. Das musste ich Ihnen noch mitteilen, nun schlafen Sie gut, wir sehen uns ja morgen. Auf Wiedersehen.«

Es war um Mitternacht, Gerda hatte das Zimmer gewechselt und saß nun am Bett des Jungen. Er hatte so ein schönes Gesicht, immer wieder musste sie ihm die Wangen streicheln. Auch hier saß Gerda und betete, sie betete für beide. Ihr Gebet wurde erhört, Alex bewegte sich, dann öffnete er die Augen. Wo er war, wusste er wohl nicht, nach kurzer Zeit fielen sie wieder zu. Gerda klingelte, die Schwester kam und fragte, was wohl sei.

»Eben hat er sich bewegt und für ein paar Augenblicke die Augen geöffnet«, sagte Gerda.

»Er wird wohl jetzt so langsam wach werden, rufen Sie mich, wenn er die Augen aufhat.«

»Ja, Schwester, mach ich.«

Eine gute Stunde war vergangen, Alex bewegte sich wieder und öffnete die Augen. Seine ersten Worte waren: »Ich hab so einen großen Durst.«

Gerda nahm die Schnabeltasse mit etwas Tee, die die Schwester vorsorglich hingestellt hatte. Es war ihm anzusehen, dass die Flüssigkeit ihm guttat.

»Wo bin ich hier?«, fragte er und gleich hinterher: »Wo ist Vati?«

Gerda nahm seine Hand und streichelte sie.

»Vati ist nebenan, er schläft noch, ihr hattet einen Unfall, mein Junge.«

»Wo ist mein Computer?« Die Augen fielen ihm wieder zu. Gerda klingelte noch einmal, die Schwester kam.

»Schwester, eben hatte er die Augen wieder auf, stellte zwei Fragen, dann fielen sie ihm wieder zu.«

»Das ist ein gutes Zeichen, dann wird er wohl gleich wach.«
Die Schwester ging wieder.

Es vergingen ein paar Minuten, Alex öffnete wieder seine Augen, jetzt jedoch viel klarer. Er schaute sich um.

»Du bist hier in einem Krankenhaus«, sagte Gerda, bevor er fragen konnte.

»Wer bist du?«

»Ich bin die Gerda«, mehr konnte sie nicht sagen. Eine Träne lief ihr die Wange hinunter. »Die Mama kommt heute, wir haben mit ihr telefoniert. »Was ist mit Vati?«

»Vati liegt nebenan, er braucht ganz viel Ruhe.

»Wo ist mein Computer, ich wollte ihn doch holen?«

»Wo der ist, weiß ich nicht, aber ich kaufe dir einen neuen, wenn du aus dem Krankenhaus kommst, Alexander, darf ich jetzt wieder zum Vati gehen, danach komme ich wieder zu dir.«

»Ja, geh nur, ich bin müde.«

Gerda wechselte so einige Male die Zimmer. Es war früher Nachmittag, sie saß an Heinz' Bett, hielt ihm die Hand und schien im Sitzen zu schlafen. Sie bemerkte nicht, dass Renate das Zimmer betrat und sich ganz leise dem Krankenbett näherte, ihre Hand auf Gerdas Hand legte und sie ganz fest drückte. Ein Kennenlernen hatten sie sich anders vorgestellt. Gerda stand auf, mit Tränen in den Augen umarmten sich die beiden Frauen.

»Er sollte dir meine Grüße ausrichten, nun kann ich es dir selbst sagen und euch Glück wünschen.«

»Hat dich unser Fahrer hierhergebracht?«, fragte Gerda.

»Ja, wenn ich gehen möchte, soll ich anrufen, er holt mich dann sofort wieder und bringt mich in die Wohnung vom Heinz. Ich könnte aber auch, wenn ich wollte, ins Hotel. Vom Namen her würde ich es kennen.«

Die beiden Frauen waren gleich per Du, der Schmerz hatte sie verbunden.

»Renate«, sagte Gerda, »du kannst gerne in der Wohnung von Heinz übernachten, ich würde dir aber empfehlen, ins Hotel zu gehen. Bei Heinz ist der Kühlschrank leer. Was ich für den Abend einkaufte, habe ich in meinem Kühlschrank im Büro stehen. Du bist also im Hotel besser untergebracht. Die Wohnung kannst du dir ja dennoch anschauen.«

»Okay, ich werde es machen. Sei mir bitte nicht böse, jetzt möchte ich den Jungen sehen.«

Renate ging ins andere Zimmer, Alex war gerade eingeschlafen. Sie trat ein, ging leise an sein Bett und gab ihm einen Kuss.

Alex öffnete die Augen.

»Mama, das tut immer noch so weh. Schön, dass du gekommen bist.«

Renate drückte ihm ganz fest die Hände.

»Ist Vati auch schon wach? Gerda sagt, er braucht viel Ruhe. Sie ist so lieb zu mir und kommt mich immer besuchen.«

»Ich weiß es, ich habe schon mit ihr gesprochen.«

»Komm, Mama, setz dich hin und erzähle mir etwas.«

Renate erzählte von zu Hause, es vergingen keine fünf Minuten und er war wieder eingeschlafen. Zum späten Abend ließ sich Renate dann ins Hotel bringen. Der Chef persönlich kam sie abholen, so konnte er auch noch schauen, wie es Walther ging.

Drei Tage und drei Nächte saß Gerda nun schon an seinem Bett und an dem des Jungen. Alexander ging es von Tag zu Tag besser, er machte sogar schon wieder Späße. Es kam die vierte Nacht. Der Erschöpfung nahe, saß sie am Bett von Heinz. Die Nachtschwester kam und brachte ihr einen Kaffee: »Danke, Schwester, der tut mir gut.« Die Uhr ging auf Mitternacht, Gerda saß am Bett und betete. Die Augen hatte sie geschlossen. Plötzlich – da, da hatte sich doch etwas bewegt! Sie hob den Kopf und sah, wie sich seine Augen öffneten, wenn auch nur für einen kleinen Augenblick. Sie betätigte die Klingel und es kam auch sofort die Schwester.

»Schwester, erst hat er sich bewegt und dann für einen Moment die Augen geöffnet.«

»Das ist gut, ich muss sofort den Professor benachrichtigen, er hat es mir ausdrücklich aufgetragen.« Sie nahm ihr Sprechgerät: »Guten Abend, Herr Professor, Schwester Hildegard hier, Herr Walther ist aus dem Koma erwacht, er hat sich bewegt und kurz die Augen geöffnet.«

»Danke, Schwester Hildegard, ich komme sofort.«

»Schwester, mir ist nicht gut, kann ich ein Glas Wasser haben?«, fragte Gerda.

Schwester Hildegard lief so schnell sie konnte und kam mit einer Flasche Wasser und einem fahrbaren Liegestuhl wieder zurück. Gerda setzte sich hinein, sie brach zusammen. Im gleichen Augenblick betrat der Professor das Zimmer. Er schaute Gerda in die Augen, dann hielt er ihr ein Riechfläschchen unter die Nase und sagte: »Mit ihr stimmt etwas nicht, sofort zur Untersuchung.« Dann kümmerte er sich um den Verletzten. Zwischendurch öffnete Heinz wieder die Augen.

»Hallo, Herr Walther«, sagte der Professor. »Hören Sie mich?«

Heinz öffnete wieder für einen Moment die Augen.

»Das ist gut«, sagte der Professor. »Jetzt scheint er über den Berg zu sein.«

Dr. Häußler kam hinzu, er hatte gerade eine Notoperation hinter sich, fünf Stunden lang. Sie beobachteten Heinz Walther genau. Zwei Stunden vergingen, ein Pfleger brachte Gerda wieder nach oben. Kurz darauf machte sich das Sprechgerät des Professors bemerkbar.

»Ja, was gibt es, oh, das ist ja fein, ich glaube, dem Vater geht es auch gerade etwas besser.«

Er schaute Gerda an: »Frau Schmidt, Sie bekommen ein Baby, herzlichen Glückwunsch. Nun wollen wir ihn doch auch wieder hinkriegen.«

Bis zum Wochenende blieb Renate in Frankfurt. Die Genesung der beiden machte große Fortschritte. Dr. Rainhardt bat Renate, den Jungen nach der Entlassung noch eine Woche in Frankfurt behalten zu dürfen, natürlich nur, wenn er wollte. Außerdem könne er ja auch den Vater besuchen. » Das mit der Schule kriegen wir schon hin. Ich besorge einen Privatlehrer.«

Renate stimmte zu. Es verging die Zeit, Alexander wurde entlassen und Heinz durfte das erste Mal aufstehen, alles machte Fortschritte.

Kapitel -34-

Sechs Wochen nach dem schrecklichen Unfall, an einem vorweihnachtlichen Wochenende, vereinbarten die zwei neu gebildeten Familien, sich in Leipzig zu treffen. Es sollte ihre immerwährende Freundschaft dokumentieren und Alexander zeigen, dass er jetzt eine große Familie hat, auf die er bauen kann.

ENDE

Zeitfracht Medien GmbH
Ferdinand-Jühlke-Straße 7
99095 Erfurt, Deutschland
produktsicherheit@kolibri360.de